작문 교육을 위한
예시문 선정과 활용

작문 교육을 위한
예시문 선정과 활용

권태현

보고사
BOGOSA

머리말

　이 책은 국가 수준의 쓰기 영역 성취기준을 분석하고 그 성취 수준을 보여주는 학생 예시문을 선정함으로써 성취기준에 대한 구체적 이해를 돕고 쓰기 평가 및 교수·학습의 과정에서 실질적으로 활용할 수 있는 자료를 제공하는 데 목적이 있다.

　성취기준은 학습을 통해 도달해야 하는 학습자의 지식이나 능력 및 특성에 대한 진술이라고 정의할 수 있다. 그러나 현재의 성취기준 진술은 이러한 도달점으로서의 역할을 수행하기에 어려움이 있다. 특히, 학생들의 직접적 수행이 강조되는 쓰기 영역에서는 성취기준의 진술만으로 학생들의 쓰기 수행을 평가하고 지도하기가 쉽지 않다. 이 글에서는 쓰기 성취 수준을 보여주는 학생 글을 선정하여 제시함으로써 성취기준의 추상성을 극복하고 도달점을 현시하는 방안을 마련하고자 하였다. 이 책에서 다루는 각 장의 구체적인 연구 내용은 다음과 같다.

　1, 2장에서는 예시문 선정의 이론적 토대를 마련하고자 하였다. 먼저 작문 교육의 이론적 맥락을 통해 예시문의 개념과 특성을 살펴보고 기존의 모범문 혹은 시범문과 변별되는 예시문의 기능을 규정하였다. 또한 외국의 쓰기 성취기준 및 예시문 제시 사례를 통해 효과적인 예시문 선정 및 제시 방안에 대해 고찰하였다. 이를 통해 쓰기 성취기준의 선별, 성취 수준 및 평가 기준의 개발, 쓰기 과제의 구성 방안, 예시문 평가 및 신뢰도 추정 방법에 이르는 학생 예시문 선정의 원리를 마련하였다.

　3장에서는 학생 예시문 선정을 위한 구체적인 연구 방법을 기술하였다. 우선 연구 대상이 되는 쓰기 영역 성취기준의 체계를 분석하고 전국의 중

·고등학생의 글 825편을 예시문 선정을 위한 연구 대상으로 수집하였다. 또한 성취기준의 선별 및 검토를 위한 1, 2차 평가의 절차, 선정된 예시문의 질적 분석 절차를 소개하였다. 끝으로 쓰기 성취기준 선별과 학생 예시문에 대한 질적 분석에 활용한 분석 도구를 소개하고 연구의 절차를 제시하였다.

4장에서는 학생 예시문의 선정 과정과 그 구체적 결과를 제시하며 논의를 전개하였다. 이 연구는 크게 학생 예시문 선정을 위한 쓰기 성취기준 및 평가 기준의 설정, 학생 예시문의 수집과 평가, 학생 예시문의 검증 및 제시의 세 단계의 연구 절차로 구분할 수 있는데, 이를 구체적으로 살펴보면 다음과 같다.

첫 번째 연구 단계에서는 예시문 선정의 근거가 되는 쓰기 성취기준을 선별하였다. 이 연구에서는 교육과정의 개정과 관계없이 지속적으로 활용 가능한 예시문을 선정하기 위해 기존의 쓰기 성취기준 중 보다 항존적인 성격의 쓰기 성취기준을 선별하여 예시문 선정의 근거로 삼았다. 이를 위해 전문가 평정의 방법을 통해 쓰기의 기본 원리 및 기능에 관한 성취기준을 국가 수준 학업성취도 평가(NAEA)의 쓰기 성취기준에서 추출하고, 쓰기의 실제와 관련한 성취기준을 2009 국어과 교육과정의 내용 성취기준에서 추출하여 학생 예시문 선정을 위한 쓰기 성취기준을 학교 급별로 각각 마련하였다. 다음으로 선별된 성취기준을 근거로 하여 학생 예시문의 성취 수준을 상-중-하세 수준으로 진술하였으며, 성취기준 및 성취 수준을 바탕으로 실제 학생들의 글을 평가하기 위한 학년별 평가 기준을 마련하였다.

두 번째 연구 단계에서는 실제로 학생들의 글을 수집하여 평가하였다. 이 단계에서는 학생들의 글을 수집하기에 앞서 글 유형에 따른 쓰기 평가 과제를 개발하였다. 글의 유형은 국내외 대단위 쓰기 평가 및 쓰기 연구 문헌을 참고하여 설명문, 논설문, 서사문으로 선정하고 학생들의 학령 및 배경지식, 과제의 친숙도 등을 고려하여 쓰기 과제를 개발하였다. 다음으로 예시문을 실제로 수집하고 평가하여 성취 수준별 예시문을 선정하는 과정을 진행하였다. 이 과정에서는 예시문 선정 계획에 따라 대단위 쓰기 평가를 시행하여 예시문을 수집하고 2차에 걸친 예시문 평가 과정을 통해 성취 수준을 대표하는 학생 예시문을 수집하였다.

이 연구에서는 2차 평가의 결과를 토대로 성취 수준 예시문을 추출하였다. 이 과정에서 보다 높은 신뢰도를 확보하기 위해 다국면 라쉬 모형에서 도출된 평가자 일관성을 확인하여 적합한 평가자들의 평가 결과만을 활용하여 최고점, 평균점, 최저점의 글을 각각 성취 수준 상－중－하의 예시문으로 선정하였다. 또한 이 과정에서 추리 통계 방법을 적용하여 예시문의 모평균을 추정하였다. 모평균은 평가 점수의 평균 범위를 구함으로써 평가자의 모집단, 즉 우리나라 국어교사들이 해당 글에 대해 평균 몇 점을 부여하는지를 알려주는 정보이다. 예시문의 모평균을 제시하게 되면 예시문의 객관성과 평가 신뢰도를 높일 수 있어 쓰기 평가 및 교수·학습의 과정에서의 활용도가 더욱 높아질 수 있다. 이와 같은 과정을 통해 이 연구에서는 성취 수준에 따른 학생 예시문 18편(학년×글 유형×성취 수준)을 선정하고 그에 대한 평가 결과를 제시하였다.

마지막으로 선정된 예시문에 대한 질적 분석을 시행하여 성취 수준을 검증하고 예시문에 대한 제시 방식을 설정하는 과정을 진행하였다. 전문가 분석은 선정된 예시문의 질적 특성을 구체적으로 고찰함으로써 예시문의 성취 수준을 검증하고 해석의 정보를 산출하기 위한 과정이다.

또한 이 글에서는 국외의 예시문 제시 방식을 분석하고 전문가 협의의 과정을 통해 학생 예시문의 제시 방식에 포함되어야 할 요소를 추출하였다. 그 결과, 학생 예시문 자료집에는 쓰기 성취기준 및 성취 수준, 예시문에 대한 평가 기준 및 쓰기 과제를 제시하고, 실제 학생 글과 관련된 쓰기의 맥락, 성취기준과 관련한 핵심적인 글의 특징, 성취요소, 글에 대한 논평, 학생 예시문의 활용 방법을 제시하기로 결정하였다. 이와 같은 체계에 따라 이 책에서는 연구 결과를 종합한 '학생 예시문 자료집'을 부록으로 제시하였다.

끝으로 이 책에서는 선정 결과를 토대로 학생 예시문의 활용 방법을 안내하였다. 예시문 활용 방법은 크게 쓰기 교수·학습과 쓰기 평가의 측면으로 나누어 볼 수 있다. 먼저 쓰기 교수·학습의 측면에서 학생 예시문은 쓰기 성취기준의 구체적 이해와 실제적인 쓰기 수업을 진행하는 교수 도구로서 기능할 수 있다. 외국의 '학습 예시문(Benchmark Paper)' 활용과 학생 예시문의 선정 결과를 바탕으로 이 연구에서는 학생 예시문의 분석을 통한 성취기준의 이해, 쓰기 평가 및 학생 예시문과의 비교, 대조, 고쳐쓰기에 중점을 둔 활용 방안을 탐색하였다. 한편, 학생 예시문은 쓰기 평가의 신뢰도 및 효율을 높이기 위한 수단으로도 활용이 가능하다. 이 연구에서는 기존의 평가 예시문 관련 연구 및 본 연구의 예시문 선정 결과를 토대로 쓰기 평가 모형을 제시하고자 하였다.

이 연구는 성취기준 진술이 갖는 문제점을 진단하고 핵심적인 성격의 성취기준을 선별하여 예시문 선정의 근거를 마련한 점, 타당도와 신뢰도를 갖춘 학생 예시문을 선정하여, 성취기준의 이해를 돕고 쓰기 평가 및 교수·학습의 과정에서 실질적으로 활용할 수 있는 참고 자료를 제공한 점, 학생 예시문을 수집, 평가, 제시하는 전 과정을 체계화함으로써 향후 다양한 교육 주체가 학생 예시문을 선정하는 데 지침으로 삼을 수 있는 기초 자료를 제공한 점 등을 의의로 삼을 수 있다.

이 책을 내는 데 많은 분들이 도움을 주셨다. 먼저 한국교원대학교 국어교육과 박영민 교수님께 깊은 감사를 드린다. 부족한 제자에게 학문의 방향을 제시해주시고 늘 진심 어린 조언을 아끼지 않으신 점에 존경의 마음을 전한다. 많은 가르침을 주신 학과 교수님들께도 감사의 마음을 전한다.

또한 작문 교육에 대해 늘 고민하고 함께 연구한 동료 선생님들의 조언과 격려에도 감사드린다. 마지막으로 이 책의 출판을 맡아주신 보고사의 김흥국 사장님과 편집을 담당하신 이소희 님께도 감사의 말씀을 드린다.

2020. 12.
진천에서 저자 씀.

차례

---○ **제 1 장** ○---

작문 교육을 위한
예시문 선정과 활용의 방향

1. 작문 교육을 위한 예시문 활용의 필요성

2007 국어과 교육과정 이후로 우리나라에서는 성취기준 기반의 교육과정을 편성하여 운영하고 있으며, 매년 실시되는 국가 수준 학업성취도 평가에서도 이러한 교육과정을 바탕으로 개발된 성취기준에 따라 학생들을 평가하고 있다. 성취기준이란 '학생들이 학습을 통해 성취해야 할 지식, 기능, 태도 등의 능력과 특성에 대한 진술(남민우 외, 2012)'이라고 정의되는데, 이는 본질적으로 '학생들에게 무엇을 가르쳐야 하는가?'라는 교수의 문제보다는 '학생들이 무엇을 할 수 있어야 하는가?'라는 학습의 문제에 더욱 초점을 두고 있다. 따라서 성취기준을 제시할 때에는 그 성취기준에 도달하기 위해 가르쳐야 할 내용과 더불어 학생들이 도달해야 할 지점을 명확하게 보여줄 필요가 있다.

그런데 현재의 성취기준 진술은 그 도달점에 대한 구체성이 명료하지 못하다는 한계가 있다. 성취기준의 진술만으로는 해당 성취기준에 도달한 학생들이 어느 정도의 능력을 갖추어야 하는가를 판단하기가 쉽지 않기 때문이다. 이러한 문제는 성취기준과 맞물려 있는 절대평가의 어려움과도 관련이 있다.

현행 국어과 교육과정의 경우, 교육을 통한 도달점을 구체적으로 명시하고 있다기보다는 대략의 내용과 그 방향만을 진술하고 있다. 더구나 2011년에 고시된 2009 국어과 교육과정의 경우 2007 국어과 교육과정보다도 성취기준의 진술이 더욱 추상적이고 간결한 편이다. 이러한 방식은 교사의 자율성과 창의성을 증대할 수 있다는 측면에서는 긍정적으로 해석해 볼 여지가 있다. 그러나 성취기준의 타당성과 명료성에 대한 검토가 충분하지 않은 상황에서 교사들은 성취기준을 이해하는 데 어려움을 겪거나, 저마다 자의적으로 해석할 가능성도 있다. 특히 학생의 직접적 수행이 강조되는 쓰기 영역의 경우 성취기준의 진술만 가지고는 글의 문종이나 길이, 특질 등과 관련하여 학생들이 도달해야 할 기준점을 파악하기가 매우 어렵다. 그러므로 이를 해소하기 위해서는 쓰기 성취기준의 도달점을 구체적으로 현시할 수 있는 방법을 별도로 마련할 필요가 있다. 이와 관련한 대표적인 방법이 바로 쓰기 성취기준에 따른 학생 예시문을 제시하는 것이다.

쓰기 평가에서는 평가의 신뢰성과 효율을 높이기 위해 평가 예시문을 사용해 왔다. 그런데 이러한 예시문을 교육과정이나 성취도 평가의 쓰기 성취기준과 관련하여 제시하면 학생들이 써야 할 글의 구체적 수준, 도달해야 할 글의 모습, 목표가 되는 글의 형태를 구체적으로 안내해 주는 효과를 얻을 수 있다. 성취기준에 따른 학생 예시문 목록은 성취기준과 관련한 쓰기 평가뿐만 아니라, 쓰기 지도에도 활용이 가능하다. 학생들이 써야 할 글의 수준을 구체적으로 안내할 수 있으므로 학생들의 쓰기 수행의 목표나 방법 설정에 도움을 줄 수 있고 글에 대한 기대 점수도 미리 예고할 수 있기 때문이다.

쓰기는 여러 가지 전략들이 다양한 층위에서 개입하는 고부담의 인지 활동으로, 교사와 학생 모두에게 어려운 과업이라고 볼 수 있다. 그 때문인지 학령이 높아질수록 학생들의 쓰기 동기가 떨어지고 교사들 역시 쓰기 지도를 기피하는 경향이 있다. 쓰기 교육이 어려운 근본적인 이유로는 쓰기 평가의 기준점이 명확하지 않은데서 기인하는 평가 신뢰도의 문제와 글쓰기에 미숙한 학생 필자를 대상으로 한 쓰기 지도의 어려움 등을 꼽을 수 있다. 이러한 점들을 고려할 때, 쓰기 교육을 활성화시키기 위해서는 쓰기 평가 및 교수

·학습 과정 전반에 활용 가능한 실질적인 자료가 제공될 필요가 있다.

학생 예시문은 작문 영역에서 학생들이 어느 수준에 도달해야 하는지, 교육과정의 목표나 내용이 무엇을 의도하고 있는지를 구체적으로 보일 수 있다는 데 그 의의가 있다. 현재 우리나라의 쓰기 성취기준은 교육 내용과 관련한 추상적 진술만이 제시되고 있지만 외국의 경우 오래전부터 자국어 성취기준과 관련하여 학생 예시문을 첨부하고 있다.[1] 또한 미국의 전국교육성취평가(NAEP, national assessment of educational progress)와 같은 국가 수준의 학업성취도 평가에서도 쓰기 성취기준과 함께 평가 결과인 학생 예시문을 제시하여 학생들이 성취해야 할 글의 수준과 형태를 구체적으로 안내하고 있다. 우리도 교육과정이나 학업성취도 평가 등 국가 수준의 성취기준 체계에서 학생 예시문을 함께 제시하여 학생들이 써야 할 구체적인 글의 수준이나 형태를 보여줄 필요가 있다.

쓰기 영역에서 학생들의 글을 예시한다는 것은 기능 및 전략 중심의 쓰기 교육을 보완하고 쓰기의 실제를 강화한다는 의의도 있다. 과정 중심의 쓰기 교육이 쓰기의 기능이나 전략 등에 초점을 둔 결과, 학생들은 필자로서 한 편의 글을 완성하는 경험을 갖기 어려웠던 측면이 있다. 그에 따라 학생들의 쓰기 동기 및 태도에도 부정적 영향을 미치게 되었다. 쓰기 기능이나 전략도 쓰기 능력을 기르는데 핵심적 요소이지만, 글을 쓰는 실제 활동이 뒷받침되지 않는다면 그러한 기능과 전략의 내면화는 잘 이루어지기 어렵다. 성취기준에 따른 학생 예시문의 선정은 실제적인 측면에서 쓰기 교육을 발전적으로 이끌어가는 기초 자료로서의 가치가 있다고 볼 수 있다.

학생 예시문을 선정하기 위해서는 우선 그 근거가 되는 쓰기 성취기준을 분석해야 하는데, 그 일차적 대상은 현행 교육과정에 제시된 쓰기 성취기준

---

1 대표적인 것이 미국영어교사협회(NCTE)와 국제독서학회(IRA)가 공동 개발한 미국 영어 교육 과정이다. 또한 주 단위 교육과정에서도 학생 예시문을 지속적으로 활용해 왔으며, 최근 개발된 CCSS(Common Core State Standards)에서도 부록(C)에 서사문, 논설문, 설명문 등의 학생 예시문을 제시하고 있다.

이다. 그러나 특정 교육과정에 제시된 쓰기 성취기준의 경우, 해당 교육과정의 목표나 체계 등의 영향으로 말미암아 핵심적인 쓰기 능력 중 일부가 생략되거나 혹은 강조될 수 있다. 또한 교육과정의 잦은 개정으로 말미암아 특정 교육과정에만 의존하여 선정한 예시문은 쓰기 교수·학습 및 평가에 활용할 수 있는 기간이 짧다는 문제도 있다.

이에 이 연구에서는 2009 국어과 교육과정과 국가 수준 학업성취도 평가의 쓰기 성취기준을 대상으로 보다 핵심적인 성격의 성취기준을 선별하고 이에 의거하여 학생 예시문을 선정하고자 한다. 이렇게 선정된 예시문은 교육과정의 개정과 관계없이 쓰기 평가 및 교수·학습에 지속적으로 활용할 수 있다는 장점이 있다. 이와 같은 과정을 통해 이 연구에서는 학생들이 쓰기 교육을 통해 도달해야 할 지점을 안내하고, 쓰기 교수·학습 및 평가에 활용 가능한 학생 예시문 자료를 마련하는 방안을 모색해 보고자 한다.

2. 작문 교육에 대한 다양한 논의들

가. 쓰기 성취기준에 관한 연구

성취기준이란 학생들이 알아야 하는 것과 할 수 있어야 하는 것을 서술하며 사회적 기대나 학생들에 대한 이상을 반영한다(Wixson, Dutro, & Athan 2003). 천경록(1998)은 성취기준에 대해 '학습자가 학습과 목표를 통해 도달해야 하는 정도에 대한 실질적 기준이나 지침의 역할을 수행할 수 있도록, 현행 교육과정 상의 목표와 내용을 분석하여 구체화한 진술문'이라고 정의한 바 있다. 또한 현행 국어과 교육과정에서는 성취기준을 '교수·학습 및 평가에서의 실질적 근거로서, 국어과에서 학생들이 학습을 통해 성취해야 할 지식, 기능, 태도와 관련된 능력과 특성을 진술한 것'이라고 정의하고 있다(구영산, 2012, 교육인적자원부, 2007). 이와 같은 정의들을 토대로 할 때, 교육의 장에서 성취기준이란 도달점 또는 수행기준의 의미가 강하다고 볼 수 있다.

성취기준이라는 용어가 우리나라에 도입된 것은 절대평가에 대한 논의(허경철 외 1996)가 본격화되면서부터이다. 이후 제7차 교육과정 시기부터 각 교과의 내용을 '성취기준형'으로 진술하려는 노력이 진행되었고, '2007 개정 교육과정'에서부터 국어과 교육과정 문서에 도입되었다.

성취기준에 대한 개념적 접근으로는 허경철(2006)의 연구가 주목된다. 허경철(2006)은 성취기준이 내용기준과 수행기준으로 구분된다고 지적하였다. 내용기준이란 학생들이 학습해야 할 지식과 기능을 서술해 놓은 것으로 결과기준으로 불리기도 한다. 반면 수행기준은 학생들이 실제로 알고 있어야 하고 할 수 있어야 하는 것을 구체적으로 정의한 것으로 내용 기준과 관련된 학생들의 숙달 수준을 의미한다고 정의하였다. 따라서 이 두 가지는 별개라고 볼 수 없으며, 수행기준을 통해 내용기준이 활성화되는 것이라고 언급하였다. 허경철(2006)의 논의를 참조할 때, 본 연구는 내용(성취)기준으로 제시되고 있는 성취기준의 추상성을 보완하기 위해 학생들의 실제 수행 기준을 글의 형태로 보여주고자 하는 목표를 갖는다고 말할 수 있다.

성취기준 개발에 해당하는 연구로는 우선 남민우 외(2008, 2012)의 연구를 들 수 있다. 남민우 외(2008, 2012)는 각각 2007, 2009 국어과 교육과정에 따른 국어과 성취기준과 성취 수준을 개발하면서 성취기준의 개념과 기능을 논하였다. 남민우 외(2012)에서는 성취기준을 '교수·학습 및 평가에서의 실질적 근거로서, 각 교과목에서 학생들이 학습을 통해 성취해야 할 지식, 태도, 기능 등의 능력과 특성을 진술한 것'으로 규정하고 이를 개발하기 위해 교육과정 내용 요소의 분석, 성취기준의 개발 및 지침 수립, 현장 적합성 검토, 최종 성취기준 확정의 단계를 거쳤음을 밝히고 있다. 특히 쓰기 영역과 관련해서는 쓰기의 '지식'과 '기능'을 통합하는 방식으로 성취기준을 개발하였음을 밝히고 그 이유로는 쓰기 교육의 방향이 쓰기 활동에 대한 이해를 바탕으로 기능을 익혀 활용할 때 쓰기를 잘 할 수 있기 때문이라고 언급하였다. 이 같은 쓰기 성취기준 개발의 방향은 결과적으로 쓰기의 실제적 기능을 강조한 것이라고 볼 수 있다.

한편 정은영 외(2010)에서는 국가 수준의 학업성취도 평가를 시행하기 위한 국어과 성취기준을 마련하면서 성취기준은 국어과의 교육 내용과 목표를 분석하여 이를 평가 영역과 적절히 연계시킴으로써 국어과의 교수·학습 상황을 제대로 진단할 수 있는 실질적 기준이 되도록 한다고 밝히고 있다. 즉, 국가 수준 학업성취도 평가의 성취기준은 학생들이 학교 교육과정을 통해 도달해야 할 학습 정도를 평가하려는 목적을 지니고 있으므로 교육과정 성취기준에 비해 보다 포괄적이고 평가 지향적이라는 특성을 지니고 있다.

구영산(2012)은 성취기준 및 성취 수준의 활용 방안을 논하였다. 구영산(2012)에서는 성취기준 개발의 목적이 '교육과정의 질'을 관리하고 '기초학력을 보장'하기 위한 것임을 지적하고 그 활용의 방향을 국가 및 교육청 수준, 학교와 교사 차원, 학생 차원, 학부모 차원으로 세분화하여 제시하였다. 특히 학교와 교사는 성취기준을 활용하여 교수·학습 과정의 질을 관리하고 교육과정의 목표와 내용을 명료하게 인식하여 이를 학생에게 정확히 전달해야 함을 강조하고 있다. 또한 학생 역시 성취기준을 활용하여 무엇을 성취해야 하는지, 그 성취기준에 도달하기 위해 어느 정도 노력해야 하는지를 파악해야 한다고 밝히고 있다. 이렇게 볼 때 성취기준은 모든 교육 주체가 교육 활동을 위해 참고할 수 있는 구체적 진술문의 성격을 가져야 함을 알 수 있다.

성취기준을 비판적으로 검토한 연구로는 우선 박영민(2007, 2011b)을 들 수 있다. 박영민(2007)에서는 성취기준 중심의 교육과정 제시를 긍정적으로 평가하면서 성취기준으로 쓰기 교육과정을 제시하게 되면 학생들이 작문 과목을 통해서 도달해야 할 지점이 명확해져서 교수·학습이 목표 지향적으로 이루어질 가능성이 높아진다고 언급하였다. 또한 도달해야 할 성취기준만을 국가 수준에서 정해놓은 것이므로 다양한 교수·학습 자료와 방법이 가능해진다는 점도 장점이라고 언급하였다. 그러나 박영민(2011b)에서는 2007, 2009 국어과 교육과정이 기초 연구 결과에 토대를 두기보다는 전문가들의 이론적 논의와 직관적 판단에 의존하여 작성되다 보니, 내용 성취기준의 적합성이나 타당성,

진술의 명료성 등에 문제가 있을 수 있다고 지적하였다. 더불어 성취기준의 형식으로 쓰기 영역의 교육과정을 제시한다고 해도 도달점에 대한 구체성이 명료하지 않다는 한계가 여전하다는 점을 지적하고, 이를 보안할 수 있는 방법을 마련할 필요가 있다고 언급하였다.

정혜승(2007)은 성취기준 중심의 교육과정 구성을 비판적으로 고찰하면서 성취기준으로 교육 내용을 제시한 이상 그것이 성취될 수 있도록 체계적이고 충분한 교육적 지원이 뒷받침되어야 한다고 주장하였다. 또한 외국의 경우 자국의 교육과정의 기준을 성취시키기 위해 학습 기회 기준, 평가 기준, 평가 질 관리 기준 등 다양한 후속 기준 등을 개발하고 이에 대한 실질적 지원책을 마련하고 있음을 지적하였다.

윤현진 외(2008)에서도 외국의 성취기준과 평가 기준을 분석하여 성취기준의 개념을 명료화하였다. 특히 교사들을 대상으로 설문 조사한 결과, 교육과정의 성취기준이 좀 더 널리 활용되기 위해서는 교사들이 수업이나 평가 상황에서 활용하기 편리하도록 해야 한다는 점을 확인하였다. 이를 위해서는 교육과정의 모든 내용의 수준과 범위를 포함하도록 상세하게 개발하고, 각 기준에 대한 충분한 예시를 포함해야 할 뿐만 아니라, 활용 방법을 알기 쉽게 제시하고, 모든 교사들이 소유할 수 있도록 보급해야 한다는 점을 확인한 바 있다.

한편 교육과정 성취기준의 적합성에 대한 조사 연구도 수행되었다. 남민우·최숙기(2012)는 현직 교사들을 대상으로 2009 국어과 교육과정 '내용 성취기준'의 적합성을 조사한 결과, 상당수의 성취기준의 타당성 및 명료성, 수준 적합성에서 평균 이하로 나타났다고 밝혔다. 특히 7~9학년의 내용 성취기준들은 모든 영역에서 4.0 미만(5.0 척도 기준)으로 나타나 학령이 올라갈수록 성취기준의 적합성이 떨어지는 것으로 조사되었다. 또한 '진술의 명료성'에 문제가 있는 성취기준이 다수 발견된바, 국어교육계 내의 소통이 시급한 문제라고 지적하였다.

쓰기 성취기준에 초점을 맞춘 장은주 외(2012)에서는 남민우·최숙기(2012)

의 연구 결과를 토대로 쓰기 영역의 내용 성취기준의 적합성을 심화 분석한 결과, 쓰기 윤리나 매체와 같은 낯선 항목들의 타당성이 낮게 나타났으며 내용 요소의 의미나 범위가 불분명한 성취기준의 경우 적합성이 낮게 평가된 것으로 나타났다.

이러한 연구 결과들은 결국 국어과 교육과정 성취기준의 진술에 여러 가지 문제가 있으며 성취기준의 진술만으로 쓰기 수업을 구현하고 학생의 글을 평가하기에는 무리가 있다는 점을 보여준다고 볼 수 있다.

나. 작문 교육에서 예시문에 관한 연구

예시문이라는 용어는 그 사용역이 매우 넓어 명확한 정의를 내리기가 쉽지 않다. 이 연구에서 다루고자 하는 예시문은 '성취기준의 도달 정도를 보여주는 학생의 글'로, 일반적으로 사용되는 예시문의 개념과는 다소 차이가 있다. 그러나 학생 예시문도 예시문의 한 종류라고 볼 수 있으므로 우선 예시문에 대한 학술적 논의를 살펴볼 필요가 있다.

이성영(2006)에서는 국어과 교과서에 실리는 텍스트의 유형을 기능에 따라 메타 텍스트, 자료 텍스트, 활동 텍스트로 구분하였다. 이 중 자료 텍스트는 지식이나 기능, 전략과 같은 학습 내용이 직접적인 형태로 서술되어 있는 직접적 자료 텍스트와 언어활동의 자료로 선택되는 간접적 자료 텍스트로 구분된다고 하였다. 또한 간접적 자료 텍스트에는 다양한 문학 작품들과 설명문, 논설문, 보고문 등 여러 형식의 개별 텍스트가 포함된다고 보았다. 이렇게 볼 때, 예시문은 간접적 자료 텍스트의 한 종류라고 볼 수 있다. 이성영의 분류는 국어 교과서에 실린 텍스트의 종류를 기능별로 나눈 것으로 쓰기 영역에 초점을 맞춘 것은 아니었다.

쓰기 영역에 한정된 예시문의 분류는 이은경(2000)에서 시도된 바 있다. 이은경(2000)은 고등학교 작문 교과서를 분석하여 예시문의 유형으로 일반인 예문과 학생 예문, 출전이 밝혀져 있지 않은 예문으로 나누고, 일반인 예문을 현대어 예문, 고전 원문의 현대어역, 한문 번역본, 외국어 번역문, 고전 원문으로 세분화하여 제시하였다. 이러한 분류는 예시문의 필자와 출전을 기준으로 한 것으로 예시문의 기능을 고려하지 못했다는 한계가 있다.

이은주(2007)에서는 본격적으로 예시문의 활용 양상을 고찰하였다. 여기서는 예시문을 '학습자의 쓰기 능력 신장을 위해서 쓰기 지도 교사가 쓰기 지도 내용에서 설명하거나 쓰기 과제에서 지시하는 요소를 잘 보여주기 위해서 목적의식적으로 선정한 문자 텍스트'라고 정의하였다. 또한 쓰기 교수·학습에 사용되는 문자 텍스트의 종류를 쓰기 이론에 대한 글, 예시문, 쓰기 과제, 동료 학습자의 글, 학습자 본인의 글로 나누고 예시문은 일종의 보조 텍스트로서 교수·학습의 과정 및 환경에 기여하는 것으로 보았다.

김명순·박동진(2012)은 예시문의 기능과 텍스트적 특성을 고찰하면서, 쓰기 예시문이 쓰기와 관련된 기능의 일차적 교본으로, 학생들이 익혀야 할 쓰기 기능을 보여주고 방법을 안내하는 역할을 한다고 언급하였다. 또한 과정 중심 쓰기 수업에서 내용 생성, 내용 조직과 표현, 점검과 조정의 쓰기 과정에 따라 예시문은 자료 활용 기능, 전범 기능, 평가 기능 등을 수행할 수 있다고 보았다.

이 논문의 기초 연구에 해당하는 권태현(2013)에서는 학생 예시문을 '학습자의 쓰기 능력 신장을 위해 쓰기 교수·학습 및 평가의 과정에서 활용하고자 목적의식적으로 선정한 다양한 유형의 문자 텍스트'로 정의하고 예시문의 유형을 필자에 따라 일반 예시문과 학생 예시문으로, 기능에 따라 평가 예시문과 학습 예시문으로 구분하였다. 즉, 일반 예시문이나 학생 예시문 모두 그 기능에 따라서는 평가 예시문 혹은 학습 예시문으로 활용될 수 있다고 보고 그중에서도 실제 학생들의 글인 학생 예시문의 선정 방안을 탐색하였다.

쓰기 교육에서 예시문의 활용에 관한 연구는 크게 평가 예시문 관련 연구와 쓰기 교수·학습 과정에서의 예시문 활용 연구로 나누어 살펴볼 수 있다.

평가 예시문에 관한 논의는 Cooper(1977)에서부터 시작되었다. 평가 예시문[anchor paper]이란 말 그대로 평가 기준을 예시한 글로서 평가 기준의 진술을 구체적으로 보여주는 글이라고 볼 수 있으며, 주로 총체적 평가에서 평가자 훈련이나 평가자 협의 과정의 자료로 활용되어왔다(Cooper 1997, 박영목 1999).

박영민(2009)은 평가 예시문 활용을 본격적으로 논의하면서 평가 예시문의 종류를 대응 평가 예시문과 표준 평가 예시문으로 구분하고 평가 예시문 활용의 방법과 절차를 마련하였다. 박영민(2009)은 평가 예시문의 활용을 통해 쓰기 평가의 전형적 문제로 제기되어 온 평가자 간 신뢰도를 높일 수 있으며 쓰기 평가의 부담과 피로도를 경감시킬 수 있을 것으로 보았다.

이후 평가 예시문을 활용하기 위한 기초 연구로서 수행된 박영민·최숙기(2010a, 2010b)에서는 중학생들이 쓴 설명문과 논설문을 수집하였다. 여기서는 표본으로 선정된 국어교사들의 평가 점수를 통해 모평균을 추정함으로써 보다 객관도가 높은 평가 예시문을 마련하는 연구가 수행되었다.

평가 예시문에 관한 실질적 연구로는 Pop, Ryan, & Thompson(2009)을 들 수 있다. 이 연구에서는 동일 학년에서 수집한 평가 예시문으로 채점한 경우와 여러 학년에서 수집한 평가 예시문으로 채점한 결과를 비교하였는데 동일 학년에서 수집한 평가 예시문을 활용했을 때의 쓰기 평가 점수가 유의하게 높았음을 확인하고, 평가 예시문 수집과 활용에 신중을 기해야 함을 지적하였다.

국내에서는 이은숙(2011)과 양주훈(2012)의 연구를 살펴볼 수 있다. 이은숙(2011)은 평가 기준만으로 평가하는 집단과 평가 예시문을 함께 이용하여 평가하는 집단으로 나누어 고등학생의 글을 평가하게 한 후 평가자 간 신뢰도와 평가자 내 신뢰도를 비교하였다. 그 결과 평가 예시문을 활용한 쓰기 평가 방안이 평가자 간 신뢰도를 높이는데 부분적으로 영향을 미칠 수 있다는 점과 특히 평가자 내적 신뢰도를 높이는 데 효과적인 방안이 되고 부적합, 과적합 판단을 받은 평가자들의 수를 줄일 수 있다는 점을 확인하였다.

대응 평가 예시문을 활용한 이은숙(2011)과 달리, 표준 평가 예시문을 활용한 양주훈(2012)은 박영민·최숙기(2010b)에서 선정한 표준 평가 예시문을 활용한 결과, 일반화가능도 계수나 최적화에 유리하며 평가자 간 신뢰도나 평가자 내 신뢰도가 높게 나타남을 확인하였다.

평가 예시문의 선정과 관련하여 박영민·박종임(2012)은 예비 국어교사들을 대상으로 중학생의 설명문 자료에 대한 평가 자료를 수집하고 다국면 라쉬 모형을 활용하여 일관성 있는 평가 자료를 추출하는 방법을 제안하였다. 일반적으로 예시문 선정에 있어서 평가 자료의 신뢰도에 관심을 두지 않는 것과는 달리 이 연구에서는 예시문 선정 과정에서의 평가자 간 신뢰도와 평가자 내 신뢰도의 문제에 초점을 두었다는 점에서 의의가 있다.

쓰기 평가에서 학생 예시문을 사용한 경우에 비해 쓰기 교수·학습의 과정에서 학생 예시문을 활용한 사례는 많지 않다. 예시문을 활용한 쓰기 교수·학습 방법을 지속적으로 연구해 온 대표적인 사례로 Culham(2003, 2010)을 들 수 있다. Culham의 연구는 80년대 미국에서 시작된 주요 특성 평가와 깊은 관련을 맺고 있다. 주요 특성 평가 방법은 좋은 작문이 갖추어야 할 특성들을 고른 뒤 그 특성들에 맞춰 글을 지도하고 평가하자는 아이디어에 토대를 두고 있다. Culham(2003, 2010)에서 발전되어 온 쓰기 지도의 방식은 전형적으로 ① 예시문의 제시 ② 학생들이 예시문의 각 특질에 대한 점수를 부여 ③ 부여된 점수에 대해 소집단 토론 ④ 글의 특질들을 발전시킬 수 있는 방안에 대해 토론하고 글 수정 ⑤ 새로운 점수 부여의 절차로 진행된다. 이러한 방식은 기본적으로 학습 예시문을 통해 학생들의 쓰기 특질에 대한 이해, 글에 대한 평가 능력의 신장을 이룸으로써 학생들의 쓰기 능력을 향상시킬 수 있다는 생각에 기초해 있다. Culham의 쓰기 지도 방법은 단지 예시문의 표현이나 구조, 내용을 모방하는 형식주의적 쓰기 지도에서 탈피하여 예시문을 매개로 학생들이 좋은 작문의 요건을 학습하고 교사의 평가와 학생의 학습을 연계시킬 수 있다는 데에 그 의의가 있다.

아직까지 국내에서 예시문을 활용한 쓰기 지도 방안을 직접적으로 연구한 사례를 찾아보기는 어렵다. 그러나 쓰기 교수·학습과 평가의 연계를 강조한 연구들을 통해 예시문의 필요성을 논의한 연구들을 참고할 수 있다.

이수진(2008)은 쓰기 평가 결과를 해석하고 이를 교수·학습 과정에 송환하는 노력이 부족했음을 지적하였다. 또한 쓰기 평가 결과를 쓰기 교수·학습에 활용하기 위해서는 적절한 해석의 자원이 필요하다고 논하며 그 예로 학생들의 글에 대한 논평, 교사 평가나 동료 평가의 결과물 등을 들었다.

박태호(2005)는 학습자의 글을 평가하는 방법으로 구체적 과제 상황에 알맞은 주요 특성 평가 모형을 제시하고 이를 통해 학생의 쓰기 능력을 추론하는 방식과 고쳐쓰기 지도를 연관시키는 지도 방법을 제안한 바 있다.

이와 같은 연구들은 쓰기 지도 방법과 쓰기 평가의 연계를 강조하고 있다. 성취기준의 도입과 함께 쓰기 평가와 쓰기 교수·학습의 연계가 보다 강조되고 있으며 학생 예시문은 이러한 연계의 과정에서 중요한 역할을 담당할 수 있을 것으로 기대된다.

다. 쓰기 평가 과제 및 평가 기준 개발에 관한 연구

이 연구에서는 학생 예시문을 수집하기 위해 중·고등학생들을 대상으로 표준화된 쓰기 과제를 부여하고 그 결과를 평가하여 체계적인 예시문 선정 방안을 마련하고자 한다. 이 과정에서 성취기준을 반영한 쓰기 과제 및 평가 기준을 개발해야 하므로 이와 관련된 선행 연구들을 살펴볼 필요가 있다.

먼저 쓰기 과제의 구성과 관련하여 Miller & Crocker(1990)는 선행 연구들을 검토하여 좋은 쓰기 과제가 갖추어야 할 요소로 첫째 생각을 자극해야 하고 표현의 범위를 정해주어야 하며, 둘째 일반적인 주제나 내용 영역에 모든 학생들이 반응할 수 있도록 충분히 구체적이어야 하고, 셋째 학생들에게 기대하고 있는 반응이 무엇인지 알 수 있도록 구조를 제공해야 하며, 넷째 예상 독자와 담화 양식과 관련하여 많은 선택권이 있어야 하고, 다섯째 쓰기 과제의 모든 내용이 특정 집단에 유리하지 않아야 하며, 여섯째 평가자의 신념에 의해 채점의 신뢰도에 영향을 줄 수 있는 문제를 피해야 하며, 일곱째 분량이나 시간, 그리고 평가 기준을 명확하게 담고 있어야 한다고 하였다.

Ruth & Murphy(1998)에서는 1980년대까지의 쓰기 과제 연구를 정리하면서 쓰기 과제의 구성 요소를 주제와 지시(설명)로 나누었다. 주제[subject]는 필자가 '무엇'에 관해 쓸 것인지에 대한 것이고, 지시[instruction]는 필자가 주제를 가지고 '어떻게' 써야 하는지와 관련된 것으로 쓸 내용에 대한 제한점이나 구체화와 관련된다. '지시'에는 장르, 청자, 필자의 역할, 목표, 양식 등의 담화 특징과 길이, 시간제한 등의 과제 요구 사항 외에 평가 기준과 글의 조직 등 쓰기 과정에 대한 안내가 포함된다. 쓰기 과제의 두 요소인 주제와 지시는 평가자 또는 교사가 의도하고 요구하는 쓰기를 학생이 수행하게 하는 데 있어 중요하다고 하였다.

Williams(1998)는 쓰기 과제에서 계열성과 수사적 자질의 고려를 강조하였다. 쓰기 과제에서 수사적 자질에 대한 고려가 중요하기 때문에 특정한 담화 기능, 학생이 할 일에 대한 정확한 지시, 글의 목적과 독자, 평가 준거가 포함되어야 좋은 쓰기 과제라고 하였다.

쓰기 과제 구성 요소와 관련한 국내의 연구로는 김정자(2004), 서수현(2008)의 연구가 대표적이다. 먼저 김정자(2004)는 주제, 독자, 목적, 방법을 쓰기 과제가 갖추어야 할 일반적 요소라고 하였으나 이 모두를 쓰기 과제에서 구체화할 필요는 없다고 하였다. 쓰기 과제의 구성은 학생들이 선택할 수 있는 과제 선택의 기회, 글의 종류, 필자의 수준, 교수 상황, 목적에 따라 달라질 수 있다고 보았다. 김정자(2004)는 학생의 특성이나 발달 수준에 따라 쓰기 과제 구성 요소의 제시 및 구조화의 정도가 달라야 함을 강조했다고 볼 수 있다.

서수현(2008)은 쓰기 과제의 구성 요소를 필자를 기준으로 범주화하여 제시하였다. 즉, 필자가 글을 쓸 때 동원하는 지식 차원과 필자에게 주어진 상황 차원으로 나누어 쓰기 과제 구성 요소를 살핀 것이다. 필자의 지식 차원에는 주제에 대한 내용 지식, 쓰기 목적에 대한 전략적 지식, 쓰기 과정에 대한 전략적 지식, 독자에 대한 전략적 지식이 포함된다. 상황 차원에는 평가 준거와 쓰기에 주어진 시간이 포함된다. 이 연구는 기존에 병렬적으로 나열되었던 쓰기 과제의 구성 요소를 필자 내적인 것과 필자 외적인 것으로 분류하고 그에 따른 하위 요소를 체계적으로 탐색했다는 점에 의의가 있다.

다음으로 쓰기 평가 기준 개발에 관한 연구를 살펴볼 필요가 있다. 직접 평가 방식의 작문 평가에서 쓰기 평가 기준의 설정은 매우 중요하다. 이 연구에서는 예시문의 실제적 기능을 담보하고 보다 예시문 평가의 타당성과 대표성을 확보하기 위해 1차: 총체적 평가와 2차: 분석적 평가의 과정을 거치고자 한다. 또한 선정된 예시문에 대한 전문가의 질적 분석을 진행하기 위해 성취기준과 관련된 쓰기 평가 준거를 분석하여 예시문과 관련한 정보를 마련하고자 한다. 이 과정에서 글 유형에 따른 쓰기 평가 준거는 중요한 선행 자료가 된다. 글 유형별로 성취기준이 반영된 쓰기 평가 기준을 개발하고자 한다. 이와 관련한 연구로는 노창수(1987), 김정자(1992), 서수현(2008)이 대표적이다.

노창수(1987)에서는 글의 유형별로 평가 관점을 세워 평가할 필요가 있음을 밝힌 뒤, 소설 감상문, 수필, 기행문, 설명문, 시, 희곡, 일기·편지, 논설문의 여덟 가지로 나누어 평가 기준을 제시하였다.

김정자(1992)는 교육과정과 기존의 평가 기준을 통해 글쓰기의 목적에 따라 그 글을 구성하는 중요한 요소들을 뽑아 평가 기준을 설정하였다. 글의 유형을 설득적인 글, 설명적인 글, 표출적인 글로 나누고 이 세 유형의 글을 평가하는 공통 평가 범주로 내용, 조직, 표현을 설정한 후 글의 목적에 따라 평가 기준을 다르게 설정하였다. 그리고 이러한 평가 기준의 타당성을 검증하기 위해 설득적 글의 평가 기준을 적용하여 평가자 간 신뢰도를 검증하였다.

서수현(2008)은 작문 평가의 기준 설정과 관련한 연구 결과들과 현장 교사들의 참여를 통해 정보전달, 설득, 정서 표현이라는 교육과정 상의 글 유형별로 내용, 표현, 조직의 측면에서 평가 준거를 설정하였다. 이 연구에서는 글의 구조와 독자에 대한 고려를 쓰기 평가 준거의 중요한 특성으로 제시하였다.

이 같은 연구들을 토대로 할 때, 쓰기 평가 기준은 주로 내용, 조직, 표현의 평가 영역을 중심으로 평가 준거에서 요구하는 학생들의 핵심적인 쓰기 능력 및 글의 주요 특성들이 반영될 필요가 있음을 알 수 있다.

3. 논의의 기본 방향과 제한점

이 책에서는 타당한 학생 예시문 선정 계획을 수립하고 그에 따라 예시문을 수집, 평가, 선정하는 과정을 거치고자 한다. 이 책에서 다루게 될 각 장의 구체적인 연구 내용을 제시하면 다음과 같다.

2장에서는 예시문 선정의 이론적 토대를 마련하고, 학생 예시문의 개념 및 특성, 선정의 원리를 탐색할 것이다. 우선 기존의 예시문 관련 논의와 그와 변별되는 학생 예시문의 개념, 성취기준 중심의 교육과정과 쓰기 교수·학습 및 평가의 과정에서 학생 예시문의 의의가 무엇인지를 살펴볼 것이다. 또한 예시문의 수집, 평가, 선정, 제시의 과정에서 고려해야 할 점들을 고찰하고 외국의 학생 예시문 제시 현황을 참고하여 타당한 학생 예시문 선정의 모형을 마련할 것이다.

3장에서는 학생 예시문을 선정하기 위한 연구 방법을 살펴볼 것이다. 연구 대상은 크게 표집 대상인 학생의 글과 수집된 글에 대한 평가자로 구분하여 제시할 것이다. 학생의 글은 대표성과 쓰기 수준의 다양성을 반영하기 위해 전국의 중·고등학생들을 대상으로 다단계 표집할 것이며 이렇게 표집된 글을 2차에 걸친 평가 과정을 통해 학생 예시문으로 선정하고, 선정된 학생 예시문에 대한 질적 분석의 계획을 제시할 것이다. 또한 학생 글을 평가하기 위한 평가자 구성 및 평가 계획을 제시하고, 평가 결과의 신뢰도와 학생 글의 모평균을 분석하는 데에 활용될 일반화가능도 이론과 추리 통계 방법에 대해 언급할 것이다.

4장에서는 학생 예시문 선정의 과정과 결과를 제시하고 그에 따른 논의를 전개하고자 한다. 이 과정에서 쓰기 성취기준의 선별 및 이에 근거한 성취 수준의 진술, 성취기준 및 성취 수준을 토대로 한 쓰기 평가 기준의 개발, 예시문 수집에 활용할 쓰기 과제의 개발, 예시문 수집, 2단계에 걸친 예시문 평가, 선정된 예시문에 대한 전문가의 질적 분석 결과를 제시하고 학생 예시문의 제시 방식과 활용 방안을 구체화할 것이다. 이 같은 과정을 통해 학생 예시문 선정의 대표성과 신뢰성을 확보하고 타당한 학생 예시문 선정의 매뉴얼을 제시하고자 한다.

이 책에서 구체적으로 논의할 연구 문제를 제시하면 다음과 같다.

첫째, 학생 예시문 선정을 위한 쓰기 성취기준을 어떻게 설정할 것인가?
둘째, 타당도와 신뢰도를 갖춘 학생 예시문을 어떻게 선정할 것인가?
셋째, 쓰기 성취기준과 관련하여 학생 예시문을 어떻게 제시할 것인가?
넷째, 쓰기 성취기준에 따른 학생 예시문을 어떻게 활용할 것인가?

쓰기 성취기준에 따른 학생 예시문 선정에 관한 연구를 수행하면서 다음과 같은 몇 가지 제한점을 두고자 한다. 첫째, 표집 대상의 제한이다. 이 연구에서는 학생 글의 표집 대상을 중학교 3학년과 고등학교 2학년으로 한정하였다. 물론 다른 학년의 글도 표집하면 더욱 풍성한 결과를 얻을 수 있겠으나 실제 연구를 수행하는 과정에서 모든 학년의 학생들을 대상으로 예시문을 수집하고 평가하기에는 어려움이 있었다. 따라서 현 국가 수준 학업성취도 평가의 대상인 중학교 3학년과 고등학교 2학년 학생들을 중학교군과 고등학교군을 대표하는 학년으로 상정하고 이들을 대상으로 예시문을 표집하고자 한다.

둘째, 표집 인원의 제한이다. 글의 다양한 수준과 특성에 따라 예시문을 제시하기 위해서는 가급적 많은 수의 예시문을 수집할 필요가 있다. 또한 표본의 수가 많을수록 모평균에 근접하여 선정의 타당성을 높일 수 있다. 그러나 연구를 수행할 수 있는 실제 규모를 제한할 필요가 있으므로 이 연구에서는 지역과 학년, 글 유형의 변인을 고려하여 대도시와 중소도시, 읍면 지역의 학교를 대상으로 총 825편의 글을 표집하였다. 또한 성별의 변인을 고려하여 전체적으로 남녀 성비가 고르게 표집되도록 하였다.

셋째, 글 유형 및 쓰기 과제에 따른 제한이다. 이 연구에서는 쓰기 능력을 드러내는 대표적인 글 유형과 그에 따른 예시문을 선정하기 위해 글의 유형을 설명문, 논설문, 서사문으로 제한하고 각 유형별 특성을 잘 드러낼 수 있는 쓰기 과제를 개발하여 예시문 수집의 도구로 활용하였다. 따라서 보다 다양한 내용과 형식의 글을 예시하는 외국의 경우와 달리 한정된 수와 유형의(특정한 쓰기 과제에 의해 부여된) 글을 대상으로 하였기 때문에 선정된 글이 해당 성취 수준이나 글 유형의 모든 특성을 보여주기는 어렵다. 또한 교육과정 및 교과서에 구현된 쓰기 과제의 실제적 특성을 반영하다 보니 같은 글 유형이라 하더라도 학년에 따라 상이한 성격의 쓰기 과제가 활용된 경우가 있으며 이러한 과제의 특성이 쓰기 평가에 영향을 미칠 수 있다.

이러한 제한점들로 미루어볼 때, 이 연구에서 수행한 학생 예시문 선정의 결과가 엄밀한 의미에서 대표성을 가진다고 말하기는 어렵다. 그러나 표준화된 쓰기 과제와 평가 방법을 활용하여 예시문 선정에 개입할 수 있는 다양한 변인을 가급적 통제하였고 추리 통계의 방법을 통해 글의 대표성을 보완하기 위해 노력하였다.

이상의 여러 한계에도 불구하고 이 연구는 향후 실제 중심의 쓰기 성취기준의 개발, 쓰기 성취기준이 갖는 진술의 추상성과 모호함을 해소하는 데에 기여할 수 있을 것이다. 또한 이러한 과정을 통해 선정된 학생 예시문은 쓰기 교육에서 평가 및 교수·학습의 실질적 근거가 될 수 있는 기초 자료로 활용될 수 있으리라 기대된다.

제 2 장

작문 교육과 예시문에 대한 논의

이 장에서는 학생 예시문의 개념 및 특성, 학생 예시문 선정의 원리와 절차를 중심으로 이론적 논의를 진행할 것이다. 학생 예시문의 개념 및 특성은 기존의 예시문 논의와 변별되는 학생 예시문의 특성이 무엇인지에 초점을 두어 살펴볼 것이다. 이어서 학생 예시문을 선정하는 데에 고려해야 할 사항들을 면밀히 고찰함으로써 학생 예시문 선정의 원리를 이론적으로 체계화하고 이를 바탕으로 학생 예시문 선정 모형을 마련하고자 한다.

1. 학생 예시문의 개념 및 특성

쓰기 교육의 장에서 예시문은 모범문, 시범문 등 다양한 기능을 수행해 왔다. 달리 말하자면, 쓰기 교육 이론이 변화하면서 예시문을 바라보는 관점도 변화해 왔다고 볼 수 있다. 이 절에서는 쓰기 교육의 이론적 맥락에서 예시문의 의미가 어떻게 바뀌어 왔는지를 알아보고 예시문의 개념과 유형, 기능을 살펴보고자 한다.

가. 쓰기 교육에서 예시문의 의미 변화

예시문이란 말 그대로 예로 들어 보이는 글로서, 그것이 사용되는 목적이나 맥락에 따라 다양하게 정의될 수 있다. 일반적으로 쓰기 교육에서 예시문이란 쓰기 교수에 도움이 되는 문자 텍스트, 읽기 자료 정도로 이해되어 왔다. 사실 많은 쓰기 교재들은 다양한 예시문을 수록하고 있으며, 쓰기를 익히기 위해 다른 글을 참고하는 것은 오랜 역사를 지닌 학습 방법이다. 그러나 쓰기 교육에서 예시문의 개념이나 그 의미를 논하는 것은 쉬운 일이 아니다. 쓰기 교육의 패러다임에 따라 예시문을 바라보는 관점이나 태도가 변화해 왔기 때문이다.

쓰기 교육은 작문이론에 직접적 영향을 받아 전개되어 왔다고 볼 수 있는데 20세기 이후 작문이론은 크게 형식주의 작문이론, 인지주의 작문이론, 사회 인지주의 작문이론의 세 가지로 정리될 수 있다(Nystrand 1989, 박영목 외 1996). 이 중, 인지주의와 사회인지주의를 합쳐 구성주의로 이해하기도 한다. 즉, 인지구성주의와 사회구성주의로 파악하는 방식이다. 인식론적 관점에서 볼 때 형식주의는 객관주의에, 구성주의는 주관주의에 해당한다. Williams (1998)는 작문 연구의 경향을 인지구성주의와 사회구성주의로 구분하고 인지구성주의는 의미 구성의 기반을 개인으로 보는 것이며 사회구성주의는 의미 구성의 기반을 사회 문화 구성원들 간의 상호 작용으로 보는 것이라고 설명한 바 있다.

형식주의적 관점은 고정되고 확인 가능한 지식이 존재한다고 보기 때문에 형식주의 작문이론에서는 규범 문법과 수사론적 규칙을 중시했다. 형식주의 작문이론에 의하면 쓰기 능력을 신장시키는 가장 좋은 방법은 모범적인 텍스트를 모방하고 어법상의 오류를 수정하는 것이다. 이때의 예시문은 곧 모범문이라고 할 수 있다. 예시문을 활용한 쓰기 교수·학습 방법이 학문적으로 논의된 바는 거의 없으나 이는 암묵적으로 형식주의 작문이론과 관련된다고 평가되어 왔다. 형식주의적 관점에서는 쓰기의 과정보다는 그 결과물인 텍스트를 강조했으며 텍스트의 구성 요소를 분석함으로써, 의미 구성의 중요한 문제를 파악할 수 있다고 보았기 때문이다.

그러나 형식주의 작문이론은 필자나 사회·문화적 맥락에 대한 고려가 없었다는 점에서 많은 비판을 받게 되었다. 모범문에 대한 관점 자체가 사회·문화적 맥락이나 개인의 능력, 상황에 따라 다를 수 있기 때문이다. 또한 형식주의적 쓰기 교육에서 예시문은 필자나 작문 맥락에 대한 추론을 배제한 자율적 실체로 규정되고, 일방적인 모방의 대상으로 간주되었기 때문에 학습자의 역동적인 의미 구성이나 창의성을 이끌어내기 어려웠다고 볼 수 있다.

이러한 문제를 해결하기 위해서는 인지주의나 사회인지주의적 관점에서 예시문을 재조명해볼 필요가 있다. 인지주의는 쓰기 결과물인 텍스트 자체보다는 텍스트를 산출하는 개별적인 작문 행위를 분석의 대상으로 삼으며, 텍스트는 필자의 계획과 목적과 사고를 언어로 번역한 것으로 규정한다. 사회인지주의는 이러한 개인의 인지적 과정에 미치는 사회적 변인을 더욱 강조하는 것이라 볼 수 있다. 사회인지주의 작문이론에 의하면 필자 개개인은 개별적으로 작문을 하는 것이 아니라 의미 구성 과정에 제약을 가하는 언어 공동체의 일원으로서 작문을 하게 되고, 이때의 텍스트는 언어 공동체의 담화 관습 및 규칙의 집합으로 규정된다. 따라서 인지주의나 사회인지주의 쓰기 이론에서의 예시문은 모범문이라기보다는 시범문으로 제시된다고 볼 수 있다(이은주 2002). 시범문은 절대적 준거의 개념보다는 상호작용의 대상으로 기능한다. 학습자는 시범문을 통해 쓰기의 기본 원리와 방법을 익힐 뿐만 아니라 자신의 배경지식의 근거하여 이를 비판하고 새로운 관점을 형성하는 과정을 거칠 수도 있다. 쓰기 교육의 관점에서 시범문은 모방의 대상으로 제시된다기보다 교수·학습의 과정에서 교사와 학습자를 연결하는 매개체의 역할을 수행한다.

이와 같은 맥락에서 예시문을 모범문과 동일시하는 일반적 관점은 재고될 필요가 있다. 즉, 예시문은 모방의 대상이 되는 절대적 기준이 아니라, 미숙한 필자가 일련의 쓰기 과정을 거치면서 일어나는 인지 작용을 돕고, 쓰지 지도를 담당하는 교사와 학생 사이의 상호작용을 도울 수 있는 효과적인 매개체의 기능을 담당해야 한다.

동일한 맥락에서 이수진(2010)은 형식주의 작문 교육의 의미를 재검토하면서 텍스트에 대한 관점이 수정될 필요가 있음을 지적하였다. 이수진(2010)은 형식주의적 관점을 취한다는 것은 작문 교육에서 텍스트적 요소를 보강하는 것이라고 보며 이를 발전적으로 이끌기 위해서는 다음의 내용을 강조했다. 첫째, 기존의 형식주의 작문 교육처럼 객관적 지식만을 강조할 것이 아니라 좋은 글을 생성하는 필자의 내용 생성 방식을 추출할 수 있어야 한다. 둘째, 전통적인 모방 교육의 한계를 벗어나기 위해서는 글의 내용이 아니라, 논리적 구조, 표현 방식, 주제 제시의 방식 등을 모방할 수 있도록 해야 하며 예시문을 제시할 때는 글이 쓰인 맥락을 제공하여 텍스트적 요소와 맥락적 요소의 통합이 이루어지도록 해야 한다. 셋째, 수사학·국어학·국문학적 지식 등이 어떻게 작문 교육 이론의 바탕이 되는지를 추적하여 현재의 작문 교육에서 부족한 텍스트적 요소를 보강해야 한다.

나. 예시문의 개념과 유형

쓰기 교육 이론에 따른 예시문의 의미를 고려할 때, 쓰기 교육에서 예시문은 과거의 형식주의 쓰기 교육의 결과 중심적 태도에서 벗어나 쓰기 교수·학습의 과정에서 활용되는 의사소통의 매개체라는 관점으로 접근할 필요가 있다. 학생은 물론 모방의 대상이 되는 뛰어난 글을 접할 필요도 있지만, 이보다 더 중요한 것은 자신들과 비슷한 수준의 글을 놓고 교사나 동료들과 협의해 가면서 좋은 글의 핵심적 특성이 무엇인지 이해하는 것이다.

이 같은 문제의식을 바탕으로 본 연구에서는 예시문의 개념을 '학습자의 쓰기 능력 신장을 위해 교수·학습 및 평가의 과정에서 활용하고자 목적의식적으로 선정한 다양한 문자 텍스트'로 정의하고 그 유형을 〈그림 2-1〉과 같이 구분하고자 한다.

예시문의 분류 과정에서 일차적으로 고려되어야 하는 것은 예시문과 쓰기 성취기준의 관련성이다. 쓰기 교육의 장에서 제시되는 예시문은 결국 학생들의 쓰기 능력 신장이라는 목표에 따라 선정되는 것이다. 따라서 예시문은 쓰기 교육의 목표를 구체화한 쓰기 성취기준 혹은 쓰기 교육의 내용을 일차적 근거로 하며 이를 해석한 학교나 교사 단위의 성취 목표에 의해서도 선정, 활용되는 것이라 볼 수 있다. 따라서 이 연구에서 논의하는 예시문은 쓰기 성취기준을 구체화한 성취기준 예시문의 성격을 갖는다는 것을 밝혀두고자 한다.

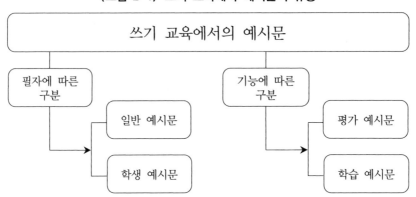

〈그림 2-1〉 쓰기 교육에서 예시문의 유형

일차적으로 예시문은 필자가 누구인가에 따라 일반 예시문과 학생 예시문으로 나눌 수 있다. 일반 예시문에는 학생이 아닌 전문 필자나 교사, 교과서 집필자의 글 등이 포함된다고 볼 수 있다. 반면 학생 예시문은 동료나 선·후배 등 비슷한 수준의 학생들이 작성한 글로서 쓰기 교수·학습이나 평가 장면에서 활용하기 위해 예시하는 학생의 실제 글을 말한다. 성취기준에 따른 예시문은 쓰기 교육과정을 통해 학생들이 도달해야 하는 성취 수준을 보여주어야 하므로 학생 예시문이어야 한다. 따라서 이 연구에서는 학생 예시문에 한정하여 논의를 진행하고자 한다.

예시문은 또한 그 기능에 따라 평가 예시문과 학습 예시문으로 구분할 수 있다. 평가 예시문은 쓰기 평가에서 신뢰도 확보를 위해 평가 기준을 예시한 글이다. 평가 예시문에 관한 논의는 Cooper(1977)에서부터 시작되었으며, 주로 총체적 평가에서 평가자 훈련이나 평가자 협의 과정의 자료로 활용되어왔다(박영목 1999). 박영민(2009)은 평가 예시문의 활용을 통해 쓰기 평가의 전형적인 문제로 제기되어 온 평가자 간 신뢰도를 높일 수 있으며, 쓰기 평가의 부담과 피로도를 경감시킬 수 있을 것으로 보았다.

학습 예시문이란 쓰기 교수·학습의 과정에 활용하기 위해 예시하는 글로, 평가 예시문의 개념을 교수·학습의 국면으로 옮겨온 것이다. 학습 예시문이 기존의 예시문과 다른 부분은 단지 글만 제시하는 것이 아니라 평가 결과나 평가의 이유 등을 함께 제시함으로써 쓰기 평가와 학습을 적극적으로 연계한다는 것이다. 즉 평가 예시문이 평가의 기준이 되는 글이라면 학습 예시문은 쓰기 수행의 기준이 되는 글이라고 볼 수 있다. '학습 예시문(benchamark paper)'이라는 용어는 현재 미국의 쓰기 특성 연구자들에 의해 빈번하게 사용되고 있는데(Culham 2003), 이는 학생의 글과 그 글의 특성에 대한 진술, 평가 결과까지 수반하는 것이므로 단순히 모범문이나 모방 등으로 부르기보다는 쓰기 학습에 도움을 주는 글이라는 뜻에서 학습 예시문이라고 부르는 것이 보다 적절하다(권태현, 2012).

평가 예시문과 학습 예시문이 제대로 기능하기 위해서는 일반인이 쓴 글보다는 실제 학생의 글을 활용해야 한다. 일반 성인 필자의 글 역시 일종의 모범문으로 기능할 수는 있겠으나, 이를 통해서는 학생들의 다양한 쓰기 수행의 수준을 드러내기 어렵기 때문이다. 따라서 쓰기 교육의 장에서 학습 예시문과 평가 예시문은 학생 예시문의 상이한 활용 형태에 해당한다고 볼 수 있다.

지금까지의 논의를 토대로 할 때, 학생 예시문은 다음과 같은 요건을 지녀야 한다고 정리해 볼 수 있다.

첫째, 학생 예시문은 일종의 시범문으로서 핵심적인 쓰기 능력의 특성을 예시할 수 있어야 한다. 즉, 학생 예시문은 쓰기 교육의 내용이나 쓰기 성취 기준에 근거를 둔 핵심적인 쓰기 능력을 구체적으로 제시하고 안내할 수 있어야 한다.

둘째, 학생 예시문은 학습자가 쓰기 과정을 거치면서 일어나는 일련의 인지 작용을 돕고 배경지식을 활성화시킬 수 있어야 한다. 학생 예시문이 단지 글의 표면적 특질에 대한 모방의 대상으로 기능하는 것이 아니라 쓰기의 과정에 직접적으로 관여할 수 있는 방식으로 제시되어야 함을 의미한다.

셋째, 학생 예시문은 교사와 학습자, 또는 글과 평가자 사이의 끊임없는 상호 작용을 일으키는, 효율적인 매개체로 기능할 수 있어야 한다. 학생 예시문은 교사와 학습자가 쓰기 과정 동안 글의 특질이나 쓰기의 방식 등에 관해 상호작용을 할 수 있도록 도와야 하며 평가의 측면에서는 평가자와 평가 대상인 글을 매개하는 기준점이 될 수 있어야 한다.

넷째, 학생 예시문은 쓰기 평가와 수업을 연계시킬 수 있어야 한다. 학생 예시문은 그 자체가 평가 기준을 구체화한 것이라도 볼 수 있는데, 이를 통해 교사의 평가 전문성 및 학생의 쓰기 능력 신장에 도움을 줄 수 있어야 한다. 즉, 교사는 학생 예시문을 통해 자신의 평가 엄격성이나 일관성을 점검할 수 있어야 하며 학생은 이러한 평가 결과를 이해함으로써 글의 특질을 이해하거나 자신의 쓰기 과정을 반성할 수 있어야 한다.

2. 외국의 쓰기 성취기준과 학생 예시문

국내와 달리 외국에서는 오래전부터 학생 예시문을 활용하여 교육과정의 이해를 돕고 쓰기 교수·학습을 지원해 왔다. 특히 미국과 캐나다, 호주 등의 영미권 국가들은 국가 차원에서 학생 예시문을 수집, 선정하여 제시해 왔다. 이 장에서는 이러한 외국의 학생 예시문 사례를 고찰하여 예시문 선정의 원리와 관련한 시사점을 찾아보고자 한다.

가. 미국 교육과정의 쓰기 성취기준과 학생 예시문

미국은 오래전부터 표준화된 쓰기 성취도 검사를 통해 학생들의 쓰기 능력을 측정하고 그 결과를 제공해 왔다. 미국의 '전국교육성취평가(National Assessment of Educational Progress)', 즉 NAEP에서 발행하는 보고서(1998, 2002)를 살펴보면, 이야기, 정보전달, 설득 및 주장과 같은 다양한 목적에 따른 직접 쓰기 평가 문항과 문항별 평가 기준을 제시함과 더불어 등급별로 학생 예시문(평가 사례)을 풍부하게 제시하고 있다. NAEP가 결국 국가 수준의 쓰기 성취기준에 근거한 평가라는 점을 감안할 때, 이러한 학생 예시문도 성취기준을 안내하는 예시문으로 이해할 수 있다.

또한 미국은 2010년 전미 주지사 협회(NGA, national governors association)와 주교육감협의회(CCSSO, council of chief state school officers) 주관으로 초·중·고 교사, 교육전문가 및 학부모, 교수들이 모여서 전체 학령기(K-12)에 대한 공통 성취기준을 개발하였다. 자국어(영어)와 수학에서 핵심적으로 가르쳐야 할 학습기준인 공통핵심기준, CCSS(Common Core State Standards)는 성공적인 대학 생활과 직장 생활을 위해 필요한 핵심적인 능력을 중심으로 구성되었다(CCSSI, 2010). 쓰기의 경우, 텍스트의 유형 및 목적[Text types and Purpose], 글의 생산과 공유[Production and Distribution of Writing], 지식 형성과 표현을 위한 연구 활동[Research to build and Present Knowledge], 쓰기의 범위[Range of Writing]에 해당하는 항목들이 제시되어 있다. 〈표 2-1〉은 CCSS 쓰기 영역의 최종 성취기준[2]에 해당한다.

---

2 CCSS의 최종 성취기준은 '대학과 직무 준비 핵심 기준(College & Career Readiness Anchor Standards)'으로 불린다. CCSS는 이 '대학과 직무 준비 핵심 기준'을 학습자가 습득해야 할 대표 성취기준으로 설정하고 그에 대한 세부 성취기준들을 K-12학년별로 추출, 배치하였기 때문에 성취기준간의 연계성과 계열성이 높다(이순영, 2011).

〈표 2-1〉 공통핵심기준(CCSS) 쓰기 영역 최종 성취기준

내용 범주	최종 성취기준
텍스트 유형과 목적	타당성 있는 근거와 이유를 사용하여 실질적인 화제나 텍스트를 분석함으로써 주장을 뒷받침하는 논쟁적인 글(arguments)을 쓴다. 내용을 효과적으로 선택, 조직, 분석함으로써 복잡한 아이디어와 정보를 명료하고 정확하게 설명하고 전달하기 위해 정보적/설명적인 글(informative/explanatory)을 쓴다. 효과적인 기법, 잘 선택된 구체적 사례, 잘 구조화된 일련의 사건을 활용해서 실제적이거나 허구인 경험이나 사건을 칭작하기 위해 서사적인 글(narratives)을 쓴다.
생산과 공유	내용 전개, 조직, 문체 등이 과제, 목적, 독자에 부합하도록 명료하고 응집성 있는 글을 쓴다. 계획하기, 수정하기, 편집하기, 다시쓰기 혹은 새로운 접근법을 활용해서 글을 더욱 발전시키고 강화한다. 글을 쓰고 출판하기 위해, 그리고 독자들과 상호작용하고 협력하기 위해 인터넷과 같은 기술적 도구를 활용한다.
지식 생산과 표현을 위한 연구	초점이 분명한 질문을 바탕으로 연구 주제에 대해 이해한 것이 잘 드러나게 단기적 혹은 중단기적 연구 활동을 수행한다. 다양한 인쇄물과 디지털 자료로부터 관련된 정보를 모으고 그 자료들의 신뢰성, 정확성을 평가하며 표절하지 않도록 주의하면서 정보를 통합한다. 분석, 성찰, 연구를 뒷받침하기 위해 문학 텍스트나 정보적 텍스트로부터 근거를 끌어 온다.
쓰기의 범위	다양한 과제, 목적, 독자를 감안하여 연구, 성찰, 수정을 위한 중장기적 쓰기 활동과 1~2일 정도의 단기적 쓰기 활동을 수시로 수행한다.

〈표 2-1〉의 최종 성취기준은 대학과 직무에서의 성공에 도달하는 데 필요한 필수적 쓰기 능력을 네 가지의 범주로 나누어 제시한 것이다. 이 중 '텍스트의 유형과 목적'은 학생들이 실제로 써야 할 특정 글 유형에 필요한 기준들이고, 나머지는 모든 텍스트 생산에 필요한 공통 기준들이라고 할 수 있다. 특히 '지식 생산과 표현을 위한 연구'에서는 학습 작문이나 쓰기 윤리를 강조하고 있으며, '쓰기의 범위'는 쓰기 동기 및 태도와 관련된 기준이라고 볼 수

있다. 이러한 성취기준의 체계는 글 유형별 쓰기 성취기준을 선정하려는 본 연구에 많은 시사점을 줄 수 있다.

CCSS(2010)의 부록(C)에는 학생 예시문 34편이 수록되어 있다. K(유치원)학년부터 12학년까지 각 학년별로 설명문[informative/explanatory]이나 논설문[argument] 혹은 서사문[narrative]이 2~3편씩 수록되어 있는데, 수록된 글의 유형은 학년별로 조금씩 차이가 있다. 여기 수록된 예시문들은 학생들의 다양한 수준을 보여준다기보다 해당 학년에서 성취해야 할 최소한의 수준 즉, 도달점을 보여주는 것이다. 각 예시문에는 CCSS에서 글의 유형별로 제시된 평가 기준과 관련된 주석[annotation]이 달려있다. 주석은 예시문의 각 부분을 예로 들어 필자가 도달한 성취기준의 구체적 내용을 서술하는 것이다. 각 학년의 쓰기의 범위는 학생들의 개인적 발달의 차이, 쓰기 조건의 차이를 반영한다. CCSS의 예시문은 주로 수업 중에 썼거나 숙제로 써 온 것들이고 나머지는 특정 쓰기 과제에 의해 수집된 것들이다. 〈그림 2-2〉는 CCSS(2010)에 수록된 8학년 설명문[3]의 예이다.

위 예시문은 축구를 주제로 쓴 8학년 설명문의 예이다. 제시 방식을 구체적으로 살펴보면 ① 쓰기 과제와 글을 쓴 상황에 대한 설명 ② 학생의 글 ③ 설명문 쓰기 성취기준과 관련 내용에 대한 주석으로 구성되어 있다. 이러한 제시 방식은 학생 예시문을 선정하고 있는 다른 나라(호주, 캐나다)와도 크게 다르지 않다. 글을 쓴 상황을 밝히는 것은 어떤 상황에서 글을 쓰느냐에 따라 글의 수준이나 평가가 달라질 수 있기 때문이다. 예를 들어 윗글은 첫날 수업 시간에 글을 쓰고, 다음 수업 시간에 동료와의 토의 후 글을 수정한 결과물이다. 쓰기 성취기준에 관한 설명은 글 유형에 따른 성취기준을 제시하고, 그 기준에 도달했다고 판단되는 글의 특성을 예로 들어 설명하는 방식이다. 학생 예시문이 하나의 사례 보고를 넘어서, 교육과정의 이해와 쓰기 교수·학습

---

3 Common Core State Standards Initiative.(2010), English Language Art Standards, http://www.corestandards.org/ELA-Literacy/W/8.

Student Sample: Grade 8, Informative/Explanatory

This essay was written about a favorite activity. The writer wrote for one entire class period the first day and revised his essay the second day after discussing ideas for revision with a partner.

Football

What I like doing best is playing football, mainly because it is one of my best sports. One of the greatest things about it, in my opinion, is the anticipation, wondering what the other players are thinking about what you might do. Football is a physical game, of course, but it's the mental aspect that I appreciate the most.

At times football can get grueling, which makes the game even more exciting. The first time you make contact with another player (even with all that equipment) you get very sore. That is true for everyone, but in time you get used to the aches and pains. After awhile, you develop mental discipline, which allows you to ignore some of the pain. The mental discipline then allows you to go all out, to unload everything you have, every play. That's how you win games, everyone going all out, giving 110%.

The game takes concentration, just as much as any other sport, if not more. You develop this aspect in practice. That is why it is so important to have hours and hours of it. Mentally, you have to get over the fear, the fear of eleven madmen waiting for chance to make you eat dirt. And that comes through practice. Once you overcome the fear, you can concentrate on the more important things, like anticipating the other guy's next move. Studying the playbook and talking with other players also helps.

During the game, your mind clears of all thoughts. These thoughts become instinct. You have to react, and react quickly, and you develop reactions and instinct in practice. For example, when you're carrying the ball or about to make a tackle, you want to make sure you have more momentum than the other guy. If you don't you'll be leveled. But, you should react instinctively to that situation by increasing your momentum.

Playing defense, all you want to do is hit the man with the ball, hit him hard. Right when you unload for a stick, all your body tightens. Then you feel the impact. After you regain your thoughts, you wonder if you're all right. You wait for your brain to get the pain signal from the nerves. Even so, if you do get that signal, which is always the case, you keep right on playing. You can't let that experience shake your concentration.

On offense, while playing receiver, you can actually "hear" the footsteps of the defensive back as you're concentrating on catching the ball. What separates the men from the boys is the one who "hears" the footsteps but doesn't miss the ball. That's mental discipline, concentration.

Football is very physical or else it wouldn't be fun. But it is also a mental game and that is why it's challenging. You can get hurt in football if you screw up and ignore the right way to do things. However, mental discipline and concentration, which you develop during hours of practice, helps you avoid such mistakes.

Annotation

The writer of this piece
• **introduces the topic clearly, previewing what is to follow.**
o *What I like doing best is playing football . . . Football is a physical game, of course, but it's the mental aspect that I appreciate the most.*

• **organizes ideas, concepts, and information into broader categories.**
o *Information is organized into three components of the mental aspect of football: discipline, concentration, and instinct.*

에 실질적 도움이 되기 위해서는 그 글이 왜 쓰기 성취기준에 도달한 글로 평가받았는지를 구체적으로 설명해야만 한다. 이렇게 제시된 학생 예시문은 성취기준을 활용하는 교사나 학생 모두에게 쓰기 성취기준을 보다 구체화하고 가시화하는 역할을 할 수 있다.

이와 같은 CCSS(2010)의 예시문들은 그동안 미국의 국가 수준 평가 체계에서 쓰기 능력을 직접 평가 방식으로 평가하고, 그 결과를 오랫동안 누적해 온 역사적 산물이다(이주섭, 2012). 전술한 바와 같이 미국에서는 1969년 이후로 NAEP 평가를 통해 방대한 양의 학생 예시문을 축적해 오고 있다. 또한 2011년부터는 컴퓨터를 활용한 온라인 작문 평가를 실시하고, 여기서 얻어진 학생의 글을 데이터베이스화해서 다각도의 분석을 진행할 예정이라고 한다. 이와 대조적으로 우리나라에서는 아직 국가 단위의 직접 쓰기 평가가 실시되지도 않고 있으며 학생 예시문의 수집과 결과 보고에 대한 체계적인 연구도 수행되지 못한 상황이다. 우리나라의 경우도 교육과정에서 성취기준에 도달한 학생 예시문을 선정하여 제시하면 교육과정에 대한 교사와 학생의 이해도를 높이고 전반적인 쓰기 수행 수준 파악에도 기여할 수 있을 것이다.

나. 호주 교육과정의 쓰기 성취기준과 학생 예시문

호주도 일찍부터 국가 수준의 수리·문해력 평가(NAPLAN, national assessment progress-literacy and numeracy)를 통해 직접 쓰기 평가를 시행하고 있다. NAPLAN의 공식 홈페이지를 보면, 평가 문항, 채점 기준과 더불어 학생 예시문이 등급별로 풍부하게 제시되어 있다. 미국과 호주의 경우를 통해 알 수 있듯이, 국가 수준의 직접 쓰기 평가를 시행하기 위해서도 학생 예시문을 적극적으로 활용할 필요가 있다.

한편, 호주의 자국어 성취기준(Australian English Achievement Standards)은 학년별(1학년-10a학년)로 제시되어 있으며 수용 양식(듣기, 읽기와 보기)과 생산 양식(말하기, 쓰기와 창작하기)으로 구성되어 있다. 〈표 2-2〉는 8학년 생산 양식의 성취기준이다.

<표 2-2> 호주 교육과정 생산 양식(Productive modes) 성취기준(8학년)

8학년	• 학생들은 언어 기능의 선택이 특정 목적과 효과에 어떻게 사용될 수 있는지를 이해한다. • 학생들은 예상 독자에 영향을 미치기 위해 사용한 언어 선택의 효과를 설명한다. • 다른 텍스트로부터 아이디어나 이미지, 언어적 특징을 통합함으로써 어떻게 아이디어가 새로운 방식으로 표현되는지 보여준다. • 학생들은 예상 독자의 반응에 영향을 미치는 언어를 선택함으로써 서로 다른 텍스트를 생성한다. • 학생들은 언어 양식을 효과적으로 사용하여, 학급 및 집단 토의에 적극적으로 표현하고 참여한다. • 특정한 효과를 만들기 위해 글을 수정하고 편집할 때는, 의도된 목적과 예상 독자의 흥미와 필요를 고려한다. • 학생들은 문법에 대한 이해를 보여주고 적절한 어휘를 선택하고 정확한 철자와 구두점을 사용한다.

〈표 2-2〉에서 볼 수 있듯이, 호주 교육과정의 생산 양식 성취기준은 비록 쓰기에 한정된 것은 아니지만, 전반적으로 언어 기능의 이해를 바탕으로 예상 독자를 고려하여, 글을 생산하는 능력에 초점을 두고 있다.

호주 교육과정에서도 성취기준과 더불어 별도의 학생 예시문 포트폴리오를 부록으로 제시하고 있다. 호주의 쓰기 성취기준은 다양한 유형의 글을 여러 매체를 통해 생산하는 것이 특징인데, 이러한 특징은 수록된 학생 예시문에도 그대로 반영되어 있다. 〈표 2-3〉은 호주 교육과정에서 제시하고 있는 예시문의 종류를 정리한 것이다.

7학년	8학년	9학년
•영화 감상문 •논증하는 글 •문학 작품에 대한 감상 •창작 쓰기(수필) •시	•문학 작품에 대한 감상 •설득하는 글 •만화소설(Graphic Novel) •상상한 이야기	•설득하는 말 •설득하는 글 •문학 작품에 대한 감상 •상상한 이야기

〈표 2-3〉에서 보듯이 호주는 미국과 달리 학생의 글뿐만 아니라 만화, 이야기(음성 파일) 등 다양한 양식의 생산물들을 제공하고 있다. 이는 교육과정에서 학생들의 글조차 제공하지 않고 있는 우리나라의 경우와 매우 대조적이다. 호주의 제시 방식이 미국과 다른 또 하나의 특징은 학생의 예시문을 상[above satisfactory], 중[satisfactory], 하[below satisfactory]의 세 수준으로 나누어 제시하고 있다는 점이다. 즉, 단지 성취기준에 도달한 학생 글만을 제시하는 것이 아니라 성취기준에서 요구하는 수준을 뛰어넘은 상 수준의 학생 글과 성취기준에 도달하지 못한 하 수준의 학생들까지 함께 제시하여 각각의 글에서 어떤 점이 우수하고 미흡한지에 대한 설명을 함께 제시하고 있는 것이다. 보다 넓은 범위의 예시문을 제공함으로써 교사와 학생 모두는 쓰기에서 자주 범하기 쉬운 문제점을 진단할 수도 있으며 더욱 뛰어난 글을 쓰기 위해서 어떤 점들을 보완해야 할지에 대해서도 살필 수 있다는 장점이 있다. 이런 방식은 활용의 가능성을 염두에 두고 학생 예시문을 선정하고자 할 때 참고할 만한 것이다. 〈그림 2-3〉은 호주 교육과정에서 제시한 8학년 학생 예시문[4]이다. 글의 유형은 '문학 작품에 대한 반응'으로 독서 감상문에 해당한다.

---

4 호주교육과정평가보고원(ACARA, Australian Curriculum, Assessment and Reporting Authority)에 제시된 8학년 상[above satisfactory] 수준의 학생 예시문. http://www.australiancurriculum.edu.au/English/Curriculum

〈그림 2-3〉 호주 교육과정의 학생 예시문 사례

English — Year 8
Above satisfactory

Response to literature: *Artemis Fowl*

Artemis Fowl, although originally portrayed as an avaricious and cunning young man, does develop more caring and genuine characteristics as the novel progresses. Early in the story, Artemis and Butler capture and imprison a fairy named Holly Short. She is locked in a small room in Artemis' manor and immediately becomes quite agitated. Although this irritates Artemis, he does begin to feel slightly sympathetic. He and Butler even decide to "never [kidnap fairies] again. [They] are too ... human" (275). Much later in the book, Artemis saves Juliet and Butler from a bomb by giving them sleeping pills. He later explained to Butler that "... [he] simply administered [them] all a dose of [his] mother's pills" (275) As Artemis slowly developed into a kinder person he decided to sacrifice half of his gold to save his mother. He traded the gold with Holly Short in exchange for a wish to cure his mother of her illness. He gave her the gold because "[he] felt [he] owed the captain something for services rendered." (261) Artemis' mother was cured by Christmas, but she couldn't get him a present. But he believed she had bought him a Christmas present." (278) by being there for him. Artemis Fowl did become a kinder person in the end due to certain events that changed his personality and way of thinking.

Annotations

Uses punctuation to support meaning in complex sentences.

Uses vocabulary with precision.

Understands that the coherence of complex texts relies on devices that signal text structure and guide readers, for example, a clear topic sentence.

Uses a variety of clause structures, including embedded clauses.

Incorporates appropriate, referenced quotations smoothly to add authority to opinions.

Experiments with sentence structure by beginning with 'but' to highlight the significance of his mother's presence to him at Christmas.

Concludes with a summarising statement.

예시문의 제시 방식을 살펴보면 관련 성취기준에 대한 설명과 쓰기 과제에 대한 요약, 학생의 글과 관련 주석으로 구성되어 있다. 호주의 학생 예시문이 미국과 또 다른 점은 〈그림 2-3〉과 같이 학생 예시문을 원본 그대로 제시한다는 점이다. 학생의 글을 타이핑하여 제시하는 미국과 달리 호주는 학생의 손 글씨를 그대로 올리거나, 광고 콘티 양식, 말하기 음성 파일, 만화 등 다양한 유형의 텍스트를 학생의 작성한 그대로 제시하여 생동감을 느끼게 한다. 매체의 발달로 인해 온라인 작문 등 새로운 형태의 문해력이 강조되고 있는 현실에서 호주의 쓰기 교육과정과 다양한 학생 예시문은 우리의 쓰기 교육에 많은 시사점을 줄 수 있다.

다. 캐나다 온타리오 주의 학생 예시문 자료집

캐나다의 경우도 일찍부터 쓰기 성취기준과 함께 학생 예시문을 제시해 왔다. 특히 캐나다 온타리오 주에서는 90년대 말부터 학생 예시문 자료집 (Writing Samples of Student Work)을 기획하여 학교 현장에 보급해 왔다. 온타리오 주에서는 각 학년의 쓰기 결과물에 대한 네 단계의 평가 기준을 만들고, 교사, 교육 전문가, 교육 행정가 등이 모여 집단적으로 학생 예시문을 선정해 왔다. 온타리오 주에서 밝히고 있는 학생 예시문 선정의 목표를 살펴보면 학생 예시 문의 선정과 보급이 교육적으로 어떤 의의가 있는지 잘 이해할 수 있다.

목표
이 자료집의 개발 이유는 다음과 같다.
- 각 학년에서 각 단계의 성취에 관한 학생 글의 특성을 보여준다.
- 학년에 따른 학교 쓰기 평가의 일관성 확보를 지원한다.
- 예시문과 관련한 평가 기준의 적용과 교사의 피드백을 제시하여 학생의 쓰기 학습을 촉진한다.
- 학생들에게 기대되는 학습과 성취 수준에 근거하여 학생의 글이 어떻게 평가 되는지의 관계를 보여준다.
- 온타리오 주 교육과정에 따른 쓰기 과정을 촉진한다(Ministry of Education and Training 1999, pp.2~3).

온타리오 주의 학생 예시문 자료집은 단순히 학생의 글만을 제시한 것이 아니라 성취 수준과 평가 기준의 작성, 쓰기 과제의 개발, 학생 예시문의 수집, 쓰기 평가, 활용 방안 등을 구체적으로 설명함으로써 교사와 교육 행정가, 학부모와 학생 모두에게 쓰기 교수 및 평가에 관한 하나의 실증적 지침으로 기능하도록 설계되었다. 말하자면 온타리오 주의 학생 예시문 자료집은 학생 예시문 선정의 전, 중, 후의 과정을 제시하여 쓰기 교수 및 평가의 현장 실험(field test) 형태로 확장된 것이라고 할 수 있다. 캐나다 온타리오 주의 학생 예시문은 학년별로 총 네 수준(grade 1~grade 4)으로 제시되어 있으며 각각의 글은 논증

[reasoning], 의사소통[communication], 구성[organization], 관습[convention]의 쓰기 특성에 대한 평가 및 교사의 논평이 함께 제시되어 있다. 학생의 글은 교육과정의 성취 수준에 근거하여 해당 학년 말의 성취 수준을 대표한다. 〈그림 2-4〉는 7학년의 수준 3(level 3)에 해당하는 학생 예시문이다.[5] 이 글은 'brushinator'라는 칫솔 대용품에 대해 쓴 설명문으로 '창의적이고 흥미로운 방법으로 내용을 기술하였으며 전달하고자 하는 정보가 명확하며 독자의 읽기 욕구를 자극한다.'고 평가되있다.

〈그림 2-4〉 캐나다 온타리오 주 교육과정의 학생 예시문 사례

Grade 7　　　　Level 3: Example 1

AN ADVERTISEMENT

Some kids really hate to brush their teeth. That's why the new "brushinator" is so terrific. It makes kids actualy want to brush their teeth. It's a cool new way to have fantastic oral hygiene.

The "brushinator is a edible toothbrush. First, you open up the package, and pull out the toothbrush and free bubble gum flavored toothpaste. Then brush your teeth with the "brushinator," as you would your normal toothbrush. After that you just eat the toothbrush. It's a simple as that!

Now I know you must be wondering, "Isn't bad to eat right after you brush?" Not anymore! When you eat the brushinator it helps to clean your teeth! It's amazing!

Plus, the "brushinator" comes in five fruity flavors; lime, grape, cherry, strawberry and apple, and they all taste scrumptous! It's healty and tastes great at the same time! Don't wait, get your terrific brushinator today!!!

---

5 출처는 다음과 같다. Ministry of Education and Training(1999), The Ontario Curriculum-Exemplars Grade 1-8, Writing, Queen's printer for Ontario.

Reasoning
- the writer expresses well-developed ideas supported with relevant details
- the writer anticipates questions of the reader and responds logically

Communication
- there is clear evidence of the writer's voice and appeals to the audience
- dialogue is used effectively
- much of the vocabulary is used effectively

Organization
- the introduction, body, and conclusion are organized to develop a central idea
- paragraphs connect related ideas and have clear topic sentences
- the final paragraph should be divided into two paragraphs

Conventions
- there are a few minor errors in spelling (e.g., "actualy" and "healty")
- the writer uses underlining and punctuation for effect
- missing words indicate the need for a more careful final edit

Comments
This piece develops the description in a creative and interesting way. The message is clear and an appeal is made to the reader.

캐나다 온타리오 주의 학생 예시문 자료집에는 학생 예시문 선정의 과정에 대해서도 언급하고 있어 주목된다. 온타리오 주 학생 예시문 선정의 과정은 다음과 같다. ① 예시문 프로젝트에 참여한 모든 교사들이 협력하여 주 교육과정에 근거한 쓰기 평가 준거를 개발하고 후속 협의를 통해 이를 검토, 수정한다. ② 교사들은 수집된 모든 학생들의 글을 읽고 각각의 글에 대해 총체적 채점(1~4수준)을 한다. ③ 교사들은 다시 모든 글을 두 번째로 살펴보며 평가 준거에 의거해 글의 네 측면(논증, 의사소통, 구성, 관습)을 살펴보고 분석적 점수를 부여한다. ④ 총체적 평가와 분석적 평가의 결과를 토대로 학생 글의 전반적 수준을 결정한다. ⑤ 지역 교육청 수준에서 3~5명의 교사들은 수집된 학생 글에 부과된 수준에 대해 합의에 도달할 때까지 토의한다. ⑥ 주 교육청의 예시문 선정 팀은 수집된 글의 수준에 대해 검토하고 해설을 작성한다. 이와 같은 선정의 과정을 살펴보면 학생 예시문은 여러 단계의 평가와 검토를 거쳐 타당도와 신뢰도를 갖춰 선정해야 함을 알 수 있다. 특히 글의 전반적 수준과 세부 특질을 종합적으로 살피기 위해 총체적 평가와 분석적 평가를 단계적으로 사용한다는 점을 주목할 필요가 있다.

앞에서 살펴본 바와 같이 미국과 호주, 캐나다 등 영미권 국가들은 일찍부터 쓰기 성취기준에 따른 학생 예시문을 선정하여 보급해 왔다. 물론 영미권 국가와 우리나라의 쓰기 교육 상황은 동일하지 않다. 영미권 국가들은 전통적으로 쓰기 교육을 매우 중시해 왔으며 쓰기 능력은 모든 교과 학습의 기본적인 바탕이 된다고 보아왔다(박영민 역, 2012). 이에 비해 우리나라는 아직 쓰기 평가나 쓰기 수업이 활발하게 이루어지지 못하고 있는 실정이다.

물론 앞서 살핀 외국의 학생 예시문 제시 방식이 완벽한 것은 아니다. 평가자 현황이나 모평균을 제시하지 않아 평가 결과의 신뢰도를 제고하지 못한 점이나 예시문 활용 방안을 소개하지 않은 점 등은 아쉬움이 남는 부분이다. 이 연구에서는 이러한 점을 보완하여 우리 실정에 맞는 학생 예시문을 선정함으로써, 쓰기 교육의 목표를 보다 구체화하고 학생과 교사 모두에게 실질적으로 도움이 될 수 있는 자료를 제시하고자 한다.

3. 학생 예시문 선정의 원리

타당성과 신뢰성을 갖춘 예시문을 선정하기 위해서는 예시문 선정의 원리를 고찰하여 체계적인 예시문 선정의 계획을 수립해야 한다. 이 절에서는 쓰기 성취기준과 글의 유형, 쓰기 과제, 평가 방법 등 예시문 선정 과정에서 고려해야 할 세부 요소를 살펴보고, 이를 통해 학생 예시문의 선정 방향을 제시하고자 한다.

가. 학생 예시문 선정 과정에서 고려할 점

교사가 학생들에게 과제 수행을 안내하기 위해 다른 학생의 글을 미리 소개하는 것도 학생 예시문의 일종이라고 볼 수 있다. 하지만 이와 같은 경우 교사 개인의 직관과 판단에 의존해서 예시문을 선정하는 것이기 때문에 타당성이나 신뢰성을 확보하기가 어렵고, 실제 학생들의 쓰기 학습을 오도할 가능성도 있다. 따라서 학생 예시문은 실제성과 타당성, 신뢰성을 확보하여 일정한 절차와 방법에 따라 선정되어야 한다. 여기에서는 먼저 학생 예시문 선정에서 고려해야 할 사항들을 살펴보고자 한다.

1) 쓰기 성취기준

학생 예시문을 선정하기 위해서는 우선 그 근거가 되는 쓰기 성취기준이 필요하다. 어떤 성취기준에 근거하여 예시문을 선정하느냐에 따라 예시문의 성격이나 예시문 평가의 준거, 해설의 내용 등이 달라지기 때문이다. 학생 예시문 선정의 근거가 되는 성취기준으로는 일차적으로 현행 교육과정의 쓰기 성취기준을 들 수 있다. 2009 국어과 교육과정의 내용 체계는 '실제, 지식, 기능, 태도'로 범주화되었다. 다음은 2009 국어과 교육과정의 쓰기 영역 내용 체계이다.

〈표 2-4〉 쓰기 영역의 내용 체계(2009 국어과 교육과정)

실제		
• 다양한 목적의 글 쓰기 -정보를 전달하는 글 -설득하는 글 -친교 및 정서 표현의 글 • 쓰기와 매체		
지식	기능	태도
• 쓰기의 본질과 특성 • 글의 유형 • 쓰기와 맥락	• 글씨 쓰기 • 쓰기의 계획 • 내용 생성과 조직 • 표현하기와 고쳐쓰기 • 쓰기 과정의 점검과 조정	• 가치와 중요성 • 동기와 흥미 • 쓰기와 윤리 • 쓰기의 생활화

그런데 상기 내용 체계에서 지식이나 태도 관련 항목은 학생 예시문을 통해 직접적으로 구체화하기 어렵다는 문제가 있다. 교육 내용을 구성하기 위

해서는 쓰기 지식이 포함되어야 하지만, 예시문을 통해 필자가 지닌 쓰기 지식을 직접적으로 도출하기에는 어려움이 있는 것이다. 한편 쓰기 태도는 여러 차례의 수행에 대한 관찰과 쓰기에 대한 동기 검사 등을 통해서 확인할 수 있다. 그렇다면 결국 기능과 실제 영역이 남게 된다. 즉, 예시문 선정과 관련한 쓰기 성취기준은 실제와 기능을 중심으로 재설정할 수밖에 없다.

그러나 현행 교육과정의 쓰기 성취기준은 작문의 기능을 단편화하여 제시한다는 문제가 있다. 이는 학년에 따라 쓰기 과정별 기능과 전략을 위계적으로 배정한 데서 비롯되는 문제이다. 예를 들어 박영민(2011b)은 2007 국어과 교육과정의 "[7-쓰기-(1)] 다양한 매체에서 내용을 선정하여 통일성 있게 설명문을 쓴다."는 성취기준이 '다양한 매체'에서만 내용을 선정하도록 규정함으로써 학생이 자신의 기억에서 떠올린다든가, 상상하여 떠올리는 방법을 배제하고 있다고 지적한 바 있다. 동일한 성취기준은 2009 국어과 교육과정에도 존재한다. 이런 방식으로 성취기준을 제시하게 되면 글을 쓰는 다양한 전략 중 어떤 것을 포함하고 어떤 것을 배제할 것인가의 문제가 생긴다.

또한 현행 교육과정의 쓰기 성취기준을 국어과에서 다룰 쓰기의 핵심적 능력으로 볼 수 있는가 하는 문제도 있다. 대표적인 것이 보고서 쓰기이다. 김경주(2008)는 2007 국어과 교육과정의 쓰기 성취기준을 분석하여 보고서 쓰기와 같은 성취기준이 국어 수업에서 다룰 수 있는 경험을 넘어서고 있다는 점을 지적하였다. 2009 국어과 교육과정에서도 중학교 [1-3학년군] "(3)관찰, 조사, 실험한 내용을 절차와 결과가 드러나게 보고하는 글을 쓴다."와 같은 성취기준이 존재한다. 이러한 성취기준은 예시문으로 보여주기에도 어려운 측면이 있다.

이같은 문제들은 모두 다양한 쓰기의 기능이나 전략, 수사적 상황 등을 학년에 따라 나열하면서 생긴 것이라 볼 수 있다. 이런 방식으로 쓰기 성취기준을 제시하게 되면 필연적으로 국가 수준의 교육과정에서 배제되는 쓰기의 기능이나 전략, 수사적 상황 등이 생기게 되는데, 이는 다양한 상황 하에서 여러 가지 기능과 전략을 동시에 사용하여 글을 쓰는 쓰기의 실상과 부합하지 않는다. 이 같은 문제를 해소하기 위해서는 예시문 선정에 앞서 핵심적인 쓰기 성취기준을 별도로 선정할 필요가 있다. 쓰기의 핵심적인 성취기준을 정해 두고 학생의 수준에 따라 그 구체적 예를 드는 방식으로 성취기준을 제시하게 되면 핵심적인 쓰기 능력을 포괄하면서도 교육 내용의 난이도를 적절히 조절할 수가 있다. 즉, 학생 예시문을 쓰기 평가와 쓰기 지도에 지속적으로 활용하기 위해서는 교육과정의 개정과 관계없이 적용 가능한 항존적이고 핵심적인 성격의 쓰기 성취기준이 요구된다고 말할 수 있다.

그렇다면 핵심적인 쓰기 성취기준을 어떻게 설정할 것인가 하는 문제가 남게 된다. 핵심적인 성격의 쓰기 성취기준은 쓰기 교육 내용을 분석하여 새롭게 개발할 수도 있으며, 기존에 개발된 성취기준을 활용하여 선정할 수도 있다. 이 연구에서는 학생 예시문 선정의 근거를 마련하기 위해 후자의 방식을 택하였다. 전자의 방식은 많은 연구와 공론화의 과정을 거쳐야 하는 과제이며, 이것이 이 논문의 핵심 연구 목표도 아니기 때문이다.

이에 따라 이 연구에서는 2009 국어과 교육과정과 2010년에 개발된 NAEA(National Assessment of Educational Achievement, 국가 수준 학업성취도 평가)의 쓰기 성취기준을 대상으로 항존적인 쓰기 능력을 드러낸다고 판단되는 성취기준을 선별하고자 한다.

NAEA의 성취기준은 국가 수준의 대규모 평가를 위해 보다 포괄적 수준에서 교육과정의 내용을 재구성하여 제시한 것이다. NAEA의 쓰기 성취기준은 제7차 교육과정과 2007 국어과 교육과정의 내용을 분석하여 두 교육과정에 공통적이거나 핵심적인 내용을 중심으로 진술한 것이다(정은영 외, 2010). 따라서 NAEA의 쓰기 성취기준은 보다 항존적이고 핵심적 성격의 성취기준을 선별하려는 본 연구의 취지에도 부합한다.

한편, 2009 국어과 교육과정의 성취기준은 '내용 성취기준'이라는 용어에서 알 수 있듯이 성취기준이 다루고 있는 교육 내용(지식, 기능, 태도)의 측면을 강조한 것이라고 평가할 수 있다. 그러나 용어의 변경이 있었을 뿐, 실제 성취기준의 진술 방식은 2007 국어과 교육과정과 큰 차이가 보이지 않는다.

이는 2009 국어과 교육과정 문서에서 '내용 성취기준'에 대한 언급을 따로 하지 않고 2007 국어과 교육과정의 진술 원리를 준용하고 있음에서도 알 수 있다.[6]

결과적으로 NAEA의 성취기준과 2009 국어과 교육과정이 따르고 있는 성취기준의 진술 원리는 2007 국어과 교육과정에서 제시한 성취기준 개념에서 확인할 수 있다. 2007 국어과 교육과정 해설서(2008)에 따르면 성취기준은 '교수·학습의 실질적 기준으로서 각 교과목에서 가르치고 배워야 할 내용(지식, 기능, 태도)과 그러한 내용 학습을 통해 학생들이 성취해야 할(또는 보여 주어야 할) 능력과 특성을 명료하게 진술한 것'이다. NAEA와 2009 국어과 교육과정의 쓰기 성취기준 역시 '성취기준형 진술'을 도입하여 학습자가 보여주어야 하는 성취 행동에 초점을 맞추었다는 측면에서 이러한 개념 규정을 따르고 있다.

그러나 2009 국어과 교육과정과 NAEA의 쓰기 성취기준은 그 기능과 강조점에서 차이가 있다. 2009 국어과 교육과정의 성취기준이 학습 내용의 구체적 진술문을 의미한다면, NAEA의 성취기준은 대규모 평가를 위해 기존의 교육과정을 재구성한 것이므로 그 지향점이나 기능이 상이하다고 할 수 있다. NAEA의 쓰기 성취기준은 학생들의 쓰기 능력을 진단하기 위해 본질적인 쓰기의 기능과 원리를 다루고 있다. 반면 2009 국어과 교육과정에서는 학습자가 배워야 할 쓰기 교육 내용(지식, 기능, 태도) 전반에 초점을 맞추고 있다.

이러한 차이를 바탕으로 이 연구에서는 쓰기 기능이나 원리와 관련한 성취기준을 NAEA에서 선별하고 교육 내용 중 '실제'에 해당하는 글의 유형과 관련한 성취기준을 2009 국어과 교육과정에서 선별하고자 한다. 이를 위해

---

6 이러한 해석의 근거는 2009 국어과 교육과정의 체제에서 찾아볼 수 있다. 2009 국어과 교육과정에서는 2007 국어과 교육과정에 있었던 '내용 요소의 예'를 없애는 대신 각각의 성취기준에 간략한 해설을 덧붙였다. 이 해설에는 핵심 개념의 풀이, 주안점, 지도상의 유의점 등이 포함된다. 결국 '내용 성취기준'은 2007 국어과 교육과정에 포함되었던 '내용 요소의 예'가 '성취기준'의 진술 체계 속에 자리 잡게 되면서 성취기준을 통해 드러나는 교육 내용의 측면을 강조하기 위한 것이라고 추측해 볼 수 있다.

이 연구에서는 〈표 2-5〉와 같이 학생 예시문 선정을 위한 쓰기 성취기준의 체제를 구성하였다.

〈표 2-5〉 학생 예시문 선정을 위한 쓰기 성취기준의 체제

내용 범주	세부 영역
쓰기 기능 및 원리	내용 생성 내용 조직 표현
쓰기의 실제	설명문 논설문 서사문

〈표 2-5〉와 같이 성취기준의 영역을 구분한 이유는 2009 국어과 교육과정과 NAEA의 성취기준의 내용 체계가 다르기 때문이다. NAEA의 쓰기 성취기준은 쓰기의 수사적 상황과 무관하게 쓰기의 기능만을 중심으로 진술된 반면,[7] 2009 국어과 교육과정의 경우, 하나의 성취기준 안에 쓰기의 기능과 실제, 본질, 태도 등의 내용 요소 중 둘 이상이 조합된 경우가 많다. 따라서 쓰기의 기본적인 기능 및 원리에 관한 성취기준을 NAEA에서 선별하고, 특정 글 유형을 대표하여 드러내는 성취기준은 2009 국어과 교육과정에서 각각 선별하고자 한다. 성취기준 선별의 과정은 〈그림 2-5〉와 같다.

---

7 NAEA의 성취기준은 교육과정의 개정에 영향을 받지 않도록 국어과 교육 내용과 목표를 분석하여 보다 핵심적이고 항존적인 능력을 중심으로 개발된 것이다(정은영, 2010). 또한 NAEA의 쓰기 성취기준의 경우 쓰기 지식이나 쓰기의 맥락(상황) 등이 실제적인 쓰기 과정에서 긴밀하게 교섭하고 상호작용한다고 판단하여 쓰기의 절차나 과정인 '기능' 범주를 중심으로 개발되었다.

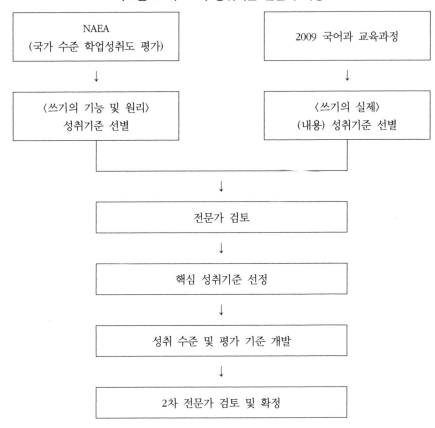

〈그림 2-5〉 쓰기 성취기준 선별의 과정

| NAEA
(국가 수준 학업성취도 평가) | 2009 국어과 교육과정 |

〈쓰기의 기능 및 원리〉
성취기준 선별

〈쓰기의 실제〉
(내용) 성취기준 선별

전문가 검토

핵심 성취기준 선정

성취 수준 및 평가 기준 개발

2차 전문가 검토 및 확정

〈그림 2-5〉는 학생 예시문 선정의 근거가 되는 쓰기 성취기준의 선별 모형이다. NAEA 및 2009 국어과 교육과정으로부터 추출한 성취기준을 대상으로 전문가 검토를 거쳐 핵심 성취기준을 선별하고자 한다. 또한 이렇게 선별된 성취기준을 기반으로 성취 수준 및 평가 기준을 개발하고자 한다.

성취 수준은 성취기준에 도달한 정도를 몇 개의 수준으로 구분한 것으로, 평가 결과의 보고에 주로 활용된다. 평가 기준은 수집된 학생의 글을 평가하기 위해 필요하다. 교육학 용어사전(2011)에 따르면 평가 기준이란 '수행평가와 포트폴리오 평가 등에서 평가를 하는 데 활용하는 것으로서 준거항목과 더불어 성취기준과 수준의 관련성을 도표화한 것이 주로 활용'된다. 즉, 평가 기준이란 성취기준에 따라 평가의 준거를 설정하고 이를 통해 성취 수준을 결정하기 위해 활용하는 도구라고 볼 수 있다.

본 연구에서는 성취기준과 성취 수준, 평가 기준의 일관성을 확보하기 위해 성취 수준 및 평가 기준의 개발에 있어서도 NAEA 및 교육과정 성취기준의 진술 체계를 수정, 변형하여 활용하고자 한다. 특히 성취 수준 상-중-하를 진술할 때에는 국가 수준 학업성취도 평가의 쓰기 영역 성취 수준 진술을 연구 목적에 맞게 수정, 변형하고 평가 기준은 이렇게 개발된 성취 수준을 토대로 총체적 평가 기준 및 분석적 평가 기준을 각각 개발하고자 한다.

2) 글의 유형

이 연구에서는 쓰기 성취기준에 근거하여 글 유형별 학생 예시문을 선정하고자 한다. 이에 따라 예시문 선정에 있어 어떤 유형의 글을 선정할 것인지를 우선적으로 고려해야 한다. 다시 말하자면 학교 작문에서 예시문으로 보여줄 만한 대표적인 유형의 글이 무엇인지에 대한 논의가 요구된다고 할 수 있다. 그러나 국가 수준 학업성취도 평가뿐만 아니라 현행 교육과정에서도 글의 유형과 관련하여 뚜렷한 문종을 밝히고 있지 않다. 정보전달의 글, 설득의 글, 친교 및 정서 표현의 글이란 단지 글의 목적을 구분한 것일 뿐, 그것 자체가 문종과 동일한 의미라고 볼 수는 없다(이재승, 2011). 그러나 예시문이란 일반적으로 학생들에게 특정한 문종을 제시하고 그에 따라 쓰기 수행이 이루어지므로 세부적인 글 유형을 설정할 필요가 있다.

이와 관련하여 전통적으로 외국에서는 학교 작문 유형으로 크게 서사문, 논설문, 설명문의 세 가지를 꼽고 있다. 우리나라의 경우도 실제 학교에서 이루어지는 글쓰기의 대부분은 설명문, 논설문, 서사문 중 하나이다. 이 세 가지는 교육과정이나 작문 지도 및 평가 체계에서 보편적으로 채택·활용되는 글 유형이라고 볼 수 있다.

2009 국어과 교육과정은 정보전달의 글, 설득의 글, 친교 및 정서 표현의 글로 작문의 실제를 구분하고 있다. 그러나 정보전달이나 설득이라는 범주에

포함시키기 어려운 글 유형도 있으며 '친교 및 정서 표현의 글'이라는 범주에 어떤 유형의 글들이 포함되는지도 모호하다고 할 수 있다. 따라서 설명문, 논설문, 서사문이라는 명확한 글 유형을 설정하는 편이 바람직할 것으로 보인다.

박영민(2011b)에서는 설명문, 서사문, 논설문으로 글 유형을 구분할 필요가 있음을 주장하면서 혼성 유형[text that blend types]에 대한 고려가 필요함을 지적하였다. 혼성 유형은 말 그대로 전형적인 텍스트의 특징 하나만을 지니고 있는 것이 아니라, 두 가지 이상의 텍스트적 특징을 공유하는 성격을 가진 장르이다. 혼성적인 글 유형을 설정하였을 때는 학생들의 글쓰기를 다양한 유형으로 이끌어갈 수 있을 뿐만 아니라 전형적인 유형의 글을 쓰는 데서 오는 어려움이나 부담을 줄여나갈 수 있는 장점이 있다고 설명하였다.

Jeffrey(2009)는 대단위 작문 평가의 쓰기 지시문을 분석하여 설명문, 논설문, 서사문을 다시 두 가지의 세부 유형으로 나누었다. 설명문은 지식이나 정보를 전달하는 글[informative writing]과 '어떻게', '왜 그러한지'를 설명하는 글[expository writing]로 분류할 수 있으며 논설문은 예상 독자에게 어떤 입장을 취할 것을 설득하는 글[persuasive writing]과, 자신의 주장을 내세우고 논쟁을 이끌어가는 글[argumentative writing]로 분류할 수 있다. 서사문은 개인적 경험을 서사적인 방식으로 쓰는 글[personal narrative]과 상상한 내용을 허구적으로 풀어쓰는 글[fictional narrative]로 분류하였다.[8] 예시문 선정에 있어서도 이와 같은 하위 유형들을 고려하여 학년에 따라 적합한 문종의 글을 제시하여 수

---

8 현재 우리나라 교육과정에서는 서사문을 문학 영역에 편성하여 작문 영역에서는 서사문이라는 용어를 사용하지 않고 있다. 그러나 2007 개정 교육과정에서는 이미 자기 성찰의 글이라는 범주 아래 수필이나 일기, 회고문 등을 다룬 바 있다. 즉, 서사문이라는 용어만을 사용하지 않을 뿐이지 서사문에 해당하는 많은 글들을 이미 작문 영역에서 다루고 있다. 서사문 쓰기는 문학 활동이면서 동시에 글쓰기 활동에 속한다. 서사문을 쓰기 위해서도 일반적인 작문 기능이나 전략을 활용하기 때문이다. 따라서 서사문을 특정 영역의 글 유형으로 고정시키기 보다는 두 영역이 각각의 관점에서 다루는 것이 보다 발전적이다. 이 연구에서 다루는 서사문은 개인적 경험을 서사적 방식으로 풀어 쓰는 글에 해당한다.

집할 필요가 있다.

Hout(1990)는 직접 쓰기 평가에서 글 유형에 따라 쓰기 평가의 결과가 상이함을 지적하면서 단 하나의 글 유형으로 쓰기 평가를 하는 것이 적절치 못하다고 지적한 바 있다. 이와 마찬가지로 단 한 가지 유형의 예시문을 제시하는 것은 학생들의 쓰기 성취 수준을 제대로 보여주지 못할 가능성이 있다. 글 유형에 따라 학생 필자의 쓰기 수준에 차이가 있기 때문이다.

따라서 이 연구에서는 설명문, 논설문, 서사문을 학교 작문의 대표적 유형으로 간주하고 성취기준과 연관된 글 유형별 평가 기준을 개발하여 학생 예시문을 수집하고자 한다. 글의 유형에 따라 예시문 수집의 방식에도 차이가 있을 수 있다. 설명문이나 논설문은 개인적 경험에 의존하는 서사문에 비해 학생들의 배경지식에 상당한 영향을 받는다. 만약 쓰기 과제와 관련한 배경지식이 없거나 부족하다면 분량이나 내용 면에서 완성도 있는 글을 쓰기가 어렵다. 이 때문에 쓰기 평가에서 일반적으로 서사문에 비해 설명문이나 논설문의 평가 점수가 낮은 편이다. 이 연구에서는 설명문이나 논설문에 한해서 내용 생성을 위한 시간을 별도로 부여하여 학생들의 쓰기 능력이 온전히 드러날 수 있도록 하였다.

3) 성취 수준

성취 수준이란 학생들이 성취기준에 도달한 정도를 몇 개의 수준으로 구분하고, 각 성취 수준에 속한 학생들이 무엇을 알고, 할 수 있어야 하는가를 기술한 것이라고 정의할 수 있다(남민우 외, 2012). 성취 수준이 준거지향평가에서 성적 보고에 사용된다는 점을 감안할 때, 성취기준에 따른 예시문의 해설 및 활용을 위해서도 성취 수준을 마련할 필요가 있다.

국내외의 여러 교육과정이나 학업성취도 평가에서는 학생의 성취도를 다양한 방식으로 보고하고 있다. 예를 들어 2009 국어과 교육과정에서는 학생들의 성취 수준을 상-중-하의 세 수준으로 구분하여 진술하고 있다. 반면 국가 수준 학업성취도 평가(NAEA)에서는 우수학력, 보통학력, 기초학력, 기초학

〈표 2-6〉 성취기준 단위 성취 수준의 일반적 특성

성취 수준	일반적 특성
상	성취기준에 제시된 지식, 기능, 태도에 대한 이해와 수행이 우수한 수준을 의미한다.
중	성취기준에 제시된 지식, 기능, 태도에 대한 이해와 수행이 보통인 수준을 의미한다.
하	성취기준에 제시된 지식, 기능, 태도에 대한 이해와 수행이 미흡한 수준을 의미한다.

력 미달의 4수준으로 구분하여 학생의 성취도 정보를 제공한다. 〈표 2-6〉은 2009 국어과 교육과정의 성취기준 단위 성취 수준의 특성을 제시한 것이다.

성취 수준을 몇 단계로 구분할 것인가는 평가의 목적이나 결과 활용 등을 고려하여 결정해야 한다. 그러나 상－중－하의 세 수준으로 구분하는 것이 일반적이며 예시문에 대한 평가 결과 역시 세 수준 정도가 적당하다. 예를 들어 미국의 '전국교육성취평가(NAEP)'에서 제시하는 학생 예시문 역시 상 [Advanced], 중[Proficient], 하[Basic]의 세 수준으로 구분되어 제시되어 있으며 (NAEP Reprot Card 2002) 호주 교육과정 역시 학생 예시문을 상[above satisfactory], 중[satisfactory], 하[below satisfactory]로 구분하여 제공하고 있다. 각각의 성취 수준은 성취기준과 관련한 학생의 능력을 보다 자세하게 설명한 것이라고 할 수 있다.

학생 예시문을 제시할 때에도 글 유형에 따라 하나의 예시문만을 제공할 것인지, 상－중－하의 세 수준의 예시문을 제공할 것인지를 고려할 필요가 있다. 하나의 예시문만을 선정하여 제시한다면 이는 곧 쓰기 성취기준에 대한 도달점에 해당하는 글만을 제시하는 것이라 볼 수 있다. 그러나 이 경우 성취기준에 도달하지 못하는 미흡한 글이나 성취기준을 뛰어넘는 학생들의 글들이 어떤 특징을 지니고 있는지를 보여줄 수 없으므로 학생들의 다양한 쓰기 수준을 반영하지 못한다는 한계가 있다. 본 연구에서 예시문을 선정하는 일차적 목표는 성취기준의 도달점을 구체적으로 현시하는 것이지만 추가로 쓰기 교수·학습이나 쓰기 평가에 실질적 도움이 되는 자료를 마련하기 위해서는 상-중-하 세 수준의 예시문을 제공하는 것이 바람직하다고 판단하였다. 이를 위해 이 연구에서는 글 유형별 쓰기 성취기준에 대한 성취 수준을 상-중-하로 진술하고 각각의 수준을 보여줄 수 있는 성취 수준별 예시문을 선정하고자 한다.

4) 쓰기 과제

학생들의 쓰기 성취 수준을 온전히 드러내는 예시문을 수집하기 위해서는 글 유형에 따라 적절한 쓰기 과제를 부여해야 한다. 학생 필자들은 일반적으로 쓰기 과제를 부여받음으로써 쓰기를 수행하게 된다. 따라서 쓰기 과제에서 학생들에게 요구하는 바에 따라 필자들의 쓰기 과정 및 결과는 크게 달라진다. 만약 쓰기 과제가 제대로 구성되지 않았거나 잘못 이해되면 학생들의 쓰기 능력은 온전히 드러날 수 없게 된다. 글을 쓸 때 필자는 쓰기 과제를 분석하고 대략적인 글의 방향을 결정하기 때문에 쓰기 과제에서 주어진 문제가 조작적으로 규정되고 구체적일수록 필자는 글의 내용을 보다 풍부하게 생성할 수 있다(Flower 1981).

쓰기 과제를 구성하기 위해서는 글의 목적(유형), 주제, 예상 독자 등 수사적 요소와 쓰기 과정에 대한 안내, 글의 길이나 쓰기 시간 등을 고려해야 한다. 쓰기 과제와 관련하여 주목할 만한 연구로는 Ruth & Murphy(1998)를 들 수 있다. Ruth & Murphy(1998)에서는 1980년대까지의 쓰기 과제 연구를 정리하면서 쓰기 과제의 구성 요소를 주제와 지시(설명)로 나누었다. 주제 [subject]는 필자가 '무엇'에 관해 쓸 것인지에 대한 것이고, 지시[instruction]는 필자가 주제를 가지고 '어떻게' 써야 하는지와 관련된 것으로 쓸 내용에 대한 제한점이나 구체화와 관련된다. '지시'에는 장르, 청자, 필자의 역할, 목표, 양식 등의 담화 특징과 길이, 시간제한 등의 과제 요구 사항 외에 평가 기준과 글의 조직 등 쓰기 과정에 대한 안내가 포함된다. 쓰기 과제의 두 요소인 주제와 지시는 평가자 또는 교사가 의도하고 요구하는 쓰기를 학생이 수행하게 하는 데 있어 중요하다고 하였다.

예시문을 선정하는 목적은 쓰기 성취기준과 관련한 학생 필자의 쓰기 수준을 구체적으로 보여주기 위함이다. 따라서 학생들의 쓰기 능력을 온전히 이끌어내기 위해서는 효과적인 방식으로 쓰기 과제가 부여되어야 한다. 일반적으로 학교에서 부여되는 많은 쓰기 과제는 대부분 '주제'만을 제시하고 필자가 어떻게 글을 써야 하는지에 대한 지시(안내)가 부족한 모습을 보이고 있다. 따라서 이 연구에서는 학년과 글 유형별로 구체화된 쓰기 과제를 구성하여 예시문을 수집하고자 한다. 〈표 2-7〉은 예시문 선정을 위한 쓰기 과제의 구성 원리이다.

우선 '무엇'에 해당하는 쓰기 주제의 경우 학생들의 배경지식과 흥미를 고려하여 선정해야 한다. Applebee , Langer, & Mullis(1989)와 Brossell(1983)에서는 학생들의 쓰기 능력이 어휘력, 문법, 문장 구성 능력 외에도 주제에 대한 친숙도나 사전 지식에 의해 크게 좌우된다고 보았다. 본 연구에서는 중·고등

〈표 2-7〉 예시문 선정을 위한 쓰기 과제의 구성 원리

쓰기 과제의 구성 요소	개발의 원리
주제	• 학생들의 배경지식과 흥미를 고려한다. • 학생들에게 주제 선택권을 부여한다. • 중·고등학교 교과서, 직접 쓰기 평가 과제를 참고한다.
목적	• 글의 목적 및 유형을 분명히 밝힌다. • 글의 목적과 관련한 필자의 역할을 제시한다.
예상 독자	• 글을 읽을 독자를 가급적 구체적으로 밝힌다. • 글이 발표될 매체를 통해 독자의 범위를 구체화한다.
쓰기 과정 안내	• 어떻게 글을 시작하고 진행해야 하는지를 안내한다. • 계획하기와 자료 수집의 시간을 부여한다.

학교 교과서와 성취도 평가의 쓰기 과제를 분석하여 학생들에게 익숙하면서도 흥미를 끌 수 있는 주제를 선정하고자 하였다. 또한 설명문의 경우에는 설명의 대상을 학생들로 하여금 직접 선택하게 함으로써 배경지식의 영향을 가급적 배제하고자 하였다.

지시적 요소로는 글의 유형이나 필자의 역할, 독자, 매체, 글에 포함되어야할 내용이나 조직 등을 고려해야 한다. 우선 글의 목적(유형)과 관련해서는 설명문, 논설문, 서사문이라는 글 유형을 통해 명확히 제시해야 한다.[9] 또한 설명문, 논설문, 서사문의 개념을 명시하여 학생들이 어떤 글을 써야 하는지를 분명히 할 필요가 있다. 또한 해당 글이 발표될 매체와 예상 독자를 밝혀 글을 쓰는 상황을 보다 분명히 하는 것이 바람직하다. 특히 설명문이나 논설문의 쓰기 과제는 서사문에 비해 더욱 친절하고 구조화될 필요가 있다. 설명문과 논설문 과제에서는 쓰기 과제와 관련한 자료 수집이나 계획하기 시간을 확보하여 학생들의 쓰기를 촉진시킬 필요가 있다. 이병승(2010)에서는 6학년 학생들을 대상으로 평가 기준 제시와 계획하기 시간 제공(10분간 개요를 작성)이 쓰기 성취도에 미치는 영향을 연구한 결과 평가 기준은 학생들의 글에 유의한 영향을 미치지 않았으나 계획하기 시간은 글의 내용과 구조에 유의한 영향을 준다고 하였다. 이는 쓰기 과제에 쓰기 과정(계획하기)을 안내함으로써 학생들의 쓰기를 도울 수 있음을 의미하는 것이다.

NAEP(1998)에 따르면 잘 조직된 쓰기 과제의 핵심적인 요소를 다음과 같이 안내하고 있다. ① 과제에 제시된 정보의 양이 너무 많지도 않고 적지도 않고 균형 있어야 한다. ② 학생들로 하여금 복합적인 사고를 유발하는 화제가 제시되어야 한다. ③ 실제적인 예상 독자를 제공해 주어야 한다. 이러한 연구

---

9 담화 이론을 통해 볼 때, 학자마다 다소 차이는 있으나 담화 유형은 담화 목적을 이루기 위한 수단이며 담화 목적으로는 정보 전달, 설득, 자기표현, 문학이 공통적인 것으로 보인다. 결국 쓰기란 독자에게 정보를 제공(정보 전달)하거나 독자를 설득(설득)하기 위해 또는 자신의 감정이나 경험을 공식적이고 형식적인 양식으로 표상(문학)하거나 개인적인 문어 양식으로 표상(자기표현)하는 것을 목적으로 하는 행위이다.

결과는 결국 쓰기 과제가 단순히 주제를 제시하는 데서 그치는 것이 아니라 쓰기의 과정에 대한 적절한 지원을 포함해야 함을 시시하고 있다.

5) 평가 방법

이 연구에서 학생들의 예시문을 수집하여 평가하고 이를 성취 수준에 따라 구분하고자 한다. 여기서 중요한 과정이 바로 예시문에 대한 평가이다. 예시문 평가에서 가장 핵심적으로 유의해야 할 사항은 예시문의 대표성을 살리면서도 타당하고 신뢰도 높은 평가가 이루어져야 한다는 점이다. 만약 평가의 공정성과 객관성이 담보되지 않는다면 성취기준과 관련한 예시문의 대표성을 획득하기 어렵기 때문이다. 이를 위해 이 연구에서는 예시문에 대한 양적 평가(정량 평가)와 더불어 질적 분석(정성 평가)의 과정을 진행하고자 한다.

직접적 쓰기 평가의 방법은 크게 총체적 쓰기 평가와 분석적 쓰기 평가 방식으로 대별되어 연구되어 왔다.

총체적 평가는 한 편의 글을 평가할 때 개별적인 요소에 치중하지 않고, 글 전체에 초점을 맞추어 채점하는 방식을 말한다. 이 경우 평가자는 한 편의 글을 통일되고 일관성을 갖춘 전체로 간주한다. 또한 쓰인 글은 세부 하위 요소로 나누어질 수 없고, 나누어진 하위 요소들의 합 이상이라는 관점을 취하게 된다. 총체적 평가는 채점의 용이성으로 인해 널리 활용되고 있지만 등급을 매기거나 성적을 산출하는 것 외에는 학생들의 글에 대해 특별한 정보를 제공해주지 않는다. 즉, 학생들 간의 상대적 순위만을 보여줄 뿐 학생 글의 특성이나 실제 글쓰기 능력을 보여줄 수 없다는 한계가 있다. 또한 총체적 평가 방식은 채점자의 주관이 개입하게 되어 신뢰도에 많은 문제를 안고 있다. White는 캘리포니아 영어 시험에서 699명이 쓴 에세이를 비교한 결과 일 년 뒤 비슷한 조건에서 재평가했을 때 대부분의 평가 결과가 달라졌고 어떤 경우에는 크게 바뀌었다고 보고한 바 있다(White 1990).

반면 분석적 평가는 쓰기 능력을 구체적인 하위 구성 요소들로 나누어 평가하려는 입장이다. 이는 평가자의 주관을 최소화하기 위해 세부적인 평가 척도를 마련하여, 평가 요소별로 점수화하는 방법이다. 분석적 평가 방식은 평가에 대한 명료한 기준이 제공되므로 객관적으로 학생들의 글을 판단할 수 있으며 학생 글에 대한 상세한 피드백과 쓰기 교수 학습에 다양한 자료를 제공해 줄 수 있다. 또한 총체적 평가 방식에 비해 높은 신뢰도를 확보할 수 있다고 알려져 있다(Spendal & Stiggins 1990). 그러나 분석적 평가 척도는 그 평가 요소에 대한 합의가 이루어지지 않아 임의적이라는 문제를 안고 있다. 이 경우 평가자에 따라 동일한 쓰기 기능이 중복되어 채점될 수도 있으며 다른 기능들 간의 간섭 효과로 인해 객관적인 채점이 어려울 수도 있다. 또한 평가 시간과 비용이 많이 들어 대단위 평가를 해야 하는 상황에서는 채점자의 부담을 가중하게 된다.

총체적 평가와 분석적 평가는 서로 간의 장단점이 분명하기 때문에 이를 선택하게 되는 목적도 구분된다. 일반적으로 글의 등급이나 점수를 산출하는 것이 목적일 때는 총체적 평가를, 학생 글에 대한 상세한 피드백을 제공하는 것이 목적일 때는 분석적 평가를 활용한다. 본 연구는 예시문 평가의 목적에 따라 총체적 평가와 분석적 평가를 각각 활용하고 선정된 예시문에 대해 전문가검토를 통한 질적 평가를 병행하고자 한다. 〈그림 2-6〉은 예시문 선정을 위한 쓰기 평가 모형이다.

〈그림 2-6〉 예시문 선정을 위한 쓰기 평가 모형

①	예시문 수준 구분을 위한 1차: 총체적 평가

↓

②	예시문에 대한 국어교사들의 2차: 분석적 평가

↓

③	성취 수준별 대표 예시문 선정

↓

④	쓰기 특성 분석을 위한 전문가 검토

1차 평가는 수집된 예시문의 수준을 구분하기 위한 총체적 평가이다. 총체적 평가는 쓰기 평가의 경험이 많은 현직 국어교사를 중심으로 실시할 예정이다. 1차 평가를 실시하는 이유는 수집된 예시문 전체에 대한 분석적 평가가 사실상 어렵기 때문이다. 분석적 평가는 세분화된 평가 기준에 따라 학생의 글을 분절적으로 평가해야 하므로 평가의 소요되는 시간과 노력의 부담의 크다.

총체적 평가를 활용하여 상−중−하의 수준에 해당하는 글들을 유층 표집하여 분석적 평가를 실시하게 되면 예시문의 대표성을 살리면서도 글에 대한 다양한 정보를 수집할 수가 있다는 장점이 있다.

분석적 평가의 목표는 성취기준과 관련한 글의 세부적 특성을 독립적으로 알아보고자 하는 것이다. 예시문에 대한 해설을 작성하는 데 기초 자료를 마련하기 위해서는 글의 여러 가지 특성과 관련된 분석적 평가 결과를 활용해야만 한다. 또한 분석적 평가의 결과를 토대로 추리 통계의 절차를 걸치면 해당 예시문에 대한 모평균을 추정할 수가 있다. 모평균 추정의 방법을 활용하면 표본평균으로부터 의미 있는 지점에 있는 학생 글을 발견하여 예시문으로 제시할 수 있다. 또한 모평균을 통해 우리나라 전체 국어교사가 학생의 글을 어느 범위에서 평가하는지도 확인할 수 있다(박영민·최숙기, 2010). 이렇게 선정된 예시문은 성취기준 예시문으로서 타당도와 신뢰도를 지닐 수 있을 뿐 아니라 이후 평가 예시문으로도 활용이 가능하다.

1차와 2차 평가의 결과를 토대로 성취 수준별 예시문을 선정하면 최종적으로 선정된 예시문에 대한 전문가의 질적 분석을 실시하고자 한다. 전문가 분석이 필요한 이유는 2단계의 평가를 통해 선정된 예시문이 통계적으로 유의한 글이라 하더라도 실제 그 글이 어떤 특징으로 인해 예시문으로 선정되었는지를 구체적으로 살펴보아야 하기 때문이다. 따라서 2차 평가의 결과를 기본 자료로 하여 성취 수준 예시문의 다양한 쓰기 특질에 대한 쓰기 전문가들의 질적 분석이 요구된다. 전문가 분석의 또 다른 목적은 질적 분석의 과정을 통해 쓰기 성취기준에 근거한 학생 글의 특징을 찾아 해설(주석)의 정보를 마련하는 것이다. 예시문에 대한 해설에는 예시문 선정의 근거, 특정 점수의 이유, 성취기준에 비추어 볼 때의 글의 특성 등이 포함될 수 있다. 글에 대한 평가와 함께 해설을 제공하게 되면 쓰기 교수·학습 및 평가 현장에서 예시문을 활용할 수 있는 가능성이 높아진다.

나. 학생 예시문 선정의 방향

쓰기 성취기준에 따른 학생 예시문을 선정하기 위해서는 성취기준의 선별, 성취 수준 및 평가 기준의 개발, 쓰기 과제의 구성, 예시문 수집, 예시문 평가, 해설 작업에 이르는 예시문 선정 계획을 미리 수립하여 타당도와 신뢰도를 갖춘 예시문 선정이 되도록 해야 한다. 이 연구에서는 쓰기 성취기준의 선별, 쓰기 평가 과제의 구성, 예시문 수집, 예시문 평가의 전 과정을 체계화하여 이후 학생 예시문을 재선정하는 데 있어서 지침으로 삼을 만한 선정 매뉴얼을 제시하고자 한다.

이 같은 목표를 수행하기 위해 이 연구에서는 우선 쓰기 성취기준에서 핵심적인 쓰기 성취기준을 선별하여 성취 수준을 설정하고 이를 토대로 쓰기 평가 기준을 개발하고자 한다. 핵심적인 성취기준의 필요성은 여러 연구에서 강조되어 왔다. 박영민(2011b)은 작문 영역의 교육 내용을 논하면서 작문의 실제, 학습 작문, 작문이 이루어지는 사회, 문화적 맥락을 강화해야 함을 주장하고 작문의 기능이나 전략은 작문 과정에 따라 모두 나열하기보다는 핵심적인 것을 정하여 모아두고 각 기능이나 전략을 예시할 수 있는 구체적인 예를 포함하여 제시하는 편이 바람직하다고 언급하였다. 이주섭(2012)은 미국의 공통핵심기준(CCSS)의 내용 제시 방식을 고찰하면서 성취기준의 명료성, 구체성, 풍부성을 확보하기 위해서는 성취기준을 하나의 문장으로 제시하기보다는 대표 성취기준과 이를 구체화한 세부 성취기준을 하나의 세트로 묶어 진술할 필요가 있음을 언급한 바 있다.

이러한 문제의식을 바탕으로 본 연구에서는 기존의 쓰기 성취기준 중에서 보다 포괄적이면서도 항존적이라고 판단되는 성취기준을 선별하여 별도의 쓰기 성취기준 체계를 구성하고 이를 바탕으로 쓰기 성취 수준 및 평가 기준을 개발하고자 한다. 〈그림 2-7〉은 학생 예시문 선정을 위한 성취기준 선별, 성취 수준, 평가 기준 개발 및 질적 분석 자료 개발에 이르는 학생 예시문 선정을 위한 평가 자료 개발 모형이다.

〈그림 2-7〉 학생 예시문 선정을 위한 평가 자료 개발 모형

예시문 선정 및 해설의 근거가 되는 것은 기존의 국가단위 쓰기 성취기준이다. 〈그림 2-7〉에서 나타난 바대로 이 연구는 쓰기 영역의 핵심 성취기준을 선별하고 그에 따라 성취 수준 및 평가 기준을 개발하고자 한다. 핵심적인 쓰기 성취기준은 NAEA 및 2009 국어과 교육과정의 쓰기 영역 성취기준 중에서 전문가의 검토를 통해 추출하고자 한다. 또한 이를 바탕으로 상−중−하의 쓰기 성취 수준을 진술하고자 한다. 이렇게 마련된 성취기준 및 성취 수준을 토대로 예시문 평가를 위한 평가 기준을 개발한다. 평가 기준은 성취기준 및 성취 수준의 진술을 활용하되 총체적 평가 기준과 분석적 평가 기준을 개별적으로 마련하고자 한다.

한편, 평가를 거쳐 선정된 학생 예시문을 대상으로 전문가의 질적 분석을 실시하기 위해 질적 분석을 위한 참고자료를 개발하고자 한다. 질적 분석을 위해서도 나름의 분석 방향이나 기준이 요구되기 때문이다. 선정된 학생 예시문의 질적인 분석은 구체적인 글의 수사적 상황을 반영하고 이루어져야 한다. 따라서 이 과정에서는 성취기준 및 성취 수준, 평가 기준과 실제 글 유형에 따른 평가 요소들 간의 연계가 이루어져야 한다. 학생 예시문의 질적

분석의 과정에서는 국내외의 쓰기 평가 기준 및 교육과정의 성취기준 등을 참고할 수 있다. 2009 국어과 교육과정뿐만 아니라, 이전 교육과정에는 글 유형에 따라 개발된 성취기준이나 평가 기준이 다수 존재하므로 이를 활용할 수 있다. 또한 미국 CCSS의 쓰기 성취기준과 국내의 서수현(2008) 등도 분석에 참고할 만하다. CCSS에서도 글 유형 및 목적에 따라 설명문, 논설문, 서사문의 성취기준을 제시하고 있다(CCSSI, 2010). 또한 서수현(2008)은 쓰기 평가의 준거를 '평가하려는 것의 개념 혹은 속성'으로 정의하고 내용, 조직, 표현의 세 측면으로 다루고 있다. 이 연구에서는 요인 분석을 통해 설득적인 글, 정보 전달의 글, 정서 표현의 글, 친교의 글에 대한 평가 준거를 마련하였다.

핵심 성취기준과 성취 수준이 설정되고 평가 기준이 마련되면 본격적인 예시문의 수집, 평가, 검증의 과정을 거치게 된다. 본 연구에서 의도하고 있는 예시문의 수집과 평가 및 검증의 방향을 요약하면 〈표 2-8〉과 같다.

학생 예시문을 수집하는 방법에는 크게 두 가지가 있다. 하나는 기존의 학교 수업이나 쓰기 수행 과제, 대단위 직접 쓰기 평가에서 얻어진 글들을 있는 그대로 수집하는 방식이고 다른 하나는 별도의 쓰기 과제를 개발하고

〈표 2-8〉 학생 예시문의 수집, 평가, 검증의 방향

수집 방향	① 글 유형별 쓰기 과제의 개발 및 부여 ② 계층적 표집을 통한 예시문 수집
평가 방향	① 총체적 평가(1차) ② 분석적 평가(2차) ③ 신뢰도 분석 ④ 모평균 추정
검증 방향	① 전문가 협의를 통한 질적 분석 ② 활용 방안 모색

그 과제를 제시하여 학생들의 글을 수집하는 방식이다.

전자의 경우 예시문 수집이 비교적 수월하며, 예시문을 통해 학생들의 다양한 글쓰기 결과를 사실적으로 반영할 수 있다는 장점이 있다. 그러나 이 방식은 쓰기 과제의 상황과 난도가 모두 다르고 평가 기준도 동일하게 적용하기 어렵다는 한계가 있다. 후자의 경우 쓰기 과제와 쓰기 상황 등 쓰기의 조건을 비교적 유사하게 제한하여 글을 수집하는 방식이다. 이 방식은 별도의 쓰기 평가를 수반하게 되므로 예시문 수집에 많은 시간과 노력이 요구된다는 단점이 있다. 그러나 수집된 글에 대해 동일한 조건이 전제되므로 예시문 선정 과정에서 평가의 초점을 맞추기가 쉽고, 이후 선정된 예시문을 평가 예시문으로 활용하기도 용이하다는 장점이 있다.

외국의 경우, 전자의 방식을 주로 사용하여 예시문의 타당도나 신뢰도보다는 실제 사례의 측면이 강조되고 있다. 학생 예시문[benchmark paper]에 대해 지속적으로 연구해 온 Culham(2010)은 쓰기 과제와 무관하게 학년 당 최소 200편의 글을 모아야 예시문 추출이 가능한 것으로 보고 있다. 그러나 우리나라의 경우 아직 학생 예시문에 대한 인식이나 활용이 낯설고 예시문의 대표성에 대한 의문이 제기될 가능성이 높다는 점에서 후자의 방식을 택하는 것이 보다 적절할 것이다. 후자의 방식으로 예시문을 선정한다면 예시문 수집의 대표성을 확보하기 위해 표집 단계에 있어서도 지역이나 성별 등 인구학적 특성을 고려해야 하며 평가 과정에서도 신뢰도를 제고하려 하는 노력이 요구된다.

수집된 예시문에 대한 평가에 있어서는, 총체적 평가와 분석적 평가를 단계적으로 실시할 예정이다. 1차: 총체적 평가는 빠른 시간 안에 수집된 예시문의 수준을 구분하기 위한 것이다. Hout(2009)는 총체적 평가 방식이 분석적 평가에 비해 보다 빠르게 쓰기 평가를 수행할 수 있는 방법임을 지적하였다. 전문 평가자의 경우 총체적 평가의 신뢰도가 분석적 평가에 비해 더 높게 나타날 수 있다는 연구 결과도 고려하였다(White 1984).

총체적 평가를 통해 상-중-하의 수준으로 구분된 예시문들을 수준별로 다시 유층 표집하여 2차: 분석적 평가를 실시한다. 분석적 평가를 통해서는 쓰기와 관련된 복합적인 특성과 기능에 대한 정보를 얻을 수 있다. 특히 이 연구에서는 분석적 평가의 결과를 토대로 모평균 추정을 실시하고자 한다. 모평균의 추정이란 표본으로부터 얻은 결과, 즉 표본의 평균값을 활용하여 모집단의 평균을 추정하는 통계 방법을 말한다(성태제, 2010). 즉, 이 연구에서 의도하고 있는 모평균 추정이란 우리나라 전체 국어교사를 모집단으로 할 때 이들이 선정된 예시문을 채점할 점수의 평균이 어느 범위에 속하는지를 추정하는 것이다. 모평균의 추정이 필요한 이유는 선정된 예시문의 대표성을 확보하고 차후 평가 예시문으로 활용할 수 있는 정보를 마련하기 위한 것이다.

동일한 맥락에서 예시문 평가에 대한 신뢰도 분석도 이루어져야 한다. 예시문에 대한 타당하고 신뢰도 있는 평가가 전제되지 않는다면 성취기준에 대한 예시문의 설명력이 약화될 수밖에 없으며 궁극적으로 예시문의 활용도가 떨어질 수 있다. 따라서 본 연구에서는 통계 분석을 통해 보다 신뢰성 있는 예시문 평가 점수를 제공하여 예시문의 대표성과 신뢰도를 확보하고자 한다.

예시문의 제시와 관련해서는 외국의 예시문 제시 방식을 적극적으로 참고하도록 한다. 앞 절에서 살핀 바와 같이 외국의 교육과정에서는 일반적으로 학생 예시문을 제시할 때 평가의 상황과 쓰기 과제, 학생의 글, 평가 점수, 글에 대한 해설이 제공된다. 이러한 요소들은 쓰기 교수·학습 및 평가 과정에서 예시문의 활용도를 높여줄 수 있을 것이다. 쓰기의 상황은 학생의 글에 많은 영향을 미칠 수 있다. 쓰기의 상황에는 글의 목적과 주제, 예상 독자와 같은 수사적 맥락과 글을 쓴 시·공간적 맥락, 쓰기를 둘러싼 사회·문화적 맥락 등이 있다. 특히 글쓰기에 어느 정도의 시간을 부여했는지, 별도의 정보 수집 시간이 주어졌는지의 여부는 예시문을 수집하거나 제시할 때 매우 중요한 요소이다.

예시문의 검증과 관련해서는 전문가 협의를 통한 예시문의 질적 분석 과정을 거치고 선정된 예시문에 대한 활용 방법을 모색하고자 한다. 전문가 협의는 내용, 조직, 표현의 쓰기 범주별로 검토팀을 나누어 예시문의 특성을 세밀하게 분석하는 방식으로 진행하고자 한다. 전문가 협의를 통해서는 개별적인 분석 과정에서 얻기 어려운 예시문의 특성을 파악하고 보다 타당한 예시문 해설의 자료를 마련할 수 있다. 해설의 내용이 타당하고 구체적일수록 예시문의 활용 가능성이 높아진다고 볼 수 있다. 따라서 해설의 내용은 쓰기 전문가들의 협의를 통해 구체적으로 도출할 것이다.

선정된 예시문을 검증하기 위한 또 하나의 방법은 확정된 예시문의 활용 방안을 모색하여 제안하는 것이다. 선정된 예시문은 구체적인 쓰기 평가나 교수·학습의 과정에서 활용이 가능해야 그 의미를 지닐 수 있다. 따라서 이 연구에서 도출된 예시문의 체계 및 성격, 구체적 내용 요소가 실제 쓰기 평가 및 교수·학습에서 어떻게 활용될 수 있는지를 논함으로써 예시문의 현실적 타당도를 검증하고자 한다.

학생 예시문을 어떤 수준으로 몇 가지나 제시할 것인가도 고려해야 할 사항이다. 국내외의 교육과정이나 직접 쓰기 평가에서는 학생들의 쓰기 성취 수준을 다양한 방식으로 구분하고 있다. 미국 NAEP의 작문 평가에서는 학생들의 쓰기 결과를 뛰어남[excellent], 능숙함[skillful], 충분함[sufficient], 고르지 못함[uneven], 만족스럽지 못함[insufficient], 불충분함[unsatisfactory]의 6개 척도로 채점하고 그 총점에 따라 기초[basic], 우수[proficient], 매우 우수[advanced]로 성취 수준을 나누고 있다. 반면 우리나라의 국가 수준 학업성취도 평가(NAEA)에서는 기초 미달, 기초 학력, 보통 학력, 우수 학력의 4단계로 학생들의 학력을 구분하고 있다. 반면 현행 2009 국어과 교육과정에서는 학생들의 성취 수준을 상-중-하의 세 단계로 구분하고 있다.

쓰기 평가 및 교수·학습 과정에서 예시문을 활용하기 위해서는 교육과정과 직, 간접적으로 관련을 맺을 수밖에 없다는 점에서 이 연구에서도 교육과정의 성취 수준 구분을 따르고자 한다. 그리고 일반적으로 보통의 학생들이 교육과정에 따라 충실히 공부하였을 때 획득해야 할 '중' 수준을 쓰기 성취기준에 대한 도달점으로 삼고자 한다. 이 연구에서는 성취 수준 '중' 학생의 글을 중심으로 '상' 수준과 '하' 수준의 예시문을 함께 제공하여 성취기준과 관련한 학생들의 다양한 쓰기 수준을 반영하는 예시문 목록을 제시하고자 한다.

제 3 장

작문 교육을 위한 예시문 선정의 원리

이 장에서는 쓰기 성취기준에 따른 학생 예시문 선정의 방법을 구체적으로 논의하고자 한다. 먼저 연구 대상을 예시문 선정의 근거가 되는 쓰기 영역 성취기준, 표집 대상이 되는 학생 글, 표집된 예시문에 대한 평가자 및 예시문 검증 인원의 측면으로 나누어 살펴볼 것이다. 다음으로 검사 도구를 논의하면서 예시문 선정의 타당성과 대표성을 확보하기 위한 쓰기 평가 결과의 모평균 추정 방법과 신뢰도 분석 방법을 다룰 것이다. 끝으로 쓰기 성취기준 선별 및 성취 수준 기술, 평가 기준 개발, 쓰기 과제의 구성 및 학생 예시문의 수집, 평가, 검증에 이르는 선정 절차에 대해 논의하고자 한다.

1. 예시문 선정 관련 연구 대상

가. 쓰기 영역 성취기준

이 연구에서는 NAEA와 2009 국어과 교육과정에서 선별된 쓰기 성취기준에 근거하여 학생 예시문을 선정하고자 한다. NAEA의 쓰기 성취기준은, 제7차 교육과정 및 2007 국어과 교육과정을 분석하여 두 교육과정에 공통적이거나 핵심적인 내용을 중심으로 개발되었으며(정은영 외, 2010), 글을 쓰는 맥락을 고려하여 쓸 내용을 생성하고 조직해서 글로 표현하는 실제적 수행 능력 중심으로 진술되어 있다. 즉, NAEA의 쓰기 성취기준은 전반적으로 항존적인 쓰기 기능 및 원리를 드러낸다고 볼 수 있다. 그러나 이들 성취기준은 특정한 글쓰기 상황과 관계없이 일반적인 쓰기 수행 능력을 진술한 것이어서, 선정된 학생 예시문의 개별적 특성을 다루기 위해서는 수사적인 상황이 반영된 성취기준이 요구된다. 이에 따라 이 연구에서는 2009 국어과 교육과정에서 글 유형에 따른 대표 성취기준을 별도로 선별하고자 한다. 또한 선정된 학생 예시문을 검증하는 단계에서는 성취기준의 형식으로 제시된 교육과정 전반을 살펴볼 필요가 있기에 2007 교육과정의 쓰기 성취기준도 참고하고자 한다.

결과적으로 이 연구에서 검토하는 쓰기 성취기준은 NAEA의 성취기준을 중심으로, 2007, 2009 국어과 교육과정의 쓰기 성취기준을 포함한다. 〈표 3-1〉은 이상의 세 가지 성취기준의 체계를 제시한 것이다.

〈표 3-1〉에서 확인할 수 있듯이 2007과 2009 국어과 교육과정 그리고 국가 수준 학업성취도 평가는 내용 체계와 성취기준의 수가 모두 다르다. 2007 국어과 교육과정의 경우 맥락이 중요시되어, 실제 성취기준에서도 작문의 맥락이 강조되었으며, 2009 국어과 교육과정의 경우 맥락 대신 태도 영역이 강조되었다. 이와 달리 국가 수준 학업성취도 평가의 성취기준은 지식이나 기

〈표 3-1〉 쓰기 영역 성취기준의 체계

	2007 교육과정	2009 교육과정	NAEA(국가 수준 학업성취도평가)	계
내용 체계	지식, 기능, 맥락, 실제	지식, 기능, 태도, 실제	기능	
중학교	15(국어)	10(국어)	10	35
고등학교	5(국어)	7(국어) 10(화법과 작문)	11	33
계	20	27	21	68

능, 태도 등이 실제 글을 쓰는 작문의 기능을 통해 나타난다고 보고, 기능을 중심으로 성취기준을 제시하였다.

한편, NAEA의 쓰기 성취기준은 학년별로 내용 생성, 내용 조직, 표현의 세 개의 영역이며, 중학교군이 총 10개, 고등학교군이 총 11개의 성취기준으로 구성되어 있다. 그러나 이 성취기준 중에서도 내용 생성의 과정이나 고쳐 쓰기를 다루고 있는 성취기준의 경우에는 학생 예시문이라는 쓰기 결과물을 통해 구체화하기에는 어려움이 있는 것들이다. 따라서 연구 적합성과 성취기준의 항존성이라는 두 가지 기준을 갖고 전문가 검토를 통해 NAEA의 쓰기 성취기준 중 일부를 학생 예시문 선정을 위한 성취기준으로 선정하고자 한다.

2009 국어과 교육과정에는 총 27개의 쓰기 성취기준(중학교 10개, 고등학교 17개)이 존재한다. 이 중 글 유형(설명문, 논설문, 서사문)의 특성을 가장 잘 드러내고 있다고 판단되는 성취기준을 학교 급별로 세 개씩 총 6개를 선별하고자 한다. 즉, 중학교 설명문, 논설문, 서사문 성취기준과 고등학교 설명문, 논설문, 서사문 성취기준을 선별하고자 한다.

나. 학생 예시문 표집 인원

이 연구에서는 학생 예시문의 대표성을 확보하기 위해 인구학적 특성을 고려하여 층화군집표집[10]을 실시하였다. 대도시, 중소도시, 읍면 지역 중·고등학생의 글을 설명문, 논설문, 서사문의 글 유형에 따라 수집한 결과 최종적으로 총 825편이 표집되었다. 학생 예시문의 대표성을 확보하기 위해서는 보다 많은 학생의 글을 전국 단위로 수집해야 하나, 실제 연구 수행의 현실적

---

10 층화군집표집은 모집단을 어떤 속성에 의하여 계층으로 구분하고 그 후 표집단위를 개인이 아니라 집단으로 하여 표집하는 방법으로 표본이 모집단을 대표하기가 용이하다는 것이 장점이다(성태제·시기자, 2006). 이 연구에서는 연구 대상을 중학교군과 고등학교군의 계층으로 구분하고 각 계층에서 중학교 3학년, 고등학교 2학년 집단을 표집 대상으로 하였으며, 지역적으로는 대도시, 중소도시, 읍면 지역의 중3과 고2 학생들을 학급 수준에서 표집하였다.

〈표 3-2〉 학생 예시문 표집 인원

학년	지역	학교	남	여	표집 인원
					(학생)
중3	서울(대도시)	서라벌중	85	-	388명
	서울(대도시)	목운중	-	74	
	경기(중소도시)	풍생중	75	-	
	강원(중소도시)	북원여중	-	43	
	경기(읍면)	파주중	60	51	
고2	서울(대도시)	구일고	57	60	437명
	경기(중소도시)	부용고	30	72	
	경기(중소도시)	장곡고	53	33	
	충북(읍면)	옥천고	41	91	
계			401	424	825명

측면과 평가에 참여하는 교사의 평가 부담을 고려하여, 적정한 수의 인원을 표집하고자 하였다. 〈표 3-2〉는 학생 예시문의 표집 인원이다.

대도시에는 서울 지역의 중학교 2개교와 고등학교 1개교가 표집되었고 중소도시에는 경기 지역의 중학교 1개교, 고등학교 2개교, 강원 지역의 중학교 1개교가 표집되었다. 읍면 지역에는 경기 지역의 중학교 1개교와 충북 지역의 고등학교 1개교가 표집되었다. 지역적으로 보면 대도시 학생의 글이 33.5%, 중소도시 학생의 글이 37.1%, 읍면 지역 학생의 글이 29.5% 표집되었고, 전체 표집 인원 중 남학생이 48.6%, 여학생이 51.4%에 해당한다. 최초로 표집된 예시문은 총 869편이었으나, 거의 백지이거나 문단 수준 이하로 작성하여 평가가 불가능한 글 44편을 제외하여, 최종적으로 표집된 글은 825편이 되었다. 표집된 글을 문종 별로 나누면 〈표 3-3〉과 같다.

〈표 3-3〉 글 유형별 학생 예시문 표집 현황

	설명문	논설문	서사문	계
중3	122	149	117	388
고2	157	179	101	437
계	279	328	218	825

총 825편의 예시문 중 설명문이 279편(33.8%), 논설문이 328편(39.8%), 서사문이 218편(26.4%)에 해당한다. 본 연구에서는 연구 수행의 현실적 여건과 학생 예시문의 대표성 등을 고려하여, 학교급과 글 유형에 따라 최소 100편 이상의 글을 표집하고자 하였다. 연구 의도 및 제한점에 따라 표집 인원은 중학교 3학년 학생(47%)과 고등학교 2학년 학생(53%)으로 제한하였다.

다. 검토 및 평가 참여 인원

(1) 쓰기 성취기준에 대한 전문가 검토 참여 인원

쓰기 성취기준 및 성취 수준, 평가 기준 마련을 위한 전문가 검토를 실시하였다. 이 과정에서는 국가 수준 학업성취도 평가 및 2009 국어과 교육과정의 쓰기 영역 성취기준을 대상으로 실제 학생 예시문을 선정하는데, 필수적이면서도 연구 목적에 부합하는 성취기준의 선정, 성취기준을 토대로 한 성취 수준 및 평가 기준의 개발을 위한 전문가 검토를 실시하였다. 〈표 3-4〉는 검토 대상이 되는 쓰기 성취기준의 수와 그에 대한 전문가 검토의 참여 인원이다.

〈표 3-4〉를 통해 확인할 수 있듯이, 검토에 참여한 5명은 작문 교육 박사 과정 이상의 전문가로서 사전 협의회를 통해 연구의 목적 및 방향에 대해 논의하였고, 성취기준의 항존성과 연구 목적과의 합치도를 중심으로 쓰기 성취기준을 분석하였다. 전문가 검토의 결과를 토대로 국가 수준 학업성취도

〈표 3-4〉 쓰기 성취기준 및 전문가 검토 참여 인원

쓰기 성취기준		검토 참여 인원	
국가 수준 학업성취도 평가의 쓰기 영역 성취기준	21개	작문 교육 박사 과정 이상의 평가 전문가	5명
2009 국어과 교육과정의 쓰기 영역 성취기준	27개		

평가(NAEA) 및 2009 국어과 교육과의 쓰기 성취기준 중에서 예시문 선정을 위한 핵심 성취기준을 선정하였고, 핵심 성취기준을 중심으로 쓰기 성취 수준 및 평가 기준을 개발하였다. 성취 수준의 개발 과정에 있어서는 국가 수준 학업성취도 평가의 쓰기 영역 성취 수준(정은영 외, 2010)을 참고하였으며, 평가 기준은 연구의 목적 및 방향에 따라 총체적 평가 기준과 분석적 평가 기준을 각각 별도로 개발하였다.

(2) 학생 예시문에 대한 1차 평가 참여 인원

표집된 학생 예시문에 대해 3단계에 걸친 다단계 평가를 실시하였다. 1차 평가는 표집된 학생 글 전체를 상-중-하의 세 수준으로 구분하기 위한 총체적 평가에 해당한다. 〈표 3-5〉는 1차 평가의 대상이 된 학생 글과 평가 인원이다.

〈표 3-5〉에 제시되어 있듯이 표집된 학생 예시문 825편에 대해 3명의 평가

〈표 3-5〉 1차 총체적 평가 대상 학생 글과 평가자 인원

학생 글	표집	평가자	표집 인원
다단계 표집한 학생 예시문	825편	쓰기 평가의 경험이 많은 경력 10년 이상의 국어교사	3명

자가 1차 총체적 평가에 참여하였다. 1차 평가자 3명은 경력 10년 이상의 국어교사로서 쓰기 평가의 경험이 풍부한 전문가들이다. 이들은 총체적 평가 기준에 근거하여 표집된 825편의 글을 읽고, 글의 전반적 수준에 대한 총체적 점수를 부여하였다. 연구자는 1차 총체적 평가 점수를 바탕으로 군집 분석과 판별 분석을 실시하여 학생들의 글을 우수, 보통 미흡의 3단계로 구분하고 각 수준별로 3~4편씩 다시 유층 표집하였다. 학년과 쓰기 수준에 따라 10편 씩 총 60편의 글을 표집하여 2차 평가를 실시하였다.

(3) 학생 예시문에 대한 2차 평가 참여 인원

2차 평가에서는 1차 평가에 의해 상-중-하의 세 수준으로 유층 표집된 학생 글 60편을 대상으로 분석적 평가를 실시하였다. 분석적 평가의 목표는 학생 글에 대한 세부적인 특징을 파악하고, 글에 대한 모평균을 추정하기 위함이다. 〈표 3-6〉은 2차 평가의 대상이 된 학생 글과 평가 인원이다.

〈표 3-6〉 2차 분석적 평가 대상 학생 글과 평가자 참여 인원

학생 글	표집	평가자	표집 인원
상-중-하 수준에 따라 유층 표집된 학생 글	60편	현직 국어교사	32명

32명의 현직 국어교사들은 이 연구에서 의도하고 있는 예시문의 대표성, 즉 모평균 추정을 위해 선발된 표본 집단이라고 할 수 있다. 모평균은 표본 집단의 평균을 통해 추정한 값이므로, 그 결과에는 오차가 있을 수밖에 없다. 모평균을 추정하기 위해서는 모평균의 표준편차를 적용해야 하지만, 표본의 크기가 30이 넘을 때는 모집단 대신 표본 집단의 표준편차를 활용할 수 있다. 이것이 가능한 이유는 표본의 크기가 커지면 모집단의 분산과 표본 집단의 분산이 거의 유사해지기 때문이다(정영해 외 2008). 이 연구에서는 우리나라

전체 국어교사를 모집단으로 가정하고 그 일부를 비복원추출하였으므로 모집단의 크기가 크다. 추리 통계에서는 모집단의 크기가 충분히 클 경우 별도의 조정계수 없이 모평균 추정이 가능하다.[11] 2012년 한국교육개발원에서 발표한 교육통계에 따르면 우리나라 중·고등학교의 국어교사는 30,443명이다. 즉, 모집단의 크기가 충분히 크므로 조정계수 없이 표본 집단의 표준편차를 사용할 수 있다. 평가에 참여한 현직 국어교사는 총 32명으로 이 중 남교사가 12명, 여교사가 20명이다. 경력별로는 1~5년이 5명(15.6%), 5~10년이 17명(53.1%), 11~15년이 8명(25.0%), 16년 이상이 2명(6.2%)이며, 중학교에 근무 중인 교사가 10명, 고등학교에 근무 중인 교사가 22명이다. 중학교에 근무 중인 교사에 비해 고등학교에 근무 중인 교사가 두 배가 넘지만 고등학교에 근무 중인 교사들 중 상당수가 중학교 근무 경험이 있으므로 중학생의 글을 평가하는 데는 무리가 없을 것으로 판단하였다. 이를 표로 정리하면 〈표 3-7〉과 같다.

〈표 3-7〉 2차 평가자 참여 현황

경력 \ 성별	남	여	계
1~5년	-	5	5
6~10년	8	9	17
11~15년	3	5	8
16년 이상	1	1	2
계	12	20	32

---

11 모집단에서 표본을 추출할 때 비복원의 방법으로 표본을 추출할 경우, 표본 평균의 표준편차 $\frac{\sigma}{\sqrt{n}}$ 에 조정계수 $\sqrt{\frac{N-n}{N-1}}$ 을 곱해서 그 수치를 조정해 주어야 한다. 그런데 모집단의 크기가 충분히 커서 $\frac{n}{N} \leq 0.05$ 이면 조정계수를 무시할 수가 있다. 비복원추출을 하더라도 모집단이 충분히 커서 모집단대 표본의 비율이 0.05보다 작으면 표준편차가 크게 달라지지 않기 때문이다(박정식·윤영선, 2008; 박영민·최숙기, 2010에서 재인용).

남자 교사가 여자 교사에 비해 적어 산술적으로 성비의 균형을 이루지 못했으나, 이는 실제적인 국어교사의 성비를 반영한 것이라 할 수 있다.

2차 분석적 평가는 성취기준을 평가 요소별로 세분화하여 작성된 평가 기준에 근거하여 예시문의 내용, 조직, 표현 영역의 특성을 세밀하게 평가하는 과정이다. 따라서 평가에 소요되는 시간과 노력이 크므로 더 많은 수의 평가자를 선정하는 데 어려움이 있었다. 그러나 32명의 평가자 모두가 학생 글 평가에 있어 전문성을 지닌 현직 국어교사라는 점, 32명의 평가자만으로도 모평균의 추정이 가능하다는 점 등을 고려할 때 연구 결과의 도출에는 큰 어려움이 없다고 말할 수 있다.

(4) 학생 예시문에 대한 전문가 검토 참여 인원

전문가 검토는 2차 평가의 결과로 선정된 성취 수준 별 예시문을 질적으로 분석하는 과정이다. 전문가 검토는 내용, 조직, 표현의 범주에 따라 검토 팀을 구성하여 팀별 협의의 방식으로 진행하였다. 검토 협의회 방식은 분석자가 개별적으로 분석할 때는 도출하기 어려운 글의 특질, 성취기준과의 관련성 등을 발견하고 보다 구체적이고 다양한 분석을 수행할 수 있다는 장점이 있다. 따라서 이 연구에서는 쓰기 평가 전문가라고 볼 수 있는 검토자들을 별도로 선정하여 내용, 조직, 표현의 측면에서 각 예시문의 특성을 분석하는 검토 협의를 진행하였다. 〈표 3-8〉은 전문가 검토의 대상이 되는 예시문과 검토 인원이다.

〈표 3-8〉 전문가 검토 대상 예시문과 검토 참여 인원

학생 글	표집	검토자	표집 인원
모평균 추정을 통해 선정된 성취 수준 예시문	18편	경력 10년 이상의 국어교사 또는 작문 교육 석사과정 이상	9명

전문가 검토에서는 2차 평가의 결과 선정된 18편의 예시문을 대상으로 검토를 실시한다. 이 18편은 학년과 글 유형에 따라 상-중-하 수준을 대표하는 글들이다. 이 글들은 통계적으로 그 수준이 결정된 글들이지만, 그만큼 성취기준과 관련한 설명력을 가지고 있는지에 대해서는 별도의 검토가 필요하다. 이에 따라 이 연구에서는 최종적으로 경력 10년 이상의 국어교사 또는 작문 교육 석사과정 이상의 검토자 10인을 선정하여 최종 선정된 예시문에 대한 질적인 분석을 실시하였다. 검토 협의는 국내외 교육과정의 쓰기 성취기준, 쓰기 평가 기준의 평가 요소를 정리한 자료를 바탕으로 하여 진행하였고, 분석의 과정은 별도로 개발된 질적 분석 체크리스트를 사용하였다.

2. 예시문 선정을 위한 검사 도구

가. 쓰기 성취기준 선별을 위한 체크리스트

학생 예시문 선정의 이론적 근거가 되는 쓰기 성취기준을 마련하기 위하여 국가 수준 학업성취도 평가(NAEA)와 2009 국어과 교육과정의 쓰기 성취기준을 대상으로 예시문 선정을 위한 성취기준 분석 체크리스트를 마련하였다. 〈표 3-9〉는 쓰기 성취기준 선정을 위한 체크리스트 자료이다.

〈표3-9〉에서 확인할 수 있듯이, 쓰기 성취기준의 선정을 위한 체크리스트 항목은 크게 내용 적합성과 연구 적합성으로 구분되어 있다. '내용 적합성' 항목에서는 '성취기준'이라는 개념에 비추어 볼 때 어느 정도로 개념상 타당한지와 이러한 성취기준의 도달 여부가 실제 작문 능력에 미치는 영향력을 통해 성취기준의 실제성을 평가해보고자 하였다. 또한 성취기준의 항존성 정도를 평정하여 교육과정의 체계나 성격과 관계없이 선정되어야 하는 보편타당한 내용인지를 살펴보고자 하였다.

'연구 적합성' 항목을 통해서는 성취기준이 실제 본 연구의 목적 및 의도에

<표 3-9> 쓰기 성취기준 선정을 위한 체크리스트

영역	세부 평가 항목	평가 척도				
		매우 적절함 (5)	적절함 (4)	보통 (3)	적절 하지 못함 (2)	매우 적절 하지 못함 (1)
내용 적합성	성취기준의 내용적 타당성					
	성취기준의 도달 여부가 실제 작문 능력에 미치는 영향					
	성취기준 내용의 항존성(보편타당성)					
연구 적합성	성취기준 내용의 학생 발달 수준 적합성					
	학생 예시문으로의 구현 가능성					
	성취기준 진술의 명료성					

적합한 것인지를 중심으로 평가하였다. 즉, 해당 학년의 인지적, 정의적 발달 수준에 부합하는지, 학생 예시문으로의 구현이 가능한지의 여부, 진술이 명료하여 예시문과의 관련성 파악이 용이한 것인지의 여부 등을 중점적으로 판단하고자 하였다.

내용 적합성과 연구 적합성이 모두 충족되어야 본 연구에서 의미 있는 성취기준으로 활용이 가능할 것으로 판단하고 절대기준 4.0 이상의 성취기준을 대상으로 예시문 선정을 위한 성취기준을 선별하고자 한다.

체크리스트의 각 항목의 적절성 검증을 위해 작문 교육 박사과정 이상의 전문가 5명의 검토를 거쳐 내용 타당도를 확보하였다.

나. 학생 예시문에 대한 전문가 분석 도구

2차에 걸친 평가를 통해 선정된 학생 예시문을 대상으로 전문가 검토를 수행하기 위한 질적 분석 도구를 개발하였다. 전문가 검토는 내용, 조직, 표현의 쓰기 범주별로 검토 팀을 별도로 구성하여, 팀별 검토 협의회 형식으로 진행하였다.

〈표 3-10〉은 학생 예시문에 대한 전문가 검토 협의에서 활용될 분석 도구의 주요 항목들을 보여주는 자료이다.

〈표 3-10〉 학생 예시문에 대한 전문가 검토 협의의 분석 도구

검토 범주	분석 항목
내용	1. 예시문에 드러난 내용 관련 쓰기 성취기준 도달 여부
	2. 예시문의 내용과 성취 수준(상-중-하)의 적절성
	3. 예시문 내용의 성취 수준별 특질
	4. 성취 수준을 결정하는 예시문 내용의 핵심 요소
조직	1. 예시문에 드러난 조직 관련 쓰기 성취기준의 도달 여부
	2. 예시문 조직과 성취 수준(상-중-하)의 적절성
	3. 예시문 조직의 성취 수준별 특질
	4. 성취 수준을 결정하는 예시문 조직의 핵심 요소
표현	1. 예시문에 드러난 표현 관련 쓰기 성취기준의 도달 여부
	2. 예시문 표현과 성취 수준(상-중-하)의 적절성
	3. 예시문 표현의 성취 수준별 특질
	4. 성취 수준을 결정하는 예시문 조직의 핵심 요소

〈표 3-10〉에서 전문가 검토에 활용된 질적 분석 항목은 내용, 조직, 표현의 검토 영역별로 동일하다. 즉, 각 영역별로 예시문에서 찾을 수 있는 쓰기 성취기준의 도달 여부, 예시문의 쓰기 특질(내용, 조직, 표현의 각 범주별로)이 선정된 성취 수준에 적절한지의 여부를 살펴보고 쓰기 성취 수준별 쓰기 특질을 질적으로 분석할 수 있도록 하였다. 또한 성취 수준 상-중-하를 구별하는 각 쓰기 특질의 핵심 요소가 무엇인지를 협의하도록 하여 예시문의 특질

을 심도 파악할 수 있도록 구성하였다.

각 분석 항목에 대한 응답은 검토 팀별 협의를 통해 자유 반응식으로 기술할 수 있도록 하였으며 여기서 도출된 분석 결과를 바탕으로 학생 예시문에 대한 해설을 작성하였다.

분석 항목에 관한 내용 타당도 확인을 위해 전문가인 작문 교육 박사과정 5인을 통해 분석의 목적 및 주요 분석 항목 내용의 적절성, 용어 및 진술의 직절성 수준 등을 확인하였다.

3. 예시문 선정의 절차

이 연구는 쓰기 성취기준에 따른 학생 예시문을 선정하기 위해 크게 세 단계의 연구 절차에 따라 이루어졌다. 첫 번째 단계는 예시문 선정의 근거가 되는 쓰기 성취기준과 평가 기준을 설정하는 과정이다. 이 단계에서는 학생 예시문 선정의 근거가 되는 핵심 성취기준을 선별하고, 선별된 성취기준에 따라 성취 수준을 개발한다. 또한 성취기준 및 성취 수준을 수정, 변형하여 평가 기준을 구성한다.

두 번째 단계는 실제로 중·고등학생들의 글을 수집하여 평가하는 과정이다. 이 단계에서는 예시문 수집에 활용할 쓰기 평가 과제를 마련하고, 이를 부여하여 학생들의 글을 수집한다. 또한 수집된 글을 대상으로 1차와 2차에 걸친 예시문 평가를 실시하여 글 유형에 따른 성취 수준별 예시문을 추출하게 된다.

세 번째 단계는 성취 수준별 예시문을 검증하고 이를 제시하는 과정에 해당한다. 이 단계에서는 성취 수준별 예시문에 대한 전문가 검토를 통해 예시문 수준의 적절성을 분석하고 해설의 정보를 마련한다. 또한 확정된 학생 예시문을 제시하는 방법을 연구하여 최종적으로 학생 예시문 자료집을 구성하고자 한다.

이러한 세 단계의 연구 절차는 〈그림 3-1〉과 같이 정리할 수 있다.

〈그림 3-1〉 연구의 절차

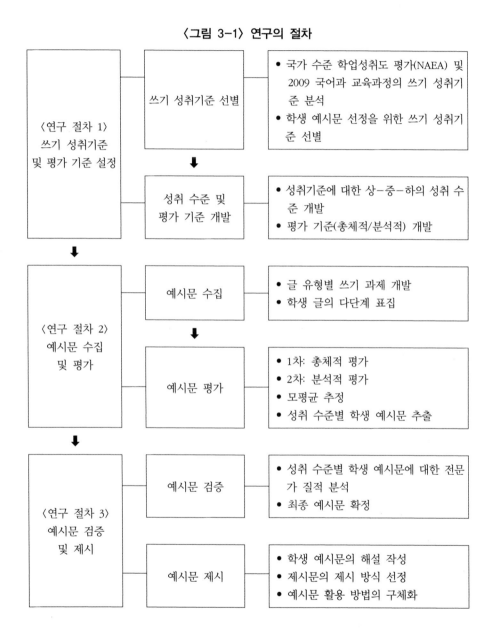

먼저 첫 번째 연구 절차를 수행하기 위해서 전문가 검토의 과정을 통해

국가 수준 학업성취도 평가(NAEA) 및 2009 국어과 교육과정의 쓰기 성취기준을 분석하여 핵심 성취기준을 선별하였다. NAEA에서는 쓰기의 기본 원리나 기능에 관한 성취기준을, 2009 국어과 교육과정에서는 글 유형별 대표 성취기준을 선별하였다. 이 과정에서는 기존에 개발된 쓰기 성취기준 중에서 보다 항존적이면서도 예시문을 통해 구현하기에 적합한 성취기준을 선정하고자 하였다.

이와 같이 선별된 핵심 성취기준을 바탕으로 상−중−하의 성취 수준을 진술하고 평가 기준을 마련하였다. 성취 수준은 NAEA와 2009 국어과 교육과정의 쓰기 영역 성취 수준을 참고하여 본 연구의 목적에 맞게 수정하여 진술하였다. 평가 기준은 성취기준과 성취 수준을 토대로 1차와 2차 평가의 목적에 맞게 총체적 평가 기준과 분석적 평가 기준을 각각 개발하였다.

두 번째 연구 절차는 실제 글을 수집하고 평가하는 과정이다. 이를 수행하기 위해서 우선 글 유형별 쓰기 과제를 개발하였다. 쓰기 평가 과제는 국, 내외 대단위 작문 평가에서 활용된 쓰기 평가 과제와 주요 작문 연구 문헌에서 활용된 쓰기 평가 과제, 현행 교육과정에 따라 개발된 교과서의 쓰기 과제 등을 참고하여 개발하였다. 이 연구에서 활용한 쓰기 과제는 중학교 설명문, 논설문, 서사문 3종과 고등학교 설명문, 논설문, 서사문 3종을 합하여 총 6종이다. 이와 같이 개발된 쓰기 과제를 부여하여 학생들의 글을 지역, 학년, 문종에 따라 수집하였다. 그리고 이렇게 수집된 학생 글 825편 전편에 대해 1차 평가를 실시하였다. 1차 평가는 쓰기 평가의 경험이 풍부한 경력 10년 이상 국어교사 3인의 총체적 평가를 통해 이루어졌다. 평가자들은 총체적 평가 기준에 의거하여 글의 전반적 수준에 대해 5점 척도의 총체적 점수를 부여하였다. 평가자 3인의 평가 결과는 일반화가능도 계수(G-study)를 활용하여 신뢰도를 검증하였으며 평가자 3인의 점수 합계를 기준으로 K-군집 분석을 실시하여 학생들의 글을 상−중−하의 세 가지 성취 수준으로 구분하고 각 수준에서 10편씩 유층 표집하였다.

학년과 문종을 기준으로 유층 표집된 총 60편의 글(중학생과 고등학생의 설명문, 논설문, 서사문 각 10편)을 대상으로 2차: 분석적 평가를 실시하였다. 분석적 평가에서는 현직 국어교사 32명을 평가자로 선정하였다. 특히 분석적 평가의 결과를 토대로 모평균을 추정하고 예시문을 선정해야 하므로 분석적 평가의 신뢰도를 보다 세밀하게 검증할 필요가 있었다. 따라서 일반화가능도 계수 (G-study)뿐만 아니라 다국면 라쉬 모형에 기초한 FACETS 프로그램을 활용하여 평가자의 평가 경향을 파악하고 추가로 피험자(예시문)의 수준이나 과제의 난이도 등을 종합적으로 추정하고자 한다. 그리고 신뢰도 검증을 거친 평가 결과를 토대로 2차적으로 모평균 추정을 실시하였다.

모평균의 추정은 95%의 확률로 해당 글에 대한 평가 점수의 평균의 범위를 추정하는 방식으로 실시하였다. 모평균이 추정된 글 중 통계적으로 중요한 지점에 있는 글(최고 점수, 최저 점수, 평균 점수, 상위 30%와 하위 30%의 평균 점수)들을 대상으로 상-중-하 수준의 대표 예시문을 추출하였다.

세 번째 연구 절차의 과정에서는 학년과 문종을 기준으로 추출된 상-중-하 수준의 예시문 18편을 대상으로 예시문 검증을 실시하고자 하였다. 예시문 검증은 쓰기 평가 전문가에 의한 질적 분석의 형태로 이루어졌다. 전문가 검토의 과정에서는 작문 교육 석사과정 이상의 전문가 10인을 분석자로 선정하여 예시문의 수준과 쓰기 특질, 성취기준과의 관련성 등을 내용, 조직, 표현의 범주별로 분석, 점검하였다.

전문가 검증을 거친 예시문을 최종적인 성취 수준 예시문으로 선정하고 예시문의 제시 방식을 마련하고자 하였다. 예시문의 제시 방안은 국외의 학생 예시문의 제시 방식을 참고하여 쓰기 평가 및 교수·학습 과정에서 실질적으로 활용 가능한 방식을 취하도록 하였다. 또한 예시문 제시 방안의 일환으로 학생 예시문을 활용한 쓰기 평가 방법 및 쓰기 교수·학습의 방법을 안내하고 이를 토대로 학생 예시문 자료집을 구성하였다.

4. 자료 수집 및 분석

가. 자료 수집

이 연구는 쓰기 성취기준에 따른 학생 예시문을 선정하기 위하여 중학교 3학년과 고등학교 2학년 학생의 설명문과 논설문, 서사문을 수집하고, 수집된 글을 현직 국어교사가 평가하는 과정으로 수행되었다. 중·고등학생의 글은 〈표 3-2〉에 제시된 학교를 대상으로 수집되었으며, 수집 기간은 2012년 10월부터 2013년 2월까지 약 4개월이 소요되었다. 쓰기 수행은 대개 해당 국어교사의 감독하에 실시되었고 쓰기 과제에 따라 별도의 쓰기 계획 및 자료 수집 시간을 부여하였다. 실제 글쓰기에는 45~50분씩 소요되었다.

이렇게 수집된 글을 대상으로 2차에 걸친 평가를 시행하였다. 1차 총체적 평가는 총체적 채점 기준과 수집된 학생 글의 복사본을 나눠주고 평가자 3인이 개별적으로 평가를 실시하도록 하였다. 평가자 3인은 개별적 평가에 앞서 평가 협의회를 통해 예비 평가를 실시하고 채점 기준을 숙지하였다. 1차 평가는 2013년 2월 16일부터 2월 28일까지 약 2주가 소요되었다.

2차 분석적 평가는 1차 평가의 결과 수준별로 추출된 학생 글 60편을 대상으로 전국의 국어교사 32명을 평가자로 선정하여 실시하였다. 2차 평가는 워드 프로세서로 작성된 학생 글과 분석적 채점 기준을 전자 우편으로 보내 실시하였고 평가 결과도 전자 우편으로 전송받았다. 2차 평가에서는 별도의 평가자 훈련이나 평가 협의를 거치지 않았다. 평가자 훈련을 거치지 않아야 추정한 모평균의 타당성을 확보할 수 있기 때문이다. 2차 평가는 2013년 3월 4일부터 2013년 5월 10일까지 약 2달이 소요되었다.

2차 평가 결과를 토대로 평가 신뢰도를 분석하고 모평균을 추정하는 작업을 거쳐 최종 선정된 예시문 18편을 대상으로 전문가 검토를 실시하였다. 전문가 검토는 작문 교육 석사과정 이상의 쓰기 평가 전문가 10인을 검토자로 선정하여 내용, 조직, 표현의 세 범주로 검토 팀을 나누어 협의하는 방식으로 진행하였다. 검토자들에게는 미리 예시문과 평가 결과를 전송하였으며 검토 협의회는 2014년 1월 8일에 실시하였다.

나. 자료 분석 및 처리

이 연구에서 자료를 분석하기 위해 사용된 통계적 방법을 살펴보면 다음과 같다. 먼저 1차 평가 결과를 기술적으로 통계 처리하여 지역별, 학교별, 성별, 글 유형에 따른 평가 점수와 내용·조직·표현의 평가 영역별 총점 및 평균을 추출하였다. 또한 평가의 신뢰도를 추정하기 위해 일반화가능도계수(G-study)를 분석하였다. 또한 K-군집 분석을 실시하여 예시문을 상－중－하의 수준으로 분류하고 1차 학생 예시문을 선정하였다.

다음으로 2차 분석적 평가를 기술 통계 처리하여 학년별, 글 유형별 평균 점수와 내용·조직·표현의 평가 영역별 총점과 평균을 추출하였다. 2차 평가의 신뢰도 추정을 위해서는 일반화가능도 계수와 함께 평가 단면에 대한 개별적인 정보를 수집하기 위해 다국면 Rasch 모형에 바탕을 둔 FACETS 프로그램을 활용하였다. FACETS 프로그램은 고전적 검사이론에서는 추정할 수 없었던 개별 평가자의 평가 특성을 분석하여 측정 오차를 배제한 피험자(글)의 능력을 추정할 수 있게 해준다(김성숙 2001). 평가자의 주관성이나 그 밖의 채점 오류는 직접 쓰기 평가 결과에 대한 신뢰도와 타당도에 많은 영향을 미치는 것으로 알려져 있다. 타당한 학생 예시문을 선정하기 위해서는 예시문 평가의 신뢰도가 전제되어야 한다. 이 연구에서는 평가자 간 신뢰도뿐만 아니라 평가자 내 신뢰도를 확보하기 위해 다국면 라쉬 분석을 통하여 분석된 평가자 일관성을 분석하고자 한다. 즉, FACETS 모형을 활용하여 개별 채점자의 경력과 엄격성, 일관성, 과제의 난이도, 개별 피험자(글)의 측정값을 추정하고 적합한 평가자만의 평가 결과를 선별하여 보다 엄격한 신뢰도를 제시하였다.

신뢰도 검증을 거친 2차 분석적 평가의 결과를 토대로 모평균 추정을 실시하였다. 2차 분석적 평가 결과의 평균과 표준편차를 바탕으로 하여 국어교사가 부여할 것으로 예상되는 모평균을 95%의 확률로 추정하였다. 그리고 추정된 모평균을 중심으로 학년 및 글 유형에 따라 최고점, 평균점, 최하점의 글을 성취 수준 상-중-를 대표하는 예시문으로 선정하였다. 또한 선정된 예시문의 세부 특성을 살펴보기 위하여 판별 분석을 실시하여 내용, 조직, 표현의 쓰기 요인의 특성을 분석하였다.

나아가 FACETS 모형을 활용하여 선별된 적합한 평가 결과와 전체 평가 결과를 비교하여 모평균 추정에 차이가 있는지를 살피고 이를 통해 예시문을 재선정하여 보다 엄격한 평가의 신뢰도와 대표성을 확보하고자 하였다.

선정된 예시문의 타당도와 대표성을 검증하기 위한 설문 조사의 결과는 기술 통계 및 t검증을 통해 항목별로 유의한 차이가 있는지를 살펴보았다.

기본적인 기술 통계 및 신뢰도 분석을 위해서는 SPSS 19.0 한글판과 일반화가능도 계수를 산출하기 위해 EduG(ver 6.1)를 사용하였고, 모평균 추정을 위한 기본적인 수식 계산을 위해 추가로 EXCEL 2007을 사용하였다. 또한 2차 분석적 평가에 대한 신뢰도 추정을 위해서는 문항반응이론에 바탕을 둔 FACETS 프로그램(Minifac ver. 3.72.3)을 활용하였다.

제 4 장

작문 교육을 위한
예시문의 선정과 활용 방안

　이 장에서는 학생 예시문의 수집과 평가의 과정 및 결과를 분석하고 학생 예시문을 선정 결과를 제시하고자 한다. 우선 학생 예시문 선정에 앞서 쓰기 성취기준을 선별하고, 그에 따라 성취 수준과 평가 기준, 쓰기 과제를 개발할 것이다. 그리고 수집된 예시문에 대한 1차 평가와 2차 평가를 실시하고 그 결과를 통계적으로 분석하여 제시하고자 한다. 또한 선정된 예시문을 대상으로 전문가의 질적 분석을 실시하여 예시문을 검증하고, 최종적으로 예시문의 제시 방식을 결정하고 학생 예시문 활용 방안을 소개하고자 한다.

1. 쓰기 성취기준 및 평가 기준 설정

가. 쓰기 성취기준의 선별과 성취 수준의 개발

　학생 예시문 선정의 근거가 되는 쓰기 성취기준을 설정하기 위해 국가 수준 학업성취도 평가(NAEA)와 2009 국어과 교육과정의 쓰기 성취기준을 분석하여 보다 항존적이면서 연구의 목적에 부합하는 성취기준을 선별하였다. 예시문 선정을 위한 성취기준은 전문가 평정의 결과를 토대로 평정자와 연구자의 협의를 통해 선별하였다. 우선 〈표 3-4〉에 제시된 전문가 검토위원 5인은 〈표 3-10〉에 제시된 체크리스트를 활용하여 NAEA의 쓰기 성취기준 21개와 2009 국어과 교육과정의 쓰기 성취기준 중 글 유형을 드러내는 성취기준 8개를 대상으로 전문가 평정을 실시하였다. 〈표 4-1〉은 NAEA의 쓰기 영역 성취기준에 대한 전문가 평정의 결과를 제시한 것이다.

〈표 4-1〉 NAEA 쓰기 성취기준에 대한 전문가 평정 결과

학년	영역	성취기준	평정 결과	
			내용 적합성	연구 적합성
중학교 3학년 (M)	내용 생성	1. 여러 가지 매체나 자료에서 글을 쓰는 데 필요한 적절한 내용을 생성할 수 있다.	4.20(0.44)	2.20(0.83)
		2. 글 쓰는 목적에 맞게 정보를 수집, 분석, 재구성하여 쓸 내용을 선정하여 글을 쓸 수 있다.	5.00(0.00)	4.60(0.54)
		3. 글쓰기 상황(목적, 주제나 화제, 예상 독자)에 알맞은 내용을 선정하여 글을 쓸 수 있다.	5.00(0.00)	4.20(0.44)
	내용 조직	4. 문단 구성 및 문단 전개의 원리를 고려하여 내용을 조직할 수 있다.	3.40(0.54)	4.20(0.44)
		5. 글의 통일성과 응집성을 고려하여 내용을 조직할 수 있다.	5.00(0.00)	4.40(0.58)
		6. 글쓰기 상황(목적, 주제나 화제, 예상 독자)을 고려하여 내용을 조직하여 글을 쓸 수 있다.	4.80(0.44)	4.00(0.77)
	표현	7. 글쓰기 상황(목적, 주제나 화제, 예상 독자)에 적합한 어휘와 표현을 선택하여 글을 쓸 수 있다.	5.00(0.00)	4.60(0.54)
		8. 문법에 알맞은 자연스러운 문장을 쓸 수 있다.	4.20(0.44)	5.00(0.00)
		9. 글쓰기 상황(목적, 주제나 화제, 예상 독자)과 매체 특성(신문, 잡지, 광고, 인터넷 등)을 고려하여 글을 쓸 수 있다.	3.00(0.77)	2.20(0.83)
		10. 글의 개요와 초고를 비교하며, 내용이나 조직의 문제점을 찾아 고쳐 쓸 수 있다.	4.00(1.00)	1.80(0.83)
고등학교	내용	1. 다양한 내용 생성 전략을 활용하여 글쓰기 상	4.80(0.44)	4.60(0.54)

	생성	황에 맞게 글을 쓰는데 필요한 내용을 생성할 수 있다.		
		2. 쓰기 과제의 요구나 조건을 고려하여 글을 쓰는 데 필요한 내용을 선정할 수 있다.	5.00(0.00)	4.40(0.54)
		3. 선정한 내용의 적절성을 평가하고 평가 결과에 따라 선정한 내용을 수정할 수 있다.	4.00(1.00)	2.20(0.83)
2학년 (H)	내용 조직	4. 문단 구성, 문단 전개의 일반 원리를 고려하여, 내용을 조직할 수 있다.	4.80(0.44)	5.00(0.00)
		5. 쓰기 과제의 요구나 조건을 고려하여 내용 전개에 적합하게 글을 조직할 수 있다.	5.00(0.00)	4.60(0.54)
		6. 내용 조직의 적절성을 평가하고 내용 조직을 적절하게 수정할 수 있다.	4.80(0.44)	1.60(0.54)
	표현	7. 글쓰기 상황(목적, 주제나 화제, 예상 독자)에 적합한 어휘와 표현을 선택하여 창의적인 글을 쓸 수 있다.	4.80(0.54)	4.60(0.54)
		8. 국어 규범을 정확히 지키며 문장을 쓸 수 있다.	5.00(0.00)	5.00(0.00)
		9. 글쓰기 상황(목적, 주제, 예상 독자)과 매체 특성(신문, 잡지, 광고, 인터넷 등)을 고려하여 창의적인 글을 쓸 수 있다.	3.00(0.70)	4.20(0.44)
		10. 글쓰기 계획과 과정을 종합적으로 검토하며, 초고의 내용 및 구성의 문제점을 찾아 고쳐 쓸 수 있다.	4.60(0.54)	2.20(0.83)
		11. 글쓰기 계획 및 과정을 종합적으로 검토하며, 초고의 어휘, 표현, 문장의 문제점을 찾아 고쳐 쓸 수 있다.	4.20(0.44)	2.40(0.54)

평균(표준편차)

　〈표 4-1〉은 NAEA의 쓰기 성취기준과 그에 대한 평정 자료이다. 전체 평정 결과의 신뢰도는 Cronbach α .751로 나타났다. 현행 NAEA의 쓰기 성취기준은 중학교군(M)이 10개, 고등학교군(H)이 11개로 총 21개이다. 물론 이 성취기준들은 국가 수준 학업성취도 평가를 준비하면서 쓰기 교육 전문가들의 협의와 검증을 통해 그 타당성이 입증된 것이지만, 대규모 평가를 위해 개발

된 성취기준인 만큼 본 연구의 목적에 비추어 보았을 때는 적합하지 않은 측면이 있다.

국가 수준 학업성취도 평가에서는 선다형과 서답형 문항을 포함한 쓰기 평가를 실시한다. 특히 선다형 문항을 통해서 쓰기의 전략이나 고쳐쓰기의 적절성 등을 분절적으로 평가할 수 있기 때문에 성취기준의 개발에서도 이를 반영한 것으로 보인다. 그러나 학생 예시문의 경우에는 초고와 재고 등 글의 완성 과정을 지속적으로 살펴보지 않는 이상 필자의 쓰기 과정을 구체적으로 확인하기 어렵다. 따라서 쓰기 과정을 분절적으로 다루는 성취기준은 학생 예시문을 통해 다루기기에는 무리가 있다고 말할 수 있다. 따라서 본 연구에서는 성취기준의 내용 적합성과 함께 학생 예시문으로 구현할 수 있는가를 판단하기 위해 연구 적합성을 함께 검토하였다.

〈표 4-1〉에서 확인할 수 있듯이, 거의 모든 성취기준이 내용 적합성에서 평균 4.0 이상의 결과를 보여 핵심적인 쓰기 능력을 진술한 것으로 나타났다. 그러나 성취기준 M9와 H9의 경우에는 각각 3.59와 3.72로 내용 적합성이 다소 떨어지는 것으로 평정되었다(3.0 이상 적합, 4.0 이상은 매우 적합). 평정자 의견에서는 이들 성취기준이 내용상 성취기준 M7, H9와 중복될 뿐만 아니라 표현의 측면에 한정된 핵심적인 쓰기 능력을 드러낸다고 보기 어렵다는 점이 지적되었다.

연구 적합성의 측면에서는 M1, M9, M10, H3, H6, H10, H11 성취기준의 적합성이 떨어지는 것으로 나타났다. 이들 성취기준 중 M1과 H9는 매체나 내용 생성과 관련된 성취기준들이며 M10, H3, H6, H10, H11은 모두 고쳐쓰기와 관련된 성취기준들이다. 다양한 매체 특성에 대한 반영이나 내용 생성 전략, 글의 표현 및 내용의 적절성에 대한 평가 및 고쳐쓰기 등은 쓰기 과정을 분절적으로 다루고 있는 성취기준으로서 학생 예시문이라는 쓰기 결과물을 통해 직접적으로 보여주기에는 부적절한 것으로 평정되었다.

이러한 평정 결과를 바탕으로 본 연구에서는 NAEA의 쓰기 성취기준 중 평정 결과 평균 4.0 이상의 성취기준들을 대상으로 쓰기의 원리 및 기능의 체계를 고려하여 중학교군의 M2, M3, M5, M6, M7, M8, 고등학교군의 H1, H2, H5, H7, H8의 총 11개의 성취기준을 선별하였다. 이 중 중학교군 성취기준 M5(글의 통일성과 응집성을 고려하여 내용을 조직할 수 있다.)의 경우 고등학교군에도 적용 가능한 성취기준으로 판단하였다. 즉 '문단의 구분과 구성'은 '통일성과 응집성'이라는 개념에 포함되는 것으로 해석하였다.

한편, 글 유형을 드러내는 대표 성취기준을 선별하기 위해 2009 국어과 교육과정의 일부 성취기준을 대상으로 동일한 방식의 평정을 실시하였다. 2009 국어과 교육과정의 쓰기 성취기준의 경우, 내용 요소 선정의 범주인 '지식', '기능', '태도'의 항목들로 구분된 것들도 있지만 통합한 것이 더 많다. 예를 들어 '국어' 과목의 내용 성취기준 중 '(4)의견의 차이가 드러나는 문제에 대해 타당한 근거를 들어 주장하는 글을 쓴다.'의 경우, 쓰기 기능과 글의 유형을 통합하여 제시한 것이라 볼 수 있다.

반면 NAEA의 쓰기 성취기준은 글 유형과 무관하게 쓰기의 기능만을 구체화한 것이다. 따라서 2009 국어과 교육과정의 쓰기 성취기준과 NAEA의 쓰기 성취기준은 '기능'의 측면에서 중복되는 부분이 있을 수 있다. 그러나 수사적 상황을 배제한 채, 일반적인 쓰기 기능을 다룬 NAEA의 쓰기 성취기준과 달리 2009 국어과 교육과정의 쓰기 성취기준은 특정한 글 유형과 밀접하게 관련된 쓰기 기능을 강조하여 진술한 것이므로 쓰기 기능의 층위가 서로 다르다고 볼 수 있다. 이에 따라 본 연구에서는 NAEA의 성취기준에서 일반적 쓰기의 기능과 원리에 관한 성취기준을 선별하고, 2009 국어과 교육과정에서 특정 글 유형을 대표하는 쓰기의 전반적 내용 범주(지식, 기능, 태도)를 통합하여 다루고자 한다.

이러한 연구 의도에 따라 본 연구에서는 2009 국어과 교육과정 중 '국어(중학교)'와 '국어Ⅰ, Ⅱ(고등학교)' 과목의 쓰기 영역 성취기준에서 글 유형을 드러내는 성취기준을 대상으로 전문가 평정을 실시하였다. '화법과 작문' 과목의 경우, 쓰기의 기능을 글 유형별로 세분화하여 다루고 있는데, 보다 일반적인 쓰기 기능을 동일한 방식으로 다루고 있는 NAEA의 성취기준 체계와 중복되

는 면이 있어 평정 대상에서 제외하였다. 〈표 4-2〉는 2009 국어과 교육과정의
쓰기 성취기준에 대한 전문가 평정의 결과이다.[12]

〈표 4-2〉 2009 국어과 교육과정 쓰기 성취기준에 대한 전문가 평정 결과

학년	영역	성취기준	평정 결과	
			내용 적합성	연구 적합성
중학교군 (M)	설명문	1. 설명하고자 하는 대상이나 개념에 맞게 적절한 설명 방법을 사용하여 독자가 이해하기 쉽게 글을 쓴다.	4.60(0.54)	4.50(0.85)
		2. 관찰, 조사, 실험한 내용을 절차와 결과가 드러나게 보고하는 글을 쓴다.	2.20(0.83)	2.10(0.58)
	논설문	3. 의견의 차이가 드러나는 문제에 대해 타당한 근거를 들어 주장하는 글을 쓴다.	4.80(0.56)	4.20(0.44)
		4. 학교나 지역 사회에서 일어나는 일에 대해 문제 해결 방안이나 요구 사항을 담은 글을 쓴다.	2.40(0.54)	2.20(0.83)
	서사문	5. 자신의 삶과 경험을 바탕으로 독자에게 감동이나 즐거움을 주는 글을 쓴다.	4.80(0.44)	4.60(0.54)
		6. 자신의 삶을 성찰하고 계획하는 글을 쓴다.	4.60(0.54)	4.00(1.00)
		7. 영상 언어의 특성을 살려 영상으로 이야기를 구성한다.	1.80(0.44)	1.80(0.83)
고등학교군 (H)	설명문	1. 다양한 매체에서 얻은 정보를 작문 상황에 맞게 조직하여 통일성과 응집성을 갖춘 글을 쓴다.	3.00(0.70)	4.00(0.70)
		2. 핵심적인 정보를 선별하고 작문 맥락에 맞게 정보를 조직하여 설명하는 글을 쓴다.	4.80(0.54)	4.80(0.56)
	논설문	3. 작문 맥락에 대한 분석을 바탕으로 여러 가지 타당한 근거를 제시하여 주장하는 글을 쓴다.	4.00(1.00)	4.20(0.44)

평균(표준편차)

······························

12 2009 국어과 교육과정의 경우 중학교군(M)은 '국어'과목에서 고등학교군(H)은 '국어Ⅰ', '국어
   Ⅱ' 과목의 쓰기 성취기준을 대상으로 하였다. 심화과목인 '화법과 작문'의 경우 연구 대상(중3,
   고2)과 연구의 방향을 고려하여 평정대상에서 제외하였다.

2009 국어과 교육과정 쓰기 성취기준에 대한 전체 평정 결과의 신뢰도는 Cronbach α .921로 나타났다. 〈표 4-2〉에서 확인할 수 있듯이 평정 대상이 된 성취기준은 중학교군에 비해 고등학교군의 개수가 적다. 이는 고등학교 '국어Ⅰ, Ⅱ' 과목에 글 유형을 드러내는 쓰기 성취기준이 적다는 것을 의미한다. 중학교군에서는 설명문(M1), 논설문(M3), 서사문(M5, M6)의 총 4개의 성취기준이 선별되었고, 고등학교군에서는 설명문(M2)과 논설문(M3)의 두 성취기준이 글 유형을 대표하는 쓰기 성취기준으로 선별되었다. 성취기준 M2, M4는 대표적인 글 유형이라고 보기 어렵거나 특정한 수사적 상황으로 쓰기 맥락을 한정한 성취기준이며, M7의 경우 내용 타당성도 떨어질 뿐 아니라 학생 예시문으로 드러내기에 한계가 있다는 의견이 있었다. H1의 경우 내용 생성의 방법을 다양한 매체로 한정함으로써 쓰기의 상황을 좁게 해석하였다는 문제가 있는 것으로 분석되었다. 고등학교군에서 서사문을 드러내는 성취기준이 없다는 문제가 있었는데, 다행히 중학교 서사문 성취기준이 두 가지가 모두 전문가 평정에서 높게 평정되었으므로 이를 활용하기로 하였다. 이에 따라, 중학교 서사문 성취기준 M5와 M6 중 보다 많은 글쓰기 경험이 필요하다고 판단되는 M5를 고등학교 서사문 성취기준으로 활용하고자 한다.

이상의 평정 결과를 토대로 본 연구에서는 학생 예시문 선정을 위한 쓰기 성취기준을 선별하였다. 선별의 결과는 〈표 4-3〉과 같다.

〈표 4-3〉은 NAEA 및 2009 국어과 교육과정의 쓰기 성취기준에서 추출한 핵심 성취기준이다. 이 성취기준은 '쓰기의 원리 및 기능'이라는 범주와 글 유형을 드러내는 '쓰기의 실제' 범주로 구성되어 있다. 우선 '쓰기의 원리 및 기능' 범주를 살펴보면, '내용 생성'의 측면에서는 글의 목적이나 상황에 맞는 내용을 적절히 선정하였는지가 성취의 초점이 된다. 고등학교군에서는 여기서 한 발 더 나아가 보다 다양한 내용을 생성하였는지, 쓰기 과제의 복잡한 요구나 조건 등을 폭넓게 고려하여 글을 썼는지를 중점적으로 다루고 있다. 다음으로 '내용 조직'의 측면에서는 문단의 구성 능력, 응집성과 통일성을 고려한 내용의 조직에 초점을 맞추고 있으며 글쓰기 상황 또는 쓰기 과제의 요구나

〈표 4-3〉 학생 예시문 선정을 위한 쓰기 성취기준

학년	내용 범주		성취기준	출처
중학교군(M)	쓰기의 원리 및 기능	내용 생성	1. 글 쓰는 목적에 맞게 정보를 수집, 분석, 재구성하여 쓸 내용을 선정하여 글을 쓸 수 있다. 2. 글쓰기 상황(목적, 주제나 화제, 예상 독자)에 알맞은 내용을 선정하여 글을 쓸 수 있다.	NA EA
		내용 조직	3. 글의 통일성과 응집성을 고려하여 내용을 조직할 수 있다. 4. 글쓰기 상황(목적, 주제나 화제, 예상 독자)을 고려하여 내용을 조직하여 글을 쓸 수 있다.	
		표현	5. 글쓰기 상황(목적, 주제나 화제, 예상 독자)에 적합한 어휘와 표현을 선택하여 글을 쓸 수 있다. 6. 문법에 알맞은 자연스러운 문장을 쓸 수 있다.	
	쓰기의 실제	설명문	7. 설명하고자 하는 대상이나 개념에 맞게 적절한 설명 방법을 사용하여 독자가 이해하기 쉽게 글을 쓴다.	2009 교육 과정
		논설문	8. 의견의 차이가 드러나는 문제에 대해 타당한 근거를 들어 주장하는 글을 쓴다.	
		서사문	9. 자신의 삶을 성찰하고 계획하는 글을 쓴다.	
고등학교군 (H)	쓰기의 원리 및 기능	내용 생성	1. 다양한 내용 생성 전략을 활용하여 글쓰기 상황에 맞게 글을 쓰는데 필요한 내용을 생성할 수 있다. 2. 쓰기 과제의 요구나 조건을 고려하여 글을 쓰는 데 필요한 내용을 선정할 수 있다.	NA EA
		내용 조직	3. 글의 통일성과 응집성을 고려하여 내용을 조직할 수 있다. 4. 쓰기 과제의 요구나 조건을 고려하여 내용 전개에 적합하게 글을 조직할 수 있다.	
		표현	5. 글쓰기 상황(목적, 주제나 화제, 예상 독자)에 적합한 어휘와 표현을 선택하여 창의적인 글을 쓸 수 있다. 6. 국어 규범을 정확히 지키며 문장을 쓸 수 있다.	
	쓰기의 실제	설명문	7. 핵심적인 정보를 선별하고 작문 맥락에 맞게 정보를 조직하여 설명하는 글을 쓴다.	2009 교육 과정
		논설문	8. 작문 맥락에 대한 분석을 바탕으로 여러 가지 타당한 근거를 제시하여 주장하는 글을 쓴다.	
		서사문	9. 자신의 삶과 경험을 바탕으로 독자에게 감동이나 즐거움을 주는 글을 쓴다.	

조건을 고려한 내용 조직 능력을 중점적으로 다루었다. 끝으로 '표현'의 측면에서는 글쓰기 상황에 적합한 어휘와 표현을 사용하였는지가 성취의 초점이 되며 여기에 더해 문법이나 국어규범을 정확히 지키며 글을 썼는지를 중점적으로 다루고 있다.

한편 '쓰기의 실제' 범주를 살펴보면, 설명문에서는 설명 대상에 맞는 설명 방법의 사용, 핵심 정보의 선별, 작문 맥락에 맞는 정보 수집을 중점적으로 다루고 있다. 논설문에서는 설득적 맥락의 분석과 타당한 근거가 성취의 핵심이 된다. 그리고 서사문에서는 삶에 대한 성찰과 계획, 예상 독자의 감동과 즐거움이 성취의 초점이라고 볼 수 있다.

이 연구에서는 〈표 4-3〉의 성취기준을 토대로 쓰기 영역의 성취 수준을 개발하고자 한다. 성취 수준의 경우 〈표 4-3〉의 핵심 성취기준을 바탕으로 상-중-하의 성취 수준을 진술하되, 성취기준에서 진술된 쓰기 기능을 종합적으로 습득한 학생이 보여줄 만한 전형적인 모습을 각 수준별로 진술하고자 하였다. 그리고 성취기준의 내용에 평균적으로 도달한 경우를 성취 수준 '중'으로 가정하였다. 성취 수준 상-중-하의 일반적 특성은 남민우 외(2012)를 참고하여 〈표 4-4〉와 같이 설정하였다.

〈표 4-4〉 예시문 선정을 위한 성취 수준의 일반적 특성

성취 수준	일반적 특성
상	핵심 성취기준에 제시된 쓰기 기능에 대한 수행이 우수한 수준
중	핵심 성취기준에 제시된 쓰기 기능에 대한 수행이 보통한 수준
하	핵심 성취기준에 제시된 쓰기 기능에 대한 수행이 미흡한 수준

〈표 4-4〉는 학생 예시문 선정과 관련된 성취 수준의 일반적 특성을 나타낸 것이다. 이 연구에서는 학생 글을 통해 드러나는 전체적인 쓰기 능력에 초점을 두기 때문에 개별 성취기준 단위의 성취 수준을 진술하지는 않았다. 성취 수준의 진술은 항존적인 관점에서 학생의 쓰기 결과물에 대한 기능적인 성취

수준과 설명문, 논설문, 서사문이라는 대표 글 유형에 대한 실제적 쓰기 성취 수준으로 구분하여 서술하였다. 〈표 4-5〉는 핵심 성취기준에 따른 쓰기 성취 수준을 진술한 자료이다.

〈표 4-5〉 쓰기 성취기준에 따른 성취 수준

학년	성취 수준	성취 수준 진술문
중3	상	• 설명 대상이나 개념에 맞는 설명 방법을 사용하여 적절한 내용과 방법으로 설명하는 글을 쓸 수 있으며 타당하고 다양한 근거를 들어 주장하는 글을 쓸 수 있다. 또한 자신의 삶을 성찰하고 의미 있는 삶의 계획이 드러나는 글을 쓸 수 있다. • 쓰기 상황(목적, 주제, 화제, 예상 독자) 등을 분석하여 여러 가지 내용 선정 방법을 활용해 다양한 자료를 수집한 후 이를 쓰기 목적에 맞게 분석, 재구성하여 쓸 내용을 선정할 수 있다. • 쓰기 상황에 대한 분석을 바탕으로 글의 통일성과 응집성을 고려하여 내용을 조직할 수 있다. • 쓰기 상황 및 매체 특성을 고려하여 적절한 어휘나 표현을 선택할 수 있으며 문법에 맞는 자연스러운 문장을 쓸 수 있다.
	중	• 적절한 설명 방법을 사용하여 설명하는 글을 쓸 수 있으며 타당한 근거를 들어 주장하는 글을 쓸 수 있다. 자신의 삶을 성찰하고 계획하는 글을 쓸 수 있다. • 적절한 내용 생성 방법을 활용하여 자료를 수집한 후 이를 쓰기 목적에 맞게 분석, 재구성하여 쓸 내용을 선정할 수 있다. • 글의 통일성과 응집성을 고려하여 내용을 조직할 수 있다. • 쓰기 상황을 고려하여 알맞은 어휘 및 표현을 선택하고 문법적인 문장을 쓸 수 있다.
	하	• 적절한 설명 방법을 사용하여 설명하는 글을 쓰거나 타당한 근거를 들어 주장하는 글을 쓰는데 어려움을 보인다. 또한 자신의 삶을 성찰하거나 계획하는 글을 쓰는데 어려움을 보인다. • 적절한 내용 선정 방법을 활용하여 자료를 수집하거나 내용을 선정하고 이를 쓰기 목적에 맞게 분석, 재구성하여 쓸 내용을 마련하는 데 어려움을 보인다. • 쓰기 상황을 제대로 분석하지 못하거나 글의 통일성(응집성)을 고려해 내용을 조직하는 데 어려움을 보인다. • 문법적인 문장을 쓰거나 쓰기 상황을 고려하여 알맞은 어휘나 표현을 선택하는 데 어려움을 보인다.

고2	상	• 작문 맥락에 대한 적절한 분석을 바탕으로 핵심 정보를 선별하고 이를 적절히 조직하여 설명하는 글을 쓸 수 있으며 여러 가지 타당한 근거를 들어 주장하는 글을 쓸 수 있다. 또한 자신의 삶과 경험을 바탕으로 독자에게 감동과 즐거움을 주는 글을 쓸 수 있다. • 부여된 쓰기 과제의 요구나 조건을 종합적으로 분석하고 다양한 내용 생성 전략을 활용하여 쓸 내용을 폭넓게 마련할 수 있다. • 부여된 쓰기 과제의 요구나 조건을 종합적으로 분석하고 글의 통일성과 응집성을 고려하여 글을 조직할 수 있다. • 쓰기 상황(목적, 주제나 화제, 예상 독자) 및 매체 특성을 고려하여 창의적인 표현을 할 수 있으며 국어 규범을 정확히 지키며 글을 쓸 수 있다.
	중	• 작문 맥락에 대한 분석을 바탕으로 정보를 선별하고 조직하여 설명하는 글을 쓸 수 있으며 타당한 근거를 들어 주장하는 글을 쓸 수 있다. 또한 자신의 삶과 경험을 바탕으로 독자에게 즐거움을 주는 글을 쓸 수 있다. • 부여된 쓰기 과제의 요구나 조건을 분석하고 다양한 내용 생성 전략을 활용하여 쓸 내용을 마련할 수 있다. • 부여된 쓰기 과제의 요구나 조건을 분석하고 문단 구성 및 문단 전개의 일반 원리를 고려하여 글을 조직할 수 있다. • 쓰기 상황(목적, 주제나 화제, 예상 독자)을 고려하여 창의적인 어휘 및 표현을 선택하고 규범적인 문장을 쓸 수 있다.
	하	• 핵심 정보를 선별하고 이를 적절히 조직하여 설명하는 글을 쓰거나 여러 가지 타당한 근거를 들어 주장하는 글을 쓰는데 어려움을 보인다. 또한 자신의 삶과 경험을 바탕으로 독자에게 감동과 즐거움을 주는 글을 쓰는 데 어려움을 보인다. • 부여된 쓰기 과제의 요구나 조건을 적절히 분석하거나 다양한 내용 생성 전략을 폭넓게 사용하여 내용을 선정하는 데 어려움을 보인다. • 부여된 쓰기 과제의 요구나 조건을 적절히 분석하거나, 문단 구성 및 문단 전개의 일반 원리를 종합적으로 고려하여 글을 조직하는 데 어려움을 보인다. • 규범적인 문장을 쓰거나 쓰기 상황(목적, 주제나 화제, 예상 독자)을 고려하여 창의적인 어휘, 표현을 선택하는데 어려움을 보인다.

〈표 4-5〉에 제시된 성취 수준 진술은 국가 수준 학업성취도 평가(NAEA)의 쓰기 영역 성취기준(정은영 외, 2010)과 2009 국어과 교육과정에 따른 국어과 성취기준 및 성취 수준 개발 연구(남민우 외, 2012)를 참고하여 개발한 것이다.

NAEA의 쓰기 성취기준은 '우수학력', '보통학력', '기초학력', '기초 미달 학력'의 4수준으로 구분되어 있다. 그러나 이 연구에서는 상-중-하 세 수준의 학생 예시문을 선정하는 데 목적이 있기 때문에 수준의 구분이 맞지 않는다는 문제가 있다. 이에 이 연구에서는 NAEA의 성취 수준 중 '우수학력'을 상 수준으로, '보통학력'을 중 수준으로, '기초학력'과 '기초미달학력'을 통합하여 하 수준으로 설정하였다. 즉, 본 연구의 성취 수준 '하' 수준은 NAEA의 기초 학력 이하의 능력을 진술한 것이라고 말할 수 있다.

성취 수준 상-중-하의 진술 체계는 예시문 평가에 실제적으로 활용할 수 있도록 수행 수준으로 구분하고자 하였다. '상' 수준은 성취기준이 설정하고 있는 최고 수행 수준(90%이상)을 달성한 상태를 의미하고 '중' 수준은 성취기준이 설정하고 있는 최고 수행 수준에 60~70% 정도 도달한 상태를 의도하였다. 그리고 '하' 수준은 성취기준이 설정하고 있는 최고 수행 수준에 30~40% 정도 도달한 상태를 의도하여 진술한 것이다.

성취 수준의 진술과 관련해서는 상-중-하를 구분하기 위해 내용, 조직, 표현의 각 영역에서 해당 성취 수준과 관련된 수행 특성을 진술하고자 하였다. 이 과정에서 쓰기 성취기준의 특성을 고려하여 성취 수준에 따라 달성되는 것과 그렇지 못한 것을 구분하여 진술하였다. 예를 들어 전반적으로 '쓰기 과제의 종합적 분석'은 성취 수준 상 수준에서만 달성 가능한 특성으로 간주하였고 '통일성(응집성)있는 글 구성 능력'은 성취 수준 '상'과 '중'에서 달성 가능한 특성이나 '하'에서는 달성하기 어려운 것으로 간주하여 진술하였다. 또한 이와 같은 구성이 불가능한 성취기준과 관련해서는 부분적으로 '폭넓게', '의미 있는'과 같은 정도 부사를 그대로 활용하였다.

위 성취 수준의 진술은 작문 교육 박사과정 이상의 전문가 5인의 검토를 통해 내용 타당도를 검증하였다. 성취 수준 진술은 수집된 예시문의 수준을 구분하기 위한 1차 총체적 평가의 평가 기준의 개발에도 활용하였다.

나. 쓰기 평가 기준의 개발

핵심 성취기준 및 성취 수준을 바탕으로 실제 학생들의 예시문을 평가할 평가 기준을 마련하였다. 평가 기준은 크게 총체적 평가 기준과 분석적 평가 기준으로 구분할 수 있다. 1차 평가에서는 수집된 학생 글의 수준을 상-중-하로 구분하기 위한 총체적 평가를 활용하게 되며 2차 평가에서는 성취기준과 관련한 평가 요소를 세부적으로 살펴보기 위한 분석적 평가 기준을 활용하게 된다. 총체적 평가 및 분석적 평가 기준은 내용적 일관성을 위해 성취기준 및 성취 수준의 진술을 활용하여 진술하였다.

평가 기준의 개발에 있어서 쓰기의 기능 및 원리를 평가하는 준거와 쓰기의 실제를 평가하는 준거를 모두 사용하였다. 즉, 총체적 평가 및 분석적 평가 기준의 준거 중에는 글 유형과 관계없이 범용할 수 있는 평가 기준도 있으며 특정 글 유형에 적합한 평가 기준도 존재하게 된다.

우선 1차: 총체적 평가를 위하여 총체적 평가 기준을 개발하였다. 총체적 평가는 한 편의 글을 평가할 때 개별적인 요소에 치중하지 않고 글 전체에 초점을 맞추어 평가하는 것이므로 글 전체에 대한 간략한 평가의 단서를 제시하는 방식으로 평가 기준을 작성하게 된다. 이 연구에서는 〈표 4-5〉의 성취 수준을 참고하여 총체적 평가 기준을 개발하였다. 〈표 4-6〉은 학생 예시문 선정을 위한 총체적 평가 기준 자료이다.

〈표 4-6〉 학생 예시문 선정을 위한 총체적 평가 기준

학년	총체적 평가 기준
중3	• 5점: 쓰기 상황(목적, 주제, 화제, 예상 독자) 등을 분석하여 다양한 자료를 수집한 후 이를 쓰기 목적에 맞게 분석, 재구성하여 쓸 내용을 선정하였다. 쓰기 상황을 분석하고 글의 통일성과 응집성을 고려하여 내용을 조직하였다. 쓰기 상황을 고려하여 적절한 어휘 및 표현을 선택하였으며 문법에 맞는 자연스러운 문장을 사용하였다. 설명 대상이나 개념에 맞는 설명 방법을 사용하여 적절한 내용과 방법으로 설명하는 글을 쓸 수 있다(설명문). 타당하고 다양한 근거를 들어 주장하는 글을 쓸 수 있다(논설문). 자신의 삶을 성찰하고 의미있는 삶의 계획이 드러나는 글을 쓸 수 있다(서사문)

- 3점: 적절한 내용 선정 방법을 활용하여 비교적 다양한 자료를 수집하여 내용을 선정할 수 있으나 이를 분석, 재구성하여 쓸 내용을 마련하는 데 어려움을 보인다. 쓰기의 상황을 고려하였으나 글의 통일성과 응집성을 고려해 내용을 조직하는 데 어려움을 보인다. 대체로 문법적인 문장을 쓸 수 있으나 쓰기 상황을 고려하여 알맞은 어휘나 표현을 선택하는 데 어려움을 보인다. 적절한 설명 방법을 사용하여 설명하는 글을 쓸 수 있다(설명문). 타당한 근거를 들어 주장하는 글을 쓸 수 있다(논설문). 자신의 삶을 성찰하고 계획하는 글을 쓸 수 있다(서사문).
- 1점: 적절한 내용 선정 방법을 활용하여 자료를 수집하고 내용을 선정하거나 이를 쓰기 목적에 맞게 분석, 재구성하여 쓸 내용을 마련하는 데 어려움을 보인다. 글의 통일성과 응집성을 고려해 내용을 조직하는 데 어려움을 보인다. 쓰기 상황에 알맞은 어휘 및 표현을 선택하여 문법적인 문장을 쓰는 데 어려움을 보인다. 적절한 설명 방법을 사용하여 설명하는 글을 쓰는 데 어려움을 보인다(설명문). 타당한 근거를 들어 주장하는 글을 쓰는 데 어려움을 보인다(논설문). 자신의 삶을 성찰하거나 계획하는 글을 쓰는 데 어려움을 보인다(서사문).

고2	<ul><li>5점: 쓰기 과제의 요구나 조건을 종합적으로 분석하고 다양한 내용 생성 전략을 활용하여 쓸 내용을 폭넓게 마련하였다. 쓰기 과제의 요구나 조건을 종합적으로 분석하고 글의 통일성과 응집성을 고려하여 글을 조직하였다. 쓰기 상황(목적, 주제나 화제, 예상 독자)을 고려하여 창의적으로 표현하였으며 국어 규범을 정확히 지키며 글을 썼다. 작문 맥락에 대한 적절한 분석을 바탕으로 핵심 정보를 선별하고 이를 조직하여 설명하는 글을 쓸 수 있다(설명문). 여러 가지 타당한 근거를 들어 주장하는 글을 쓸 수 있다(논설문). 자신의 삶과 경험을 바탕으로 독자에게 감동과 즐거움을 주는 글을 쓸 수 있다(서사문).</li><li>3점: 쓰기 과제의 요구나 조건을 비교적 정확히 분석하였으나 다양한 내용 생성 전략을 폭넓게 사용하여 내용을 선정하는 데 어려움을 보인다. 쓰기 과제의 요구나 조건을 고려하여 내용을 조직하였으나 통일성과 응집성 있게 글을 조직하는 데 어려움을 보인다. 대체로 규범적인 문장을 쓸 수 있으나 쓰기 상황을 고려하여 창의적인 어휘, 표현을 선택하는데 어려움을 보인다. 작문 맥락에 대한 분석하여 정보를 선별하고 이를 조직하여 설명하는 글을 쓸 수 있다(설명문). 타당한 근거를 들어 주장하는 글을 쓸 수 있다(논설문). 자신의 삶과 경험을 바탕으로 독자에게 즐거움을 주는 글을 쓸 수 있다(서사문).</li><li>1점: 쓰기 과제의 요구나 조건을 분석하고 내용 생성 전략을 사용하여 내용을 선정하는 데 어려움을 보인다. 쓰기 과제의 요구나 조건을 분석하고 통일성이나 응집성을 고려하여 글을 조직하는 데 어려움을 보인다. 쓰기 상황을 고려하여 어휘, 표현을 선택하고 규범적인 문장을 쓰는 데 어려움을 보인다. 작문 맥락을 분석하여 정보를 선별하고 이를 조직하여 설명하는 글을 쓰는 데 어려움을 보인다(설명문). 타당한 근거를 들어 주장하는 글을 쓰는 데 어려움을 보인다(논설문). 자신의 삶과 경험을 바탕으로 독자에게 즐거움을 주는 글을 쓰는 데 어려움을 보인다(서사문).</li></ul>

〈표 4-6〉의 총체적 평가 기준은 수집된 학생 글을 상-중-하의 수준으로 구분하기 위한 총체적 평가 기준에 해당한다. 총체적 평가 기준은 〈표 4-5〉의 쓰기 성취 수준을 참고하여 진술한 것이다. 구체적으로는 성취 수준 '상'과 '중상'에 해당하는 글에 5점, 쓰기 수준 '중상'과 '중하'에 해당하는 글은 '3점', 쓰기 수준 '중하'와 '하'에 해당하는 글은 1점을 중심으로 점수를 부여하게 하였으며 글의 세부 특성에 따라 4점과 2점의 척도도 부여할 수 있게 하였다. 1차 평가에 대상이 되는 학생 글 중에서는 성취 수준 '하'에도 미치지 못하는 기초 미달에 해당하는 글 역시 존재하게 될 것이다. 따라서 총체적 평가 기준에서는 NAEA의 '기초학력 미달' 수준의 진술을 활용하여 평가 점수 1점에 해당하는 능력 특성을 진술하였다. 개별적인 글의 특성은 특정 성취 수준에 정확히 일치한다기보다는 다양한 편차를 보일 수 있다.

한편 2차: 분석적 평가 기준은 성취기준 및 성취 수준을 세부 평가 요소로 분석하여 분절적으로 평가할 수 있도록 하였다. 〈표 4-7〉은 분석적 평가를 위한 분석적 평가 기준을 제시한 것이다.

〈표 4-7〉 학생 예시문 선정을 위한 분석적 평가 기준

학년	평가 범주		평가 기준	척도						점수
중학교 3학년	내용	1	글을 쓰는 목적에 맞게 정보를 수집, 분석, 재구성하여 쓸 내용을 선정하였는가?(M1)	1	2	3	4	5	6	18
		2	글쓰기 상황(목적, 주제나 화제, 예상 독자)에 알맞은 세부 내용을 선정하였는가?(M2)	1	2	3	4	5	6	
		3	-설명 대상에 적합한 설명 방법을 사용하였는가?(설명문) -주장에 대한 근거가 타당한가?(논설문) -삶에 대한 성찰과 계획이 드러나는가?(서사문)	1	2	3	4	5	6	
	조직	1	문단 구성 및 문단 전개의 원리를 고려하여 내용을 조직하였는가?(M3)	1	2	3	4	5	6	18
		2	글의 통일성과 응집성을 고려하여 내용을 조직	1	2	3	4	5	6	

			하였는가?(M4)						
		3	글쓰기 상황(목적, 주제나 화제, 예상 독자)을 고려하여 내용을 조직하였는가?(M5)	1	2	3	4	5	6	
	표현	1	글쓰기 상황(목적, 주제나 화제, 예상 독자)에 적합한 어휘와 표현을 선택하였는가?(M6)	1	2	3	4	5	6	12
		2	문법에 알맞은 자연스러운 문장을 사용하였는가?(M7)	1	2	3	4	5	6	
고등학교 2학년	내용	1	글쓰기 상황(목적, 주제나 화제, 예상 독자)에 맞게 다양한 내용을 생성하였는가?(H2)	1	2	3	4	5	6	18
		2	쓰기 과제의 요구나 조건에 알맞은 세부 내용을 선정하였는가?(H1)	1	2	3	4	5	6	
		3	- 화제에 관한 핵심적인 정보를 선별하였는가? (설명문) - 주장에 대한 여러 가지 타당한 근거를 들었는가?(논설문) - 독자에게 감동이나 즐거움을 주는 내용인가? (서사문)	1	2	3	4	5	6	
	조직	1	문단 구성 및 문단 전개의 일반 원리를 고려하여 내용을 조직하였는가?(H3)	1	2	3	4	5	6	18
		2	글의 통일성과 응집성을 고려하여 내용을 조직하였는가?(H4)	1	2	3	4	5	6	
		3	쓰기 과제의 요구나 조건을 고려하여 내용을 조직하였는가?(H3)	1	2	3	4	5	6	
	표현	1	글쓰기 상황(목적, 주제나 화제, 예상 독자)에 적합한 어휘와 표현을 활용하여 창의적으로 글을 썼는가?(H5)	1	2	3	4	5	6	12
		2	국어규범을 정확히 지키며 글을 썼는가?(H6)	1	2	3	4	5	6	

2차: 분석적 평가는 1차 평가의 결과 선정된 60편의 글을 대상으로 글의 특성을 보다 세부적으로 살피는 과정이다. 따라서 성취기준 및 성취 수준과 관련된 특성을 세분화하여 평가할 수 있도록 하였다.

평가 영역은 NAEA 쓰기 성취기준과 마찬가지로 내용·조직·표현으로 구성하였다. 평가 점수는 내용이 18점, 조직이 18점, 표현이 12점으로 총 48점이 되도록 구성하였다. 일반적인 평가 기준에 비해 조직의 점수가 다소 높게 설정되었으나 이는 성취기준의 개수에서 비롯된 것이기도 하며 실제 학생 글의 성취 수준을 구분하는 데 있어 조직의 평가 비중이 내용만큼 중요하게 작용할 것으로 판단하였다.

대부분의 평가 기준은 성취기준의 진술을 준용하였으며 2009 국어과 교육과정에서 선별한 글 유형별 성취기준은 내용의 평가 준거로만 활용하였다. 그 이유는 글 유형별 성취기준의 특성을 가장 잘 드러내는 범주가 내용 항목으로 분석되며 기능의 경우에는 NAEA에서 선별한 성취기준과 그 내용이 거의 중복된다고 판단하였다. 따라서 평가자들이 글을 평가할 때는 내용 3번의 평가 기준만을 글 유형별로 평가하게 되며 다른 평가 기준은 글 유형과 무관하게 일반화하여 평가하게 된다.

이상의 평가 기준의 체계와 진술 내용에 대해서는 국어교육 박사과정 이상의 3인의 검토를 통해 내용 타당도를 확보하였다.

2. 학생 예시문의 수집 및 평가 방법

가. 쓰기 과제의 구성

학생 예시문을 수집하기 위해서는 쓰기 상황에 적합한 쓰기 과제가 필요하다. 학생 필자는 일반적으로 쓰기 과제를 부여받음으로써 쓰기를 수행하게 된다. 학생들이 쓰기 과제가 의미하는 바를 잘 이해하지 못할 경우 쓰기 평가가 의도하는 바를 이끌어내기 어렵고 학생들의 쓰기 동기에 부정적 영향을 미칠 수도 있다. 따라서 쓰기 과제가 제대로 구성되지 않았거나 잘못 이해되면 학생들의 쓰기 능력은 온전히 드러날 수 없게 된다.

이 연구에서는 〈표 4-3〉의 쓰기 과제 개발의 원리에 따라 학년 및 글 유형에 따라 총 6개의 쓰기 과제를 개발하여 활용하였다. 쓰기 과제를 '필자가 쓰기 과업을 이루기 위해 글을 쓰는 과정에서 고려하고 해결해야 할 구체적인 문제'라고 정의할 때, 쓰기 과제에는 수사적 요소와 과정적 요소, 그리고 실제 글을 쓰는 상황에서 비롯되는 제한 요건 등이 포함될 수 있다. 이 연구에서 활용한 쓰기 과제 역시 써야 할 글의 주제와 목적, 예상 독자 등 수사적 요소와 쓰기 과정에 대한 단서와 같은 과정적 요소를 고려하여 구성하였다. 그러나 쓰기 평가 자체가 연구의 목적은 아니므로 분량이나 시간과 같은 제한적 요소는 상대적으로 비중 있게 다루지 않았다.

쓰기 과제의 수사적 요소들은 선행 연구나 교과서 등 기존의 쓰기 과제에서 추출하였다. 예시문 선정의 목표는 학생들의 쓰기 능력을 온전히 드러내는 것이므로 가급적 어려운 배경지식이나 쓰기 지식을 요하는 과제는 피하고자 하였다. 〈표 4-8〉은 중학교 3학년 학생들에게 부여한 글 유형별 쓰기 과제이다.

〈표 4-8〉 중학교 쓰기 과제

설명문

내가 잘 아는 대상에 대해 소개하는 글쓰기

설명문이란 글쓴이가 알고 있는 정보를 독자가 이해하고 기억할 수 있도록 쉽게 풀어쓴 글입니다. 글쓴이는 독자가 이해하기 쉽도록 설명 대상에 맞는 설명 방식을 택하여 글을 쓰게 됩니다. 여러분이 잘 알고 있는 대상을 사람들에게 글로 설명해 봅시다. 다음은 여러분들이 잘 쓸 수 있을 만한 설명 대상들입니다. 이 중에 하나를 골라 설명문을 써 봅시다.

☐ 내가 잘 만드는 요리   ☐ 나의 취미
☐ 내가 잘 아는 상식   ☐ 내가 좋아하는 운동
☐ 소개해주고 싶은 책   ☐ 가족 여행지 추천
☐ 감명 깊게 본 영화나 드라마

▣ 설명 대상에 대한 지식이나 정보가 부족할 경우, 인터넷이나 책을 찾아봐도 좋습니다.

논설문

숫자의 함정에 빠진 데이 열풍

요즘 수많은 데이들이 생겨나고 있습니다. 발렌타인데이, 화이트데이, 블랙데이, 와인데이, 로즈데이 등 이름을 다 외우기도 버겁습니다. '데이'의 범람은 여기서 그치지 않습니다. '커플 데이'(2월 22일), '꽈배기데이'(8월 8일), '천사데이'(10월 4일) 등 이제 우리 일상은 셀 수 없이 많은 '데이'로 꽉 채워질 판입니다. 이러한 데이는 친구 사이의 우정과 자신의 존재를 확인할 좋은 기회이기도 하지만 한편으로는 즉흥적인 상술이라는 점에서 비난의 대상이 되기도 합니다. 여러분은 '데이'열풍에 대해서 어떻게 생각하시나요? 이 문제에 대한 자신의 생각을 글로 써 봅시다.

주장하는 글을 쓰기 위해서는
□ 해당 문제에 대한 다양한 의견을 찾아보고, 자신의 주장을 정합니다.
□ 자신의 주장을 뒷받침할 수 있는 근거를 마련해 봅시다.
□ 마련한 근거를 들어 주장하는 글을 써 봅시다.

서사문

학교 신문에 내 자서전을 써 봅시다.

학교 신문에 내 자서전을 써 봅시다. 자서전이란 자신이 실제 살아온 삶을 기록하는 글로, 자신의 삶을 성찰할 수 있게 해 주는 동시에 자신의 의미 있는 경험을 다른 사람과 공유할 수 있게 해 주는 글입니다. 자서전을 쓸 때에는 자신이 지닌 삶의 특별한 경험을 간추려 시간의 순서나 화제의 순서에 따라 정리하여 씁니다.

다음은 자서전을 쓸 때, 포함할 수 있는 내용들입니다. 이 내용들 중 자신에게 의미 있는 항목들을 골라 자서선을 써 봅시다.

□ 나의 출생 과정	□ 나의 가정환경	□ 내 삶의 좌우명
□ 나의 취미나 특기	□ 내 보물 1호	□ 나의 장래 희망
□ 나의 유년 시절	□ 나의 학창 시절	□ 나의 교우 관계
□ 내 삶에 영향을 준 사건	□ 내가 존경하는 사람과 그 이유	

〈표 4-8〉의 쓰기 과제는 중학교 2학년 학생들의 예시문을 수집하기 위해 개발한 글 유형별 쓰기 과제이다. 설명문의 경우 특정한 배경지식의 작용을 차단하기 위해 자신이 잘 알고 있는 대상에 대한 글쓰기를 주제로 하였고 학생들이 쉽게 선택할 수 있는 여러 가지 화제를 제시하여 가급적 내용의 범위를 통제하고자 하였다. 논설문의 주제인 '데이 열풍'은 현재 중학교 교과서를 참고하여 구성하였다. '데이 열풍'은 대부분의 중학생이 알고 있거나 혹은 겪고 있는 사회 현상이라는 점에서 비교적 쓰기 수행이 어려운 논설문 쓰기에서 내용의 친숙도를 고려하였다. 서사문의 쓰기 과제는 학교 신문에 자신의 자서전을 쓰는 것으로 역시 중학교 교과서의 쓰기 과제를 참고하였다. 자서전이라는 세부 문종은 2007 국어과 교육과정과 2009 국어과 교육과정 모두에서 다루고 있는 쓰기 과제로서 중학생들이 국어 시간에 써 봤음 직한 글 유형이라고 할 수 있다.

　각각의 쓰기 과제에는 글 유형의 개념, 글의 목적, 기초적인 내용 지식(논설문, 서사문), 하위 내용 요소의 예(설명문, 서사문) 등을 통해 학생 필자의 쓰기 수행을 유도하였으며 필요에 따라 글을 써야 할 매체나 예상 독자를 명시함으로써 수사적 요소를 구체화하였다. 또한 모든 과제에서 어떤 절차에 따라 글을 쓰는 것이 좋은지를 소개하는 과정적 요소를 포함함으로써 쓰기 수행의 단서를 제공하였다. 다음으로 〈표 4-9〉는 고등학교 2학년 학생들에게 부여한 쓰기 과제이다.

〈표 4-9〉 고등학교 쓰기 과제

설명문

내가 잘 아는 대상에 대해 소개하는 글쓰기

　설명문이란 글쓴이가 알고 있는 정보를 독자가 이해하고 기억할 수 있도록 쉽게 풀어쓴 글입니다. 글쓴이는 독자가 이해하기 쉽도록 설명 대상에 맞는 설명 방식을 택하여 글을 쓰게 됩니다. 여러분이 잘 알고 있는 대상을 사람들에게 글로 설명해 봅시다. 다음은 여러분들이 잘 쓸 수 있을 만한 설명 대상들입니다. 이 중에 하나를 골라 설명문을 써 봅시다.

- ☐ 내가 잘 아는 사회 현상
- ☐ 효과적인 공부법
- ☐ 내가 잘 아는 과학 상식
- ☐ 내가 좋아하는 운동
- ☐ 감명 깊게 본 영화나 드라마

- ☐ 나의 취미
- ☐ 내가 사는 지역
- ☐ 추천할 만한 견학 코스
- ☐ 소개해주고 싶은 책

■ 설명 대상에 대한 지식이나 정보가 부족할 경우, 인터넷이나 책을 찾아봐도 좋습니다.

논설문

동물 실험, 금지해야 하나?

동물 실험에 대한 찬반의 여론이 뜨겁습니다. 동물 실험이란 동물을 대상으로 다양한 실험을 하고 그 결과로 나타나는 동물의 신체 반응을 관찰, 측정, 해석하는 것입니다. 동물 실험은 인간을 위한 새로운 약을 개발하거나 의학 연구를 하는데 있어서도 필수적인 절차로 활용되고 있습니다. 그러나 인간과 마찬가지로 동물의 생명도 존중되어야 한다는 점을 들어 반대하는 사람들도 많습니다. 여러분은 동물 실험에 대해 어떻게 생각하시나요?

동물 실험에 대한 여러분의 생각을 글로 써 봅시다. 동물 실험에 찬성 혹은 반대하는 자신의 주장을 분명히 밝히고 그에 대한 타당한 논거를 들어 주장하는 글을 써 봅시다. 여러분의 글은 다른 학생들도 볼 수 있도록 공개되는 인터넷 블로그에 올린다고 가정해 봅시다. 그럼 시작해 볼까요?

서사문

이런 일이 있었기에 오늘의 내가 있다

사람은 누구나 살면서 실패를 경험합니다. 열심히 공부했지만 시험에 떨어지기도 하고, 친한 친구와 헤어지기도 하고, 병이 나기도 하고, 큰 실수를 하기도 합니다. 이러한 실패는 우리의 마음에 고통을 가져옵니다. 그러나 이러한 고통은 좋은 거름이 되기도 합니다. 실패의 고통을 이겨내면서 우리의 마음이 부쩍 성장하기 때문입니다. 즉, 마음의 성장이 이루어지려면 실패와 고통이 밑거름이 되어야 합니다.

여러분도 지금까지 살아오면서 어떤 실패나 고통을 이겨낸 후에 자기 자신이 부쩍 성장했다고 느낀 적이 있을 것입니다. 그러한 실패와 성장이 반복되면서 오늘날의 여러분이 있는 것입니다. 여러분의 그러한 성장 이야기는 현재 어려움을 겪고 있는 다른 학생들에게도 큰 힘이 될 것입니다. <u>그래서 여러분의 이야기를 책으로 엮어서 다른 학생들에게도 전해주고자 합니다.</u>

여러분이 겪었던 경험들을 차분하게 되짚어 보고, 그러한 경험 중에서 자기 자신을 성장하게 했던 경험이 잘 드러나게 글을 써 봅시다. <u>특히 그 경험을 통해서 어떤 생각을 하게 되었고, 어떤 성장을 이루었는지를 구체적으로 써 봅시다.</u>

<표 4-9>는 고등학생들에게 부여한 글 유형별 쓰기 과제이다. 고등학교 쓰기 과제 역시 중학교와 마찬가지로 수사적 요소와 과정적 요소를 구체화하여 개발하였다. 설명문 쓰기 과제는 중학교와 마찬가지로 내용 지식의 영향을 최소화하기 위해 '자신이 잘 아는 대상에 대해 글쓰기'로 정하였다. 다만 설명 대상인 화제의 종류를 달리함으로써 중학교와 변별하고자 하였다. 논설문의 주제인 '동물 실험' 역시 현재 고등학교 국어 교과서에서 다루고 있는 논제이다. 물론 한 종의 교과서에만 제시되어 있기 때문에 모든 학생들에게 친숙한 주제는 아닐 수 있다. 따라서 동물 실험에 대한 최소한의 배경지식을 제공하여 학생들의 판단과 근거 마련을 도왔다. 서사문은 중학교의 쓰기 과제였던 자서전에서 한 걸음 나아가 '삶의 위기 극복과 성장'이라는 특정한 경험을 묻는 주제를 선정하였다.

이 연구에서 활용하는 쓰기 과제는 예시문 수집이라는 목적을 달성하기 위해 학생 필자의 쓰기 수행 및 동기를 유도하고자 하였다. 이를 위해 작문의 상황 맥락과 글의 유형적 특성, 학생들이 써야 하는 글의 목적, 쓰기 수행에 필요한 기초 정보들을 제공하였다. 이와 같이 쓰기 과제 구성에 있어 쓰기의 실제를 반영하다 보니, 특정 쓰기 과제는 해당 글 유형의 전형적인 특징을 반영하지 못하거나 중, 고등학교의 쓰기 과제가 동일한 형태로 설계되지 못한 측면이 있다. 이러한 과제 변인은 쓰기 평가 점수에도 영향을 미칠 수 있다.

본 연구는 개발된 쓰기 과제의 타당도를 검증하기 위하여 교육 경력 10년 이상의 국어교사 또는 작문 교육 박사과정 이상의 전문가 5명을 통해 과제의 주제와 수사적 요소, 발문의 형식 및 내용의 적절성 등과 관련하여 내용 타당도를 확보하였다.

나. 1차: 총체적 평가

1차: 총체적 평가에서는 수집된 학생 글 825편을 대상으로 교육 경력 10년 이상의 현직 국어 교사 3명이 평가를 진행하였다. 평가자들은 〈표 4-6〉의 총체적 평가 기준을 활용하여 학생들의 글에 1~5점까지의 총체적 점수를 부여하였다. 1차 평가에 의한 텍스트 유형별 쓰기 수행의 기술 통계는 〈표 4-10〉과 같다.

〈표 4-10〉의 결과를 구체적으로 살펴보면, 중3과 고2 모두에서 설명글의 평균이 가장 높고 서사문, 논설문의 순으로 쓰기 수행 수준이 높게 나타났음

〈표 4-10〉 총체적 평가의 기술 통계

학년	문종	사례수	최솟값	최댓값	평균	표준편차
	설명문	122	3.00	15.00	7.07	3.31
중3	논설문	149	3.00	15.00	6.49	3.43
	서사문	117	3.00	15.00	6.96	3.75
	합계	388	9.00	45.00	6.81	3.49
	설명문	157	3.00	15.00	7.52	3.16
고2	논설문	179	3.00	15.00	6.74	3.07
	서사문	101	3.00	15.00	6.85	3.41
	합계	437	9.00	45.00	7.05	3.20
합계		825	3.00	15.00	13.86	6.69

을 확인할 수 있다. 즉, 글 유형별 쓰기 수행 능력에 있어서 전반적으로 설명문의 쓰기 수준이 높은 반면 서사문과 논설문의 쓰기 수준이 상대적으로 낮다는 점을 확인할 수 있다. 논설문의 쓰기 수행 수준이 낮은 것은 선행 연구들의 결과와 대체로 일치하나 이와 유사한 수준으로 서사문의 쓰기 수행 수준이 낮은 것에 대해서는 별도의 고찰이 필요하다. 이는 평가자들이 서사문에 대해 보다 엄격한 평가를 했거나 학생 필자들이 서사문 쓰기에 생각보다 익숙하지 않았기 때문이라고 추측해 볼 수 있다. 다른 한편으로는, 서사문 쓰기 과제가 평가 결과에 영향을 미쳤을 가능성도 있다. 앞서 살펴보았다시피, 이 연구의 서사문 쓰기 과제는 '자서전 쓰기'(중학교)와 '성장의 경험 쓰기'(고등학교)이다. 이러한 과제들은 현행 교육과정을 반영한 것이기는 하지만 자신에 대한 성찰을 요구하기 때문에 보다 자유로운 형식의 서사문에 비해서는 과제의 난도가 높다고 할 수 있다.

최댓값과 최솟값을 보면 모든 평가자들이 가장 낮은 수준의 글에 대해서는 공통적으로 1점을 부여하였고, 가장 높은 수준의 글에 대해서는 공통적으로 5점을 부여하였음을 알 수 있다. 표준 편차는 모든 학년과 문종에서 3.0~3.7 사이에 위치하여 학생들의 쓰기 수행 수준이 고르게 분포되어 있음을 알 수 있다.

글 유형에 따라 평가 결과에 차이가 있는지를 보다 구체적으로 살펴보기 위해 Duncan으로 사후 검증을 실시하였다. 분석 결과는 〈표 4-11〉과 같다.

〈표 4-11〉 글 유형별 쓰기 수행의 차이 분석

	제곱합	자유도	평균제곱	F	P
집단-간	72.447	2	36.223	3.256	.039
집단-내	9144.761	822	11.125		
합계	9217.707	824			

등분산 가정을 충족하는지 Levene의 등분산 가정 방법으로 가정한 결과

독립집단 분산이 동질하다는 점을 확인하였다. 〈표 4-11〉의 일원배치분산분석 결과에 따르면 집단 간 유의확률이 .039(P〈.05)로 분석되어 글 유형에 따라 학생들의 쓰기 수행 수준에 차이가 있음을 확인할 수 있었다. 글 유형에 따라 학생들의 쓰기 수행 수준이 다르다는 점은 예시문의 제시와 활용의 측면에서도 의미 있는 정보이다. 어떤 글 유형에서 학생들의 쓰기 수행 수준이 떨어지는지, 그 원인이 무엇이고 해결 방안은 무엇인지를 예시문을 통해 보다 구체적으로 살필 수 있기 때문이다.

한편, 총체적 평가의 평가자들이 어느 정도로 신뢰도를 갖춘 평가를 시행했는지를 검증하기 위해 평가자 간 신뢰도를 분석하는 절차를 수행하였다. 이 연구에서는 신뢰도 분석을 위해 일반화가능도 이론을 활용하였다. 일반화가능도이론은 측정 상황에서 발생할 수 있는 다중오차요인을 동시에 분석하면서 오차원 분석을 통해 측정된 점수에 어떠한 오차요인이 어느 정도의 영향을 미쳤는지를 분석할 수 있다. 또한 일반화가능도 계수와 함께 최적화 조건을 제시해 주어 신뢰도 추정이 가능하다는 점에서 고전검사이론의 단점을 보완한 대안으로 평가받고 있다(김성숙·김양분, 2001). 이 연구에서는 일반화가능도 분석을 지원하는 EduG 6.1v 프로그램을 통해 학생(S)×평가자(R)의 이국면 완전 교차 설계를 수행하였다. 분석 결과는 〈표 4-12〉와 같다.

〈표 4-12〉 총체적 평가의 신뢰도 분석 결과

조건		Coef_G rel.	Coef_G abs.
전체 국면		0.96	0.95
요인 제거시 일반화 가능도 계수	1	0.94361	0.94149
	2	0.95165	0.94587
	3	0.92913	0.91417

〈표 4-12〉에 따르면, 총체적 평가의 평가자 신뢰도는 상대적 G계수가 0.96, 절대적 G계수가 0.95로 매우 높은 평가자 일치도를 보인 것을 확인할

수 있다. 또한 G 국면 분석을 통해 개별 평가자의 수준을 제거하여 일반화가
능도 계수의 변화를 살펴본 결과 요인 제거시 일반화가능도 계수가 상승하는
경우도 발견할 수 없었다.

한편, 일반화가능도 이론에서는 분산 분석을 통해 오차 요인의 영향력을
추정할 수 있다. 〈표 4-13〉은 오차원 분석의 결과를 제시한 것이다.

〈표 4-13〉 총체적 평가의 오차원 분산 분석 결과

| Source | SS | df | MS | Components | | | % | SE |
				Random	Mixed	Corrected		
S	3072.40242	824	3.72864	1.19346	1.19346	1.19346	87.6	0.06118
R	34.34424	2	17.17212	0.02063	0.02063	0.02063	1.5	0.01472
SR	244.32242	1648	0.14825	0.14825	0.14825	0.14825	10.9	0.00516
Total	3351.06909	2474					100%	

(SS:제곱합, df: 자유도, MS: 평균제곱, SE 및 %: 분산추정치)

〈표 4-13〉을 통해 확인할 수 있듯이 학생(글)의 오차 분산이 87.6%인데
반해 평가자 3인의 오차분산은 1.5%에 불과하다. 이를 통해 1차 총체적 평가
에서 평가자 신뢰도가 매우 높은 수준으로 유지되었음을 확인할 수 있다.
이는 평가자 협의를 통해 평가 기준을 구체화한 결과일 뿐만 아니라 평가
경험이 많은 국어 교사들이 총체적 관점에서 글을 보는 안목이 유사함을 드
러내는 결과라 할 수 있다.

1차 평가의 결과를 바탕으로 하여 학생들의 글을 일정한 성취 수준으로
등급화하였다. 등급화의 방법은 일차적으로 학생들의 글에 대한 평가자 총점
을 기준으로 분류 분석을 실시하고 각 등급의 글들의 수준을 연구자가 질적
으로 분석하는 방식을 취하였다. 분류 분석의 방법으로는 K-평균 군집 분석
을 실시하였다. 〈표 4-14〉는 군집 분석[13]의 결과이다.

〈표 4-14〉는 학생들의 성취 수준 결정을 위한 군집 분석의 결과이다. 10번

〈표 4-14〉 총체적 평가 결과의 K-평균 군집 분석 결과

학년	글 유형	군집 중심(사례수)			F	P
		상	중	하		
중3	설명문	4.49(13)	2.90(52)	1.38(57)	393	.000
	논설문	4.19(23)	2.56(58)	1.15(68)	622	.000
	서사문	4.56(18)	2.98(32)	1.41(67)	418	.000
	전체	4.47(48)	2.90(133)	1.36(207)	388	.000
고2	설명문	4.21(28)	2.80(62)	1.53(67)	514	.000
	논설문	4.26(22)	2.55(84)	1.30(73)	553	.000
	서사문	4.45(14)	2.53(48)	1.21(39)	364	.000
	전체	4.28(64)	2.76(158)	1.47(215)	1440	.000
전체		4.29(126)	2.79(277)	1.42(422)	2779	.000

의 반복 계산을 통한 군집 분석의 결과 글 유형에 따라 각 수준별 중심경향치를 파악할 수 있었다. 가령 중학교 3학년 학생의 설명문의 경우 4.49점을 중심으로 성취 수준 상 집단의 학생들이 분포해 있음을 확인할 수 있으며 2.90점을 중심으로 성취 수준 중 집단이, 1.38점을 기준으로 성취 수준 하 집단이 분포되어 있음을 살펴볼 수 있다.

본 연구에서는 이와 같은 군집 분석의 결과와 각 수준별 글의 세부 특질에 대한 질적 분석을 통해 개별 글에 대한 성취 수준을 결정하였다. 질적 분석은 글들의 세부 특질을 살피면서 군집 분석의 결과를 수용하기 어려운 글의 성취 수준을 조정하는 방식으로 이루어졌으나 실제 이 과정을 통해 수준이 다

---

13 군집 분석은 동일집단에 속해있는 대상물들의 유사한 특성에 기초하여 집단을 몇 개의 군집으로 분류하는 분석기법이다. 만약 집단을 달리 구성할 경우 군집의 중심 경향치나 사례수가 달라질 수 있다. 제시된 자료에서 학년 및 문종에 따른 사례수와 전체 사례수가 다른 것은 이 때문이다. 그러나 전체 사례수 역시 피험자 집단 전체에 대한 평가가 성취 수준별로 어떻게 세분화되는지를 확인하는 것이므로 의미가 있다고 볼 수 있다.

르게 조정된 글은 없었다. 이에 따라 최종적으로 성취 수준 '상'에 해당하는 글이 총 118편(14.3%), 성취 수준 '중'에 해당하는 글이 336편(40.7%), 성취 수준 '하'에 해당하는 글이 371편(44.9%)으로 결정되었다.

군집 분석의 결과에 따라 결정된 성취 수준을 토대로 2차 분석적 평가의 대상이 되는 1차 학생 예시문을 선정하였다. 학생 예시문의 선정 방식은 학년 및 텍스트 유형에 따른 통계치의 활용과 연구자의 질적 판단을 병행하였다. 1차적으로 1차 평가의 결과에 따라 최고점수의 글(5점), 중간점수의 글(2.66), 그리고 성취 수준 하 집단에서 총점 기준으로 5점을 받은 글(1.66)들 중 각 성취 수준을 잘 대표한다고 판단되는 글들을 선정하였다. 성취 수준 하 집단에서 평균 1.66점 이하의 글(총점 5점 이하의 글)을 제외한 이유는 그러한 글들이 전반적으로 분량이 확연히 적거나 쓰기 과제와 동떨어진 내용으로 작성되어 있어 예시문으로서의 가치가 떨어진다고 판단했기 때문이다. 예시문이라면 적어도 해당 성취 집단의 기본적 특성을 드러낼 수 있어야 하는데 1.66점 이하의 글들에서는 그러한 정보조차 얻어내기 어렵다고 보아 선정에서 제외한 것이다.

2차적으로 연구자의 판단에 따라 그 이외의 글들 중 각 성취 수준에서 글 유형의 특성이 잘 드러나면서도 해당 성취 수준을 대표하고 있다고 보이는 글들을 중심으로 성취 수준 예시문을 선정하였다. 1차 학생 예시문 선정 과정에서 글에 대한 질적 분석에는 〈표 4-5〉의 쓰기 성취 수준을 참고하였다.

성취 수준별 글의 개수는 성취 수준 상 집단의 글 3개, 중 집단의 글 4개, 하 집단의 글 3개로 총 10편씩 선정되도록 하였다. 즉, 2개 학년의 설명문, 논설문, 서사문이 각각 10편씩 총 60편의 글을 선정하여 2차 평가의 대상으로 선정하였다. 학년 및 글 유형에 따라 선정된 총 60편의 글에 대한 세부 정보는 〈표 4-15〉와 같다.

〈표 4-15〉 1차 학생 예시문 선정 결과

글 유형	일련 번호	글 번호	성취 수준	평균	글 유형	일련 번호	글 번호	성취 수준	평균
중3 설명	1	53	중	3.00	고2 설명	31	486	상	4.66
	2	58	중	3.33		32	441	하	1.66
	3	46	하	1.66		33	444	중	2.66
	4	26	상	5.00		34	447	중	3.00
	5	93	하	1.66		35	458	중	3.33
	6	31	상	5.00		36	479	상	4.00
	7	32	상	5.00		37	507	하	2.00
	8	87	중	3.33		38	534	상	5.00
	9	111	하	2.00		39	465	하	1.66
	10	10	중	2.66		40	537	중	3.00
중3 논설 중3 서사	11	181	상	4.33	고2 논설	41	602	하	1.66
	12	145	중	2.66		42	619	중	2.66
	13	251	중	3.00		43	563	상	4.66
	14	228	하	1.66		44	693	중	3.33
	15	126	중	3.33		45	547	하	2.00
	16	141	상	4.00		46	548	상	4.33
	17	155	하	1.66		47	571	중	3.00
	18	245	하	2.00		48	581	상	5.00
	19	253	중	3.33		49	549	하	1.66
	20	180	상	5.00		50	559	중	3.33
	21	342	중	3.33	고2 서사	51	734	중	4.66
	22	297	상	4.66		52	758	중	3.33
	23	358	하	2.00		53	764	하	2.00
	24	304	중	3.33		54	793	중	3.00

25	352	중	2.66	55	741	상	4.66
26	348	하	1.66	56	787	중	2.66
27	298	상	5.00	57	752	상	5.00
28	299	중	3.33	58	759	중	3.66
29	302	상	5.00	59	752	중	3.33
30	293	하	2.00	60	771	하	1.66

〈표 4-15〉에 따르면 학년-문종에 따른 각 영역에서 최고점은 5.00점 최하점은 1.66점, 평균점은 3.33점에 해당함을 확인할 수 있다. 즉, 평가자 3인이 모두 만점인 5점을 부여한 글이 최고점에 해당하며 두 명은 1점, 나머지 한 명은 2점을 부여한 글이 최하점에 해당한다. 그리고 평균점은 평가자 3명의 합산점이 10점에 해당하는 3.33점임을 확인할 알 수 있다. 이렇게 선정한 글들을 대상으로 예시문 선정을 위한 2차 분석적 평가를 실시하였다.

다. 2차: 분석적 평가

1) 분석적 평가의 기술 통계

2차: 분석적 평가에서는 총 32명의 국어교사가 분석적 평가 기준에 의거하여 1차 평가에서 선정된 60편의 글을 평가하였다. 〈표 4-16〉은 그 결과를 정리한 것이다. 32명의 국어교사는 모든 글에 대해 결측 없이 평가하였다.

〈표 4-16〉 분석적 평가의 기술 통계

글 유형	일련 번호	표본 크기	평균	표준 편차	글 유형	일련 번호	표본 크기	평균	표준 편차
중3 설명	1	32	29.97	5.42	고2 설명	31	32	41.19	5.39
	2	32	40.63	6.64		32	32	18.44	5.86
	3	32	21.25	5.60		33	32	29.03	5.80

	4	32	43.06	3.94		34	32	32.94	7.47
	5	32	26.50	6.23		35	32	25.13	5.93
	6	32	46.34	2.77		36	32	38.25	7.44
	7	32	43.28	4.15		37	32	28.91	7.24
	8	32	33.09	5.39		38	32	45.53	2.41
	9	32	27.06	6.75		39	32	22.63	7.45
	10	32	24.28	7.85		40	32	32.53	4.89
중3 논설	11	32	32.81	6.93	고2 논설	41	32	19.44	5.54
	12	32	34.50	6.92		42	32	32.25	8.99
	13	32	30.94	7.93		43	32	44.66	3.01
	14	32	18.78	5.98		44	32	31.56	5.87
	15	32	38.25	5.87		45	32	26.00	6.21
	16	32	37.81	7.27		46	32	38.41	7.70
	17	32	24.41	6.84		47	32	33.84	7.23
	18	32	19.97	5.16		48	32	42.63	4.34
	19	32	28.56	6.14		49	32	29.94	7.12
	20	32	42.53	6.01		50	32	43.56	4.38
중3 서사	21	32	32.03	5.82	고2 서사	51	32	37.09	6.85
	22	32	39.28	7.17		52	32	35.94	6.69
	23	32	33.63	4.82		53	32	26.81	6.60
	24	32	32.91	6.47		54	32	24.50	7.77
	25	32	31.72	8.34		55	32	39.75	6.64
	26	32	25.97	7.11		56	32	26.34	6.62
	27	32	38.16	6.73		57	32	44.91	3.13
	28	32	39.28	6.49		58	32	30.28	6.12
	29	32	43.25	4.47		59	32	33.78	5.88
	30	32	22.53	6.40		60	32	25.78	7.21

〈표 4-16〉에서 각 학생 글의 '평균'은 국어교사 32명이 채점한 점수로부터 얻은 것이다. 6점 척도로 내용, 조직, 표현의 평가 항목이 총 8개이므로 평가 기준상 총점은 48점이 된다. 1차 평가에서 각 수준별로 상-중-하의 글들이 고루 분포되도록 예시문을 선정하였으므로 글 유형에 따라 다양한 평균 점수가 형성되었음을 확인할 수 있다. 〈표 4-16〉에서 주목할 만한 것은 학생 글에 대한 평가 점수에서 표준편차가 매우 크게 나타난다는 점이다. 편차가 크다는 것은 곧 평가자 간 일치도가 낮다는 것을 의미한다. 평가자 간 일치도가 낮다는 것은 평가의 주관성이 개입하는 작문 평가의 특징인데 이 자료에서도 그와 같은 전형적 특징을 확인할 수 있다. 더구나 2차 분석적 평가는 32명이라는 많은 수의 평가자가 참여하였고 평가 항목도 많기 때문에 총체적 평가나 주요 특성 평가 방법에 비해서도 더욱 편차가 크게 나타났다고 볼 수 있다.

예시문 선정에 관한 세부 정보를 얻기 위해 2차 분석적 평가의 결과를 글 유형 및 평가 요인의 측면에서 살펴보았다. 내용, 조직, 표현 및 글 유형에 따른 총점과 기술 통계를 제시하면 〈표 4-17〉과 같다.[14]

〈표 4-17〉 글 유형 및 쓰기 평가 요인에 따른 기술 통계

구분		사례수	최솟값	최댓값	평균	표준편차
중3	설명문 내용	320	3.00	18.00	12.79	3.82
	설명문 조직	320	3.00	18.00	11.51	4.18
	설명문 표현	320	2.00	12.00	8.50(12.75)	2.46
	설명문 합계	320	8.00	48.00	32.74	9.83
	논설문 내용	320	3.00	18.00	12.07	3.81
	논설문 조직	320	3.00	18.00	10.68	4.25

14 쓰기 평가 요인 간 평균의 비교를 위해 표현 영역의 평균도 내용, 조직 요인과 마찬가지로 18점 척도로 환산하여 괄호 안에 제시하였다.

			N	최소값	최대값	평균	표준편차
		표현	320	2.00	12.00	8.10(12.15)	2.48
		합계	320	8.00	48.00	30.85	10.00
	서사문	내용	320	3.00	18.00	12.91	3.65
		조직	320	3.00	18.00	11.95	3.60
		표현	320	2.00	12.00	9.00(13.65)	2.27
		합계	320	8.00	48.00	33.87	8.86
	설명문	내용	320	3.00	18.00	12.49	4.13
		조직	320	3.00	18.00	10.85	4.27
		표현	320	2.00	12.00	8.10(12.15)	2.54
		합계	320	8.00	48.00	31.45	10.13
고2	논설문	내용	320	3.00	18.00	12.80	3.83
		조직	320	3.00	18.00	12.67	4.19
		표현	320	2.00	12.00	8.74(13.11)	2.43
		합계	320	8.00	48.00	34.22	9.98
	서사문	내용	320	3.00	18.00	12.79	3.50
		조직	320	3.00	18.00	11.34	3.92
		표현	320	2.00	12.00	8.41(12.61)	2.41
		합계	320	8.00	48.00	32.51	9.19
총점			7,680	48.00	288.00	195.64	57.99

〈표 4-17〉에 따르면, 1차 예시문으로 선정된 글들은 모든 하위 요인에서도 내용, 조직의 척도 평균인 9.0, 표현의 척도 평균인 6.0을 넘는다. 즉, 2차 평가에 참여한 32명의 국어교사들은 학생들이 작성한 글에 대해 척도 평균 이상의 총점을 부여하였음을 확인할 수 있다. 쓰기 능력 요인의 모든 점수가 척도 평균을 초과하는 현상은 학년과 글 유형에 관계없이 공통된다.

그러나 실제 쓰기 평가 요인 점수의 순위는 글 유형에 따라 다소 차이가 있다. 모든 학년과 글 유형에서 조직 요인이 가장 낮은 평균을 보였으나 내용과 표현 요인에 있어서는 그 결과가 엇갈렸다. 고등학교와 중학교 설명문에서는 내용 평균이 조직 평균에 비해 높았으나 중학교 논설문, 서사문, 고등학교 논설문에서는 표현 평균이 내용 평균에 비해 높았다. 고등학교 서사문의 경우에는 내용 평균과 표현 평균이 거의 동일하였다(0.18점 차이). 글 유형과 무관하게 조직 요인의 평균이 가장 낮은 것은 학생들의 글 평가에서 조직 요인이 가장 어려운 쓰기 요인이거나 가장 엄격한 평가를 받는다는 점을 보여준다. 또한 설명문에서는 표현 영역에 비해 내용 요인에서 관대한 평가가 이루어지는 반면, 그 밖의 글 유형에서는 반대로 내용 영역에 비해 표현 영역에서 관대한 평가가 이루어진다고 추론해 볼 수 있다.

〈표 4-17〉의 기술통계에 따르면, 중학교에서는 서사문, 설명문, 논설문의 순으로 평균이 높은 반면 고등학교에서는 논설문, 서사문, 설명문의 순으로 평균이 높음을 확인할 수 있다. 이는 총체적 평가와 상반되는 결과이다. 총체적 평가에서는 중, 고등학교 모두 설명문, 서사문, 논설문의 순서로 평균이 높았다. 이러한 차이가 생긴 데에는 여러 가지 요인이 있겠으나, 가장 근본적 원인은 평가 대상이 되는 학생 글이 825편에서 60편으로 줄어들면서 글 유형별 쓰기 수행의 수준이나 쓰기 요인의 특성이 달라졌기 때문이라고 볼 수 있다. 또한 평가 기준의 차이도 일정 부분 영향을 미쳤을 수 있다. 분석적 평가에서는 내용, 조직, 표현과 같은 쓰기 특성의 세부 요인들을 분석적으로 평가하게 되므로 이 과정에서 총체적 평가와 다른 결과가 도출될 수 있다(권태현, 2012).

그러나 기술 통계에 대한 관찰 해석만으로 어떤 요인이 이러한 수준 차이를 가져왔는지 판단하기 어렵기 때문에 글 유형별로 평가 요인에 따른 평균에 유의한 차이가 있는지를 검토해 볼 필요가 있다. 학년과 글 유형에 따른 평가 요인별 평균 점수의 차이를 일원배치분산분석을 통해 분석한 결과는 〈표 4-18〉과 같다.

구분			표본크기	평균	표준편차	F값/유의확률	DunnettT3
중3	내용	설명문(a)	320	12.79	3.82	9.2278/0.000	a〉b
		논설문(b)	320	11.51	4.18		
		서사문(c)	320	8.50(12.75)	2.46		
	조직	설명문(a)	320	12.07	3.81	7.955/0.000	c〉b
		논설문(b)	320	10.68	4.25		
		서사문(c)	320	8.10(12.15)	2.48		
	표현	설명문(a)	320	12.91	3.65	11.344/0.000	c〉b
		논설문(b)	320	11.95	3.60		
		서사문(c)	320	9.00(13.65)	2.27		
고2	내용	설명문(a)	320	12.49	4.13	0.605/0.546	-
		논설문(b)	320	10.85	4.27		
		서사문(c)	320	8.10(12.15)	2.54		
	조직	설명문(a)	320	12.80	3.83	16.593/0.000	b〉a,c
		논설문(b)	320	12.67	4.19		
		서사문(c)	320	8.74(13.11)	2.43		
	표현	설명문(a)	320	12.79	3.50	6.545/0.002	b〉a
		논설문(b)	320	11.34	3.92		
		서사문(c)	320	8.41(12.61)	2.41		

〈표 4-18〉에 따르면, 유의확률 0.05 수준에서 통계적으로 유의한 차이를 보이는 요인을 확인해 볼 수 있다. 등분산이 가정되지 않아 Dunnett T3로 검정한 결과, 중학교의 경우 내용 요인에서는 설명문이 논설문보다 평균이 높았으며 조직과 표현 요인에서는 서사문이 논설문보다 평균이 높았다. 고등학교의 경우 내용 요인에서는 통계적으로 유의한 결과가 산출되지 않았다. 그러나 조직 요인에서는 논설문이 설명문, 서사문보다 유의하게 높았고 표현

요인에서는 논설문이 설명문보다 높았다. 즉, 중학교의 경우 설명문의 내용, 서사문의 조직과 표현 능력이 우수하며 고등학교의 경우 논설문의 조직과 표현 능력이 우수한 것으로 판단해 볼 수 있다. 이러한 결과를 다른 측면에서 해석해보자면, 평가자들이 중학생 설명문의 내용이나 서사문의 조직, 표현에 대해서 관대한 채점을 하였고 고등학생 논설문의 조직과 표현에 대해서도 관대한 채점을 하였다고도 볼 수 있다.

2) 평가 신뢰도 분석

이 연구는 쓰기 성취기준에 근거하여 타당도와 신뢰도를 갖춘 학생 예시문의 선정하는데 목표가 있다. 선정된 학생 예시문이 해당 학년 및 글 유형에 따른 쓰기 능력의 특성을 대표하는 예시문으로 인정받기 위해서는 예시문 선정 과정에서의 평가 신뢰도가 확보되어야 한다. 쓰기 평가에는 다양한 요인이 영향을 미치는데, 특히 쓰기 평가의 신뢰성을 확보하기 위해서는 평가의 대상이 되는 학생의 수행보다도 점수를 부여하는 평가자의 역할이 중요하다(Stiggins 1987). 이 때문에 McNamara(2000)는 쓰기 평가에서 평가자의 중요성을 강조하여 '평가자 중재 평가'라는 용어를 사용하기도 하였다.

쓰기 평가의 결과는 일반적으로 객관도에 의해 분석할 수 있다(성태제 1995). 객관도(objectivity)란 평가자의 주관적 편견을 얼마나 배제하였느냐의 문제이다. 그러므로 객관도란 평가자가 다른 평가자와 얼마나 유사하게 평가하였느냐의 문제와 한 평가자가 많은 평가 대상에 대하여 계속적으로 일관성 있게 평가하였느냐의 문제로 구분할 수 있다. 전자를 채점자(평가자) 간 신뢰도라고 하며, 후자를 채점자(평가자) 내 신뢰도라고 한다.

지금까지 쓰기 평가에서는 주로 평가자 간 신뢰도를 중시하여 평가에 참여한 평가자들이 얼마나 유사한 점수를 부여하였는지에 관심을 두었다. 그러나 최근에는 평가자 간 신뢰도보다 평가자 내 신뢰도를 보다 중시하고 있다. 평가자 간 신뢰도란 결국 평가자 내 신뢰도가 확보된 상태여야만 의미가 있기 때문이다. 즉, 평가자 일관성이 부족한 평가자가 포함된 평가 결과의 경우에는 평가자 간 신뢰도가 높게 나타나더라도 신뢰하기 어렵다는 것이다.

이 연구에서는 국어 교사 32명이 참여한 2차 분석적 평가의 결과를 대상으로 1차적으로 일반화가능도 계수 및 오차원을 분석하였다. 또한 다국면 라쉬 분석을 통하여 분석된 평가자들의 일관성을 검증하여 적합하지 않은 평가자를 선별하여 평가자 내 신뢰도를 분석하고자 하였다.

우선 S(학생) × R(평가자) × C(평가 기준)의 교차 설계를 기반으로 학년 및 글 유형에 따른 일반화가능도 계수를 분석한 결과는 〈표 4-19〉와 같다.

〈표 4-19〉 학년 및 글 유형에 따른 일반화가능도 계수

		Coef_G relative	Coef_G absolute
전체		0.95	0.94
중3	설명문	0.98	0.97
	논설문	0.97	0.95
	서사문	0.92	0.90
고2	설명문	0.95	0.93
	논설문	0.98	0.97
	서사문	0.94	0.91

모든 학년과 글 유형에 걸쳐 상대적 G 계수 및 절대적 G 계수가 모두 0.90 이상으로 나타나 평가자 간 매우 유사한 반응을 보인 것으로 해석할 수 있다. 세부적으로 살펴보면, 중학교군에서는 설명문, 논설문, 서사문의 순서로 신뢰도가 높게 나타났으며 고등학교군에서는 논설문, 설명문, 서사문의 순서로 신뢰도가 높게 나타났다. 설명문과 논설문의 G계수가 비슷한 수준인 반면 서사문은 그보다 다소 낮은 수준으로 분석되었다.

신뢰도에 영향을 미친 오차 요인의 영향력을 살펴보기 위해 오차원 분석을 수행하였다. 이는 오차의 크기를 확인함으로써 일반화가능도를 가장 저해하는 요인과 가장 안정적인 요인이 무엇인지 판단하고자 하는 것이다. 〈표

4-20〉은 학년 및 글 유형에 따른 분산 분석의 결과이다.

〈표 4-20〉 학년 및 글 유형에 따른 오차원 분산 분석 결과

Source	전체(%)	중3(%)			고2(%)		
		설명문	논설문	서사문	설명문	논설문	서사문
S	40.2	53.3	42.9	30.0	42.2	48.3	32.4
R	10.4	8.1	12.5	16.6	9.5	10.1	14.2
C	3.0	4.1	4.2	2.4	4.0	2.2	6.9
SR	16.6	11.6	16.4	15.5	12.7	17.7	14.3
SC	10.7	5.7	6.7	15.5	13.5	3.4	11.0
RC	1.8	2.7	2.7	3.4	2.7	2.6	4.8
SRC	17.3	14.6	14.6	16.6	15.3	15.6	16.4
Total							100%

〈표 4-20〉은 학년 및 글 유형에 따른 분산 분석을 통해 추출한 분산 성분의 상대적 비율을 정리한 것이다. 학년 및 글 유형과 관계없이 오차 분산이 가장 높은 것은 학생의 글(S)로 나타났으며 잔차(SRC)를 제외하면 그다음으로 분산이 높은 것은 대체로 SR임을 확인할 수 있다. SR이란 학생과 평가자의 상호작용으로 글(피험자)에 대한 평가가 평가자마다 다르다는 것을 의미한다. 또한 R(평가자)과 SC(학생과 평가 기준의 상호작용)가 비슷한 수준으로 나타났으며 상대적으로 C(평가 기준)와 RC(평가자와 평가 기준의 상호작용)의 분산은 낮게 나타났다. 한편, R을 통해 평가자의 오차 크기를 비교해 보면, 설명문의 오차 크기가 작은 데 반해 상대적으로 논설문과 서사문에서의 오차 크기가 큰 것을 확인할 수 있다. 즉, 설명문과 달리 논설문, 서사문 평가 상황에서는 평가자의 오차 크기가 크게 나타났음을 확인할 수 있다.

이를 통해, 분석적 평가 상황에서는 평가자의 특성이 평가에 많은 영향을 미쳤으며 평가자의 오차는 서사문, 논설문, 설명문의 순서로 높게 나타났음

을 알 수 있다. 또한 평가자에 따라 학생의 글을 달리 평가하였던 반면 평가 기준은 비교적 일관되게 해석했다고 이해할 수 있다.

일반화가능도 이론은 복합적인 상황에서 오차요인을 동시에 분석하고 측정값에 미치는 상대적 영향력을 비교하여 일반화가능도 계수를 산출할 수 있게 해주지만 개별 피험자의 능력 추정에 영향을 미치는 오차 요인을 통제할 수는 없다. 즉, 일반화가능도 이론만으로는 측정상황의 오차를 통제하여 피험자의 능력을 보다 객관적으로 추정하기는 어렵다. 이러한 문제를 해결하기 위해 이 연구에서는 다국면 라쉬 모형을 활용하여 개별 평가자의 일관성을 파악하고 일관된 평가 결과만을 활용하여 예시문을 선정하고자 한다.

평가자 내 일관성을 살펴보기 위하여 32명의 평가자, 내용, 조직, 표현의 평가 요인, 평가 대상이 되는 학생 글이라는 3국면을 다국면 라쉬 모형에 적용하여 분석하였다. 이를 바탕으로 평가자인 국어교사 j가 학생 n의 글의 쓰기 평가 요인 i에 대해 평가 점수가 k-1이 아닌 k를 부여할 확률과 그 확률을 log로 변환한 값을 얻을 수 있다(Linacre, 1989). 이러한 다국면 분석 모형을 정리하면 〈그림 4-1〉과 같다.

〈그림 4-1〉 다국면 라쉬 분석 모형

$$\log(P_{nijk} / P_{nij(k-1)}) = B_n - D_i - C_j - F_k$$

P_{nijk} = 평가자(국어교사) j가 평가 요인 i에 대해 학생 n에게 점수 k-1보다 등급 점수가 하나 더 높은 k를 줄 확률
$P_{nijp(k-1)}$ = 평가자(국어교사) j가 평가 요인 i에 대해 학생 n에게 점수 k-1을 줄 확률
B_n=피험자(중·고등학생) n의 설명문, 논설문, 서사문 쓰기 능력
D_i=설명문, 논설문, 서사문의 평가 요소 i의 난도(難度)
C_j=평가자(국어교사) j의 엄격성
F_k=평가 척도 k-1에 대한 척도 k의 난도(難度)

〈그림 4-1〉과 같이 각 국면의 분석 결과를 로짓(logit) 척도로 변환하면,

중·고등학생의 쓰기 능력(점수), 평가 요인의 난도(難度)에 따른 국어교사의 평가 엄격성 수준에 대한 값을 얻을 수 있다.

평가자 일관성을 분석하기 전에, 먼저 국어교사 32명이 중·고등학생의 글 60편에 대해 평가한 자료가 다국면 라쉬 모형을 활용하여 분석하기에 적합한 지를 살펴보아야 한다. 〈그림 4-2〉에서 〈그림 4-7〉까지는 글 유형별 평가 자료의 적합도를 분석한 결과이다. 이 그림들은 평가자의 평가 자료가 문항 빈응 이론에 기반한 라쉬 모형에 적합한지를 보여주는 그래프이다. X축은 과제 난도의 추정치, 즉 학생들의 작문 능력 추정치를 나타내고 Y축은 그에 따른 기대점수를 의미한다.

x로 표시된 것은 평가자가 채점한 관찰 점수이며 굵은 선은 '문항 특성 곡선'에 해당한다. 양쪽의 얇은 선은 95%의 신뢰구간을 설정한 것인데 관찰 점수가 이 실선 안으로 들어오면 대체로 평가 자료가 라쉬 모형에 적합하다는 것을 의미한다.

〈그림 4-2〉 중학교 설명문 자료의 모형 적합도

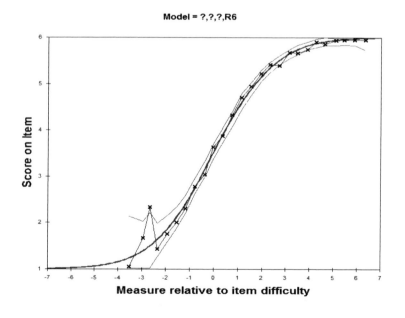

〈그림 4-2〉는 중학교 설명문 평가 자료의 모형 적합도를 분석한 자료이다. 대부분의 관찰치(x)가 95% 신뢰구간 안쪽에 위치하고 있어 전체적으로 평가 자료가 문항특성곡선에 적합하다는 것을 보여주고 있다. 그러나 난이도 추정 치 -2.5의 범주에서는 신뢰구간 밖에서 관찰치가 위치하고 있어서 부분적으로는 모형이 설명하기 어려운 평가 경향이 있음을 알 수 있다. 이에 대해서는 이후 적합도 분석을 통해 별도의 확인이 필요하다.

〈그림 4-3〉과 〈그림 4-4〉는 각각 중학교 논설문과 중학교 서사문의 자료 적합도 분석 결과이다. 중학교 논설문의 경우에는 모든 측정치가 95% 신뢰구간 안에 위치하여 측정모형에 매우 적합함을 알 수 있지만 〈그림 4-3〉의 중학교 서사문의 경우에는 -2.0의 추정치 범주에서 신뢰구가 밖에 위치한 관찰치를 확인할 수 있다.

〈그림 4-3〉 중학교 논설문 자료의 모형 적합도

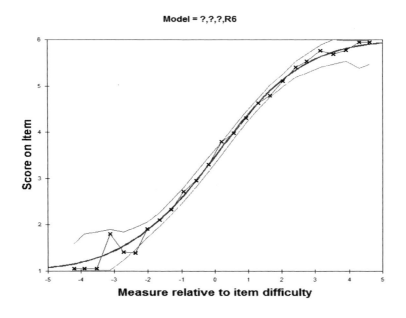

Model = ?,?,?,R6

〈그림 4-4〉 중학교 서사문 자료의 모형 적합도

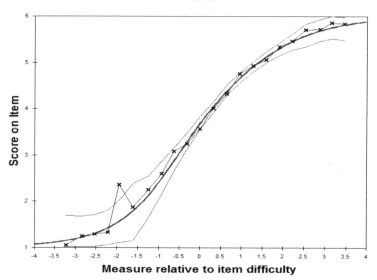

〈그림 4-5〉 고등학교 설명문 자료의 모형 적합도

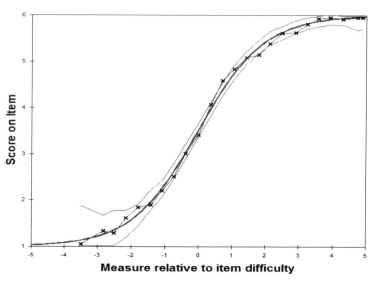

작문 교육을 위한 예시문 선정과 활용

〈그림 4-5〉는 고등학교 설명문 평가 결과에 대한 자료 적합도이다. 모든 관찰치가 95% 신뢰구간 안에 위치하여 문항특성곡선에 매우 적합한 자료임을 확인할 수 있다.

〈그림 4-6〉과 〈그림 4-7〉은 각각 고등학교 논설문과 서사문의 모형 적합도를 나타낸 것이다. 〈그림 4-7〉에서 확인할 수 있듯이, 고등학교 서사문 평가 자료는 거의 모든 측정치가 95% 신뢰구간 안에 위치하고 있어 모형에 매우 적합함을 확인할 수 있지만 〈그림 4-6〉의 고등학교 논설문의 경우, 난이도 추정치 -4 ~ -2.5 구간에서 신뢰구간을 벗어난 관찰치가 나타났다. 이러한 관찰치들은 곧 평가 과정에서 일관성에 벗어난 평가 결과가 존재함을 의미할 수도 있으므로 추후의 해석이 요구된다.

〈그림 4-6〉 고등학교 논설문 자료의 모형 적합도

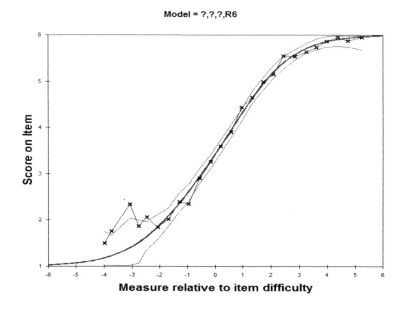

제4장_작문 교육을 위한 예시문의 선정과 활용 방안 **131**

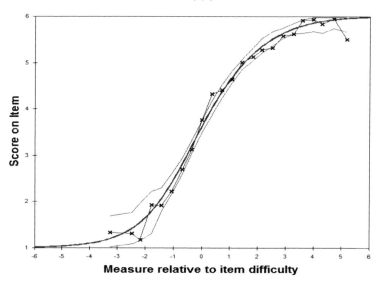

FACETS 분석은 개별 평가자의 평가 엄격성과 평가 일관성에 관한 정보를 제공한다. 각 평가자마다 엄격성과 일관성에서 차이가 있는데 이러한 차이는 평가자로서의 신뢰도에 영향을 미치고, 나아가 전체적인 평가 체제의 신뢰도를 좌우하게 된다. 특히 평가자 간 신뢰도의 경우에는 통계적 조정이 가능하지만 평가자 내 신뢰도의 문제는 조정이 불가능하다는 점에서 더욱 세심한 주의가 요구된다. 평가자 간 신뢰도 역시 평가자 내 신뢰도를 전제한 개념이므로 타당하고 대표성을 갖춘 예시문을 선정하기 위해서는 일관되지 못한 평가 자료는 제외하는 것이 바람직하다.

〈표 4-21〉은 중학생 설명문 평가에서 평가의 다양한 국면이 평가자의 평가 결과 및 평가 결과의 일관성에 미치는 영향을 조정한 로짓 점수, 그 로짓 점수의 표준오차, 내적합 지수, 외적합 지수를 정리한 것이다.

〈표 4-21〉 중학생 설명문 평가의 엄격성 수준과 일관성 적합도

평가자	엄격성	오차	내적합도	내적합 표준화값	외적합도	외적합 표준화값
11	-2.97	0.20	1.19	0.8	0.99	0.0
15	-2.61	0.18	0.56	-2.3	0.69	-1.0
21	-2.48	0.18	1.67	2.7	0.69	-1.0
19	-2.21	0.17	0.93	-0.3	1.07	0.3
1	-1.18	0.16	1.07	0.3	1.31	1.2
25	-1.85	0.16	1.09	0.5	1.28	1.2
13	-1.77	0.16	0.79	-1.1	0.83	-0.7
22	-1.75	0.16	0.63	-2.1	0.63	-1.8
16	-1.67	0.16	0.81	-0.9	0.85	-0.6
26	-1.67	0.16	0.70	-1.6	0.62	-1.9
32	-1.67	0.17	1.20	0.9	1.60	2.2
9	-1.48	0.16	1.00	0.0	0.90	-0.4
10	-1.45	0.15	0.63	-2.2	0.60	-2.2
6	-1.43	0.15	1.08	0.4	0.97	0.0
14	-1.33	0.15	1.06	0.3	1.34	1.6
31	-1.26	0.17	0.79	-1.0	0.72	-1.3
3	-1.26	0.15	1.14	0.7	1.10	0.5
4	-1.17	0.15	1.11	0.6	1.20	1.0
17	-1.15	0.15	1.00	0.0	1.09	0.4
23	-1.15	0.15	0.71	-1.6	0.91	-.4
24	-1.15	0.15	1.14	0.7	1.01	0.0
5	-1.13	0.15	0.74	-1.4	0.72	-1.5
20	-1.10	0.15	0.90	-0.4	0.85	-0.7

28	-1.10	0.17	0.64	-2.0	1.03	0.2
12	-0.92	0.15	0.90	-0.4	0.81	-1.0
7	-0.90	0.15	1.23	1.2	1.22	1.1
2	-0.83	0.15	0.78	-1.2	0.82	-0.9
18	-0.72	0.15	0.65	-2.1	0.63	-2.2
29	-0.72	0.16	1.05	2.2	1.34	1.6
30	-0.67	0.16	1.18	0.9	1.67	2.8
8	-0.27	0.15	0.98	0.0	0.95	-0.2
27	0.33	0.16	1.27	1.3	1.34	1.6
M	-1.36	0.16	0.97	-0.2	1.02	0.0
S.D.	0.65	0.1	0.26	1.4	0.30	1.4

표준오차 평균 : 0.16   측정값 표준편차 : 0.64
분리도 : 4.04   분리신뢰도 : 0.94
실제 일치도 : 38.5%   기대 일치도 : 37.1%

〈표 4-21〉에 따르면, 중학생의 설명문을 채점한 32명의 국어교사들은 -2.97 logit에서 .33 logit까지의 엄격성을 보이고 있다. 27번 평가자를 제외한 모든 평가자들은 음수를 가지고 있으므로 관대한 평가자로 볼 수 있다. 이러한 분포는 분리 신뢰도 .94로서 통계적으로 유의한 차이가 있다. 평가자 간 일치도를 살펴보면 (38.5-37.1)/(100-37.1)=0.02 lgoit으로 0에 근접하기 때문에 평가자들 간의 일치도가 라쉬 모델에 의해 기대되는 일치도와 거의 같다고 볼 수 있다.

주목해야 할 것은 개별 평가자들의 적합도 양상이다. 평가자들의 적합도를 통해 평가의 일관성을 살필 수 있기 때문이다. 평가자들의 적합도는 평균제곱값의 평균인 1.0을 기준으로 부적합(misfit)과 과적합(overfit)으로 판단한다. 일반적으로는 내적합값이 0.75 이하는 과적합으로, 1.3 이상이면 부적합으로 판단할 수 있다(장소영·신동일 2009). 내외적합 표준값도 동일한 목적으로 사용된다. 내적합 지수가 0.75~1.3 이내에 들어간 경우에도 표준화 값이 ±2 밖에 위치할 경우에는 적절한 일관성을 유지했다고 보기 어렵다. 이 연구에서는 외적합값과 표준값을 모두 사용하여 평가자의 일관성을 판단하고자 한다.

내적합값이 과적합이라는 것은 평가자의 평가 결과가 측정 모형에 과도하게 적합하다는 것을 나타낸다. 이는 평가자의 평가 점수에 편차가 거의 없어서 학생들의 쓰기 능력을 적절히 변별하지 못함을 의미한다. 즉, 진위형 문항처럼 지속적으로 낮은 점수나 높은 점수를 부여하거나 중앙값만을 부여하는 경우가 과적합에 해당한다. 과적합은 세부적인 변별을 하지는 못하지만 글의 수준을 구분하기는 하므로 평가 결과에 심각한 영향을 주지는 않는다. 이와 달리 부적합은 평가 결과가 라쉬 모형을 통해 예측하기가 어려워서 어떤 경향성조차 추정하기 힘든 평가자라는 것을 의미한다.

〈표 4-21〉에 따르면, 15, 22, 26, 10, 23, 5, 28, 18번 평가자는 과적합값을, 21번 평가자는 부적합값을 보이고 있으며 나머지 평가자들은 모두 적합값을 보이고 있다. 과적합에 해당하는 평가자들은 지나친 일관성을 가지고 글을 채점한 평가자들이고 부적합에 해당하는 평가자는 라쉬 모형에서 예측한 점수와 지나치게 다른 점수를 부여한 평가자라고 할 수 있다. 즉, 다른 평가자들이 높은 점수를 부여한 글에 낮은 점수를 부여했거나 그 반대의 경우에 해당한다. 이러한 평가자들의 점수가 포함될 경우 예시문에 대한 평가가 신뢰도 있게 이루어졌다고 보기 어렵다.

다음으로 〈표 4-22〉는 중학생 논설문 평가에 대한 평가자 적합도를 분석한 결과이다.

〈표 4-22〉 중학생 논설문 평가의 엄격성 수준과 일관성 적합도

평가자	엄격성	오차	내적합도	내적합 표준화값	외적합도	외적합 표준화값
15	-2.58	0.18	0.54	-2.6	0.64	-1.8
13	-1.80	0.16	1.18	0.9	1.06	0.3

11	-1.17	0.15	0.54	-3.1	0.59	-2.7
21	-1.14	0.15	1.08	0.4	1.04	0.2
19	-1.08	0.15	1.25	1.3	1.30	1.6
32	-1.07	0.16	0.83	-0.9	0.92	-0.3
1	-0.70	0.14	0.89	-0.6	0.85	-0.8
29	-0.66	0.15	0.67	-1.9	0.69	-1.8
26	-0.54	0.14	1.12	0.7	1.12	0.7
6	-0.52	0.14	1.39	2.1	1.36	1.9
9	-0.48	0.14	1.10	0.6	1.09	0.5
4	-0.44	0.14	1.22	1.2	1.22	1.2
22	-0.40	0.14	0.82	-1.0	0.84	-0.9
31	-0.40	0.15	1.10	0.5	1.06	0.4
24	-0.35	0.14	1.63	3.1	1.55	2.8
16	-0.33	0.14	1.00	0.0	1.00	0.0
14	-0.29	0.14	1.03	0.2	1.06	0.4
17	-0.09	0.14	0.69	-2.0	0.70	-1.9
23	-0.05	0.14	0.88	-0.6	0.93	-0.3
25	-0.03	0.14	0.81	-1.1	0.86	-0.7
12	0.04	0.14	0.89	-0.6	0.89	-0.5
3	0.06	0.14	1.00	0.0	0.95	-0.2
10	0.06	0.14	0.81	-1.1	0.79	-1.2
28	0.10	0.15	1.30	1.5	1.34	1.7
18	0.14	0.14	0.73	-1.6	0.71	-1.8
7	0.20	0.14	1.25	1.4	1.23	1.3
2	0.30	0.14	1.17	0.9	1.11	0.6
30	0.47	0.15	0.77	-1.3	0.82	-0.9

8	0.65	0.14	1.11	0.6	1.13	0.7
20	0.69	0.14	1.02	0.1	0.97	-0.1
5	0.77	0.14	0.91	-.4	0.86	-0.7
27	2.14	0.17	1.14	0.7	0.96	-0.1
M	-0.27	0.15	1.00	-0.1	0.99	-0.1
S.D.	0.82	0.01	0.25	1.04	0.22	1.3

표준오차 평균 : 0.15 　측정값 표준편차 : 0.82
분리도 : 5.63 　분리 신뢰도 : 0.97
실제 일치도 : 27.7% 　기대 일치도 : 26.7%

〈표 4-22〉에 따르면, 중학생 논설문에 대한 평가 결과는 분리 신뢰도 0.97로 통계적으로 유의하며 일치도 역시 0.013으로 거의 0 logit에 근접하고 있다. 중학생 논설문에 대해 32명의 국어교사들은 −2.5에서 2.14 logit까지의 엄격성을 보이고 있다. 〈표 4-21〉의 설명문의 경우와 비교해 보자면 전반적으로 평가자들은 논설문에 대해 보다 엄격한 채점을 한 것을 알 수 있다.

평가자들의 적합도를 살펴보면 15, 11, 29, 17, 18번 평가자가 과적합 양상을 보였으며 6, 24번 평가자가 부적합 양상을 보였고 나머지 평가자들은 모두 적합 양상을 보였다. 28번 평가자의 경우 내적합값이 1.3으로 적합도의 경계에 위치해 있으나 내/외적합 표준화값이 ±2.0 이내에 위치하여 적합한 평가자로 판단하였다. 중학생 설명문 평가와 비교해 보자면 과적합 평가자가 다소 줄어든 반면 부적합 평가자가 2명 더 늘어났음을 확인할 수 있다. 특히 15번, 18번 평가자는 설명문에 이어 논설문 평가에서도 과적합값을 보여 쓰기 수준에 대한 변별이 거의 이루어지지 않았다고 볼 수 있다.

다음으로 〈표 4-23〉은 중학생 서사문 평가에 대한 평가자 적합도를 분석한 결과이다.

〈표 4-23〉 중학생 서사문 평가의 엄격성 수준과 일관성 적합도

평가자	엄격성	오차	내적합도	내적합 표준화값	외적합도	외적합 표준화값
11	-2.27	0.19	1.47	2.0	1.26	1.1
15	-2.27	0.19	1.20	0.9	1.06	0.3
6	-1.34	0.15	1.61	2.8	1.54	2.5
19	-1.32	0.15	0.98	0.0	0.90	-0.4
26	-1.18	0.14	1.57	2.6	1.47	2.2
32	-1.17	0.15	0.42	-3.7	0.49	-3.2
18	-1.14	0.14	0.85	-0.7	0.81	-1.0
9	-1.04	0.14	1.29	1.4	1.19	1.0
13	-0.98	0.14	1.48	2.3	1.36	1.8
21	-0.87	0.13	1.26	1.4	1.24	1.2
24	-0.86	0.13	1.31	1.6	1.19	1.0
1	-0.77	0.13	1.04	0.3	1.13	0.7
29	-0.73	0.14	0.60	-2.3	0.53	-2.9
31	-0.69	0.13	0.93	-0.3	0.89	-0.5
22	-0.69	0.13	1.27	1.4	1.23	1.2
16	-0.67	0.13	0.93	-0.3	0.90	-0.5
25	-0.67	0.13	0.88	-0.6	0.87	-0.7
10	-0.64	0.13	1.13	0.7	1.10	0.6
17	-0.59	0.13	0.65	-2.2	0.68	-2.0
7	-0.57	0.13	0.91	-0.4	0.82	-1.0
4	-0.51	0.13	0.99	0.0	1.03	0.2
30	-0.48	0.13	0.52	-3.1	0.54	-2.9
28	-0.32	0.13	0.74	-1.5	0.76	-1.3

3	-0.30	0.12	0.80	-1.1	0.79	-1.2
12	-0.25	0.12	0.63	-2.4	0.65	-2.3
20	-0.22	0.12	1.23	1.4	1.25	1.4
2	-0.21	0.12	1.12	0.7	1.11	0.6
5	-0.18	0.12	1.07	0.4	1.05	0.3
23	-0.17	0.12	0.86	-0.8	0.87	-0.7
14	-0.14	0.12	0.85	-0.8	0.93	-0.3
8	0.06	0.12	0.98	0.0	1.04	0.2
27	1.83	0.17	1.37	1.5	1.45	1.6
M	-0.67	0.13	1.03	0.0	1.00	-0.1
S.D.	0.70	0.02	0.30	1.7	0.27	1.5

표준오차 평균 : 0.14   측정값 표준편차 : 0.68
분리도 : 5.10   분리 신뢰도 : 0.96
실제 일치도 : 29.8%   기대 일치도 : 26.0%

〈표 4-23〉에 따르면, 중학생 서사문에 대한 평가 결과는 분리 신뢰도 0.96으로 통계적으로 유의하며 일치도 역시 (29.8-26.0)/(100-26.0)=0.05로 평가자들의 일치도가 매우 높은 것으로 판단할 수 있다. 중학생 서사문에 대해 32명의 국어교사들은 −2.27에서 1.83 logit까지의 엄격성을 보여 대체로 관대한 채점을 한 것을 알 수 있다.

평가자들의 적합도의 경우 32, 29, 17, 30, 28, 12번 평가자들이 과적합 양상을 보였으며 11, 6, 26, 13, 24, 27번 평가자들이 부적합 양상을 보였음을 확인할 수 있다. 중학생의 서사문 평가에서는 설명문, 논설문에 비해 전체적으로 적합도를 보인 평가자가 드물었으며 특히 과적합뿐만 아니라 부적합 평가자가 6명이나 나와 평가의 일관성에 문제가 있었던 것으로 추정할 수 있다. 서사문의 경우 본질적으로 필자의 주관적 경험이 강하게 작용하고 평가자 역시 주관적 인상에 의해 채점하게 되는 경향이 있기 때문에 다른 채점자와 상이한 평가를 내리는 경우가 많기 때문이라고 생각해 볼 수 있다.

다음으로 〈표 4-24〉는 고등학생 설명문 평가에 대한 평가자 적합도를 분석한 결과이다.

〈표 4-24〉 고등학생 설명문 평가의 엄격성 수준과 일관성 적합도

평가자	엄격성	오차	내적합도	내적합 표준화값	외적합도	외적합 표준화값
15	-2.03	0.16	0.92	-0.3	1.00	0.1
19	-1.44	0.14	1.48	2.2	1.46	1.7
22	-1.42	0.14	0.70	-1.7	0.60	-1.9
16	-1.32	0.14	1.12	0.6	0.88	-0.4
1	-1.17	0.14	0.95	-0.2	0.80	-0.9
11	-1.17	0.14	0.89	-0.5	0.88	-0.5
25	-1.14	0.14	1.02	0.1	0.92	-0.3
26	-1.10	0.13	0.62	-2.3	0.61	-2.0
29	-1.04	0.14	1.43	2.1	1.48	2.2
13	-0.96	0.13	0.95	-0.2	0.96	-0.1
32	-0.86	0.13	1.18	0.9	1.29	1.4
17	-0.84	0.13	1.10	0.6	1.20	1.0
31	-0.83	0.13	1.23	1.2	1.14	0.7
10	-0.79	0.13	0.73	-1.6	0.68	-1.7
9	-0.73	0.13	1.35	1.8	1.72	3.0
28	-0.69	0.13	1.08	0.4	1.15	0.8
6	-0.68	0.13	1.51	2.5	1.87	3.6
20	-0.62	0.13	0.68	-1.9	0.64	-2.0
30	-0.60	0.13	0.62	-2.4	0.71	-1.7

5	-0.58	0.13	0.66	-2.1	0.63	-2.1
23	-0.57	0.13	1.06	0.4	1.18	0.9
3	-0.53	0.13	0.82	-1.0	0.87	-0.6
2	-0.52	0.13	0.63	-2.4	0.66	-1.9
21	-0.52	0.13	1.36	1.8	1.29	1.4
12	-0.32	0.13	0.70	-1.8	0.78	-1.2
7	-0.22	0.13	0.90	-0.5	0.97	-0.1
14	-0.19	0.13	0.78	-1.2	0.94	-0.2
4	0.06	0.13	1.04	0.2	1.09	0.5
8	0.09	0.13	0.74	-1.5	0.75	-1.4
18	0.27	0.13	0.68	-1.9	0.75	-1.4
24	0.36	0.13	1.78	3.6	1.78	3.5
27	0.83	0.14	0.61	-2.3	0.69	-1.6
M	-0.67	0.13	0.98	-0.2	1.01	0.1
S.D.	0.58	0.01	0.31	1.7	0.35	1.7

표준오차 평균 : 0.13   측정값 표준편차 : 0.57
분리도 : 4.28   분리 신뢰도 : 0.95
실제 일치도 : 33.0%   기대 일치도 : 29.2%

〈표 4-24〉에 따르면, 고등학생의 설명문에 대한 평가 결과는 분리 신뢰도 0.95로 통계적으로 유의하며 일치도가 (33.0-29.2)/(100-29.2)=0.05로 평가자들의 일치도가 매우 높은 것으로 판단할 수 있다. 고등학생의 설명문에 대해 32명의 국어교사들은 -2.03에서 0.83 logit까지의 엄격성을 보여 전반적으로 관대한 채점을 한 것으로 판단할 수 있다.

고등학생의 설명문에 대한 평가자들의 적합도를 살펴보면, 22, 26, 10, 20, 30, 5, 2, 12, 8, 18, 27번의 11명의 평가자들이 과적합의 양상을 보였으며 19, 29, 9, 6, 21, 24번의 6명의 평가자들이 부적합의 양상을 보였다. 즉 32명의 평가자들 중 과반이 넘는 17명의 평가자들이 과적합이나 부적합의 양상을 보여 평가의 일관성에 문제가 있었음을 추정할 수 있다. 고등학교 설명문의 경우는 과적합의 비율이 높았는데 이는 평가자들이 학생들의 글들에 지나치게 일관된 점수를 부여하여 글에 대한 평가가 적절히 이루어지지 못한 경우를 의미한다.

다음으로 〈표 4-25〉는 고등학생 논설문 평가에 대한 평가자 적합도를 분석한 결과이다.

〈표 4-25〉 고등학생 논설문 평가의 엄격성 수준과 일관성 적합도

평가자	엄격성	오차	내적합도	내적합 표준화값	외적합도	외적합 표준화값
15	-2.59	0.18	0.62	-2.0	0.66	-1.3
19	-2.23	0.17	1.21	1.0	1.18	0.7
16	-1.81	0.16	1.10	0.5	0.97	0.0
6	-1.78	0.16	1.44	2.1	1.40	1.7
10	-1.76	0.16	0.79	-1.1	0.76	-1.1
11	-1.71	0.16	0.87	-0.6	0.87	-0.5
9	-1.52	0.15	1.14	0.7	1.03	0.2
14	-1.50	0.15	2.02	4.4	1.98	3.8
24	-1.47	0.15	2.61	6.3	3.04	6.8
22	-1.36	0.15	0.63	-2.3	0.80	-1.0
5	-1.31	0.15	0.64	-2.2	0.60	-2.4
31	-1.28	0.15	1.31	1.5	1.22	1.1
25	-1.27	0.15	0.79	-1.1	0.87	-0.6
13	-1.25	0.15	1.00	0.0	1.02	0.1
29	-1.21	0.15	0.75	-1.4	0.72	-1.4
32	-1.21	0.15	0.80	-1.0	0.95	-0.1

1	-1.16	0.15	0.59	-2.6	0.63	-2.2
20	-1.16	0.15	0.61	-2.4	0.63	-2.2
30	-0.84	0.15	1.21	0.6	1.12	0.6
12	-0.80	0.14	0.56	-2.9	0.56	-2.9
4	-0.78	0.14	1.19	1.0	1.26	1.3
26	-0.73	0.14	0.72	-1.7	0.73	-1.6
8	-0.67	0.14	1.15	0.8	1.11	0.6
28	-0.66	0.15	0.70	-1.7	0.70	-1.7
17	-0.57	0.14	0.54	-3.1	0.54	-3.1
21	-0.38	0.14	0.69	-1.9	0.71	-1.7
23	-0.28	0.14	0.82	-1.0	0.90	-0.5
7	-0.12	0.14	1.13	0.8	1.15	0.9
18	-0.10	0.14	0.67	-2.1	0.67	-2.0
2	0.10	0.14	0.84	-0.8	0.85	-0.8
3	0.15	0.14	1.18	1.0	1.28	1.5
27	1.34	0.17	1.15	0.8	1.22	1.0
M	-1.00	0.15	0.98	-0.3	1.00	-0.2
S.D.	0.77	0.01	0.43	2.1	0.47	2.0

표준오차 평균 : 0.15   측정값 표준편차 : 0.76
분리도 : 5.05   분리 신뢰도 : 0.96
실제 일치도 : 32.4%   기대 일치도 : 30.8%

〈표 4-25〉에 따르면, 고등학생의 논설문에 대한 평가 결과는 분리 신뢰도 0.96으로 통계적으로 유의하며 일치도가 (32.4-30.8)/(100-30.8)=0.02로 평가자들의 일치도가 매우 높은 것으로 판단할 수 있다. 고등학생의 논설문에 대해 32명의 국어교사들은 −2.59에서 1.34 logit까지의 엄격성을 보여 다소 관대한 채점을 한 것으로 판단할 수 있다.

고등학생의 논설문에 대한 평가자들의 적합도를 살펴보면, 15, 22, 5, 1, 20, 26, 28, 17, 21, 18번의 10명의 평가자들이 과적합 양상을 보였으며 14, 24, 31번의 3명의 평가자가 부적합 양상을 보였다. 고등학생의 설명문 평가와 마찬가지로 과적합 평가자들이 많은 점을 확인할 수 있다. 이들 평가자들은 글을 평가할 때 글의 전반적 수준을 구분할 수 있지만 세밀한 평가를 통해 학생들의 글을 변별하지 못한다는 문제가 있다고 볼 수 있다.

〈표 4-26〉은 고등학생의 서사문 평가에 대한 평가자 적합도를 분석한 결과이다.

〈표 4-26〉에 따르면, 고등학생의 서사문에 대한 평가 결과는 분리 신뢰도 0.96으로 통계적으로 유의하며 일치도가 (31.9-29.3)/(100-29.3)=0.03으로 평가자들의 일치도가 매우 높은 것으로 판단할 수 있다. 고등학생의 서사문에 대해 32명의 국어교사들은 -2.50에서 1.38 logit까지의 엄격성을 보여 대체로 관대한 채점을 한 것으로 판단할 수 있다.

〈표 4-26〉 고등학생 서사문 평가의 엄격성 수준과 일관성 적합도

평가자	엄격성	오차	내적합도	내적합 표준화값	외적합도	외적합 표준화값
15	-2.50	0.19	1.14	0.6	1.35	1.3
11	-1.91	0.16	1.55	2.3	1.67	2.6
21	-1.78	0.16	1.18	0.9	0.98	0.0
32	-1.33	0.16	0.53	-2.7	0.69	-1.5
14	-1.24	0.14	1.15	0.8	1.25	1.2
22	-1.22	0.14	1.20	1.0	1.06	0.3
25	-1.14	0.14	1.20	1.0	1.31	1.5
29	-1.07	0.15	0.75	-1.4	0.84	-0.7
1	-1.07	0.14	0.75	-1.5	0.87	-0.6
19	-1.07	0.14	0.63	-2.2	0.64	-2.1

10	-0.90	0.14	0.70	-1.8	0.69	-1.8
16	-0.86	0.14	0.75	-1.5	0.75	-1.4
26	-0.81	0.13	0.62	-2.4	0.68	-1.9
30	-0.73	0.14	0.60	-2.4	0.81	-0.9
31	-0.70	0.14	1.12	0.6	1.11	0.6
3	-0.70	0.13	0.69	-1.9	0.72	-1.6
5	-0.68	0.13	0.70	-1.8	0.72	-1.7
17	-0.67	0.13	0.50	-3.5	0.52	-3.2
2	-0.65	0.13	1.05	0.3	1.05	0.3
6	-0.65	0.13	1.56	2.8	1.49	2.4
9	-0.61	0.13	1.45	2.3	1.41	2.1
20	-0.58	0.13	0.69	-1.9	0.71	-1.7
12	-0.49	0.13	1.29	1.6	1.32	1.7
13	-0.49	0.13	1.36	1.9	1.44	2.2
28	-0.44	0.14	0.91	-0.4	0.96	-0.1
8	-0.32	0.13	1.08	0.5	1.04	0.2
7	-0.31	0.13	1.06	0.4	1.03	0.2
23	-0.29	0.13	0.61	-2.6	0.63	-2.0
24	-0.13	0.13	0.87	-0.7	0.84	-0.9
4	0.31	0.13	1.59	3.0	1.64	3.2
18	0.39	0.13	0.54	-3.2	0.51	-3.4
27	1.38	0.15	1.30	1.5	1.21	0.6
M	-0.73	0.14	0.97	-0.3	1.00	-0.2
S.D.	0.68	0.01	0.33	1.9	0.32	1.7

표준오차 평균 : 0.14   측정값 표준편차 : 0.67
분리도 : 4.77   분리 신뢰도 : 0.96
실제 일치도 : 31.9%   기대 일치도 : 29.3%

고등학생의 서사문에 대한 평가자들의 적합도를 살펴보면, 32, 19, 10, 26, 30, 3, 5, 17, 20, 23, 18번 평가자들은 과적합의 양상을 보였으며 11, 6, 9, 13, 4, 15번 평가자는 부적합의 양상을 보였음을 확인할 수 있다. 중학생 서사문의 평가 결과와 마찬가지로 고등학생의 서사문에서도 과적합 평가자가 다수 발견되어 서사문 평가에서 평가 점수의 변별이 잘 이루어지지 않은 것으로 볼 수 있다.

이상의 결과를 토대로 32명의 평가자들에 대한 일관성 적합도를 중학생의 글 유형에 따라 정리해보면 〈표 4-27〉과 같다.

〈표 4-27〉 글 유형에 따른 적합도 분석(중학생)

평가자	설명문			논설문			서사문		
	적합	과적합	부적합	적합	과적합	부적합	적합	과적합	부적합
1	○			○			○		
2	○			○			○		
3	○			○			○		
4	○			○			○		
5		○		○			○		
6	○					○			○
7	○			○			○		
8	○			○			○		
9	○			○			○		
10		○		○			○		
11	○				○				○
12	○			○				○	
13	○			○					○
14	○			○			○		
15		○			○		○		

16	○			○			○		
17	○				○			○	
18		○			○		○		
19	○			○			○		
20	○			○			○		
21			○	○			○		
22		○		○			○		
23		○		○			○		
24	○					○			○
25	○			○			○		
26		○		○					○
27	○			○					○
28		○		○				○	
29	○				○			○	
30	○			○				○	
31	○			○			○		
32	○			○				○	
합계	23	8	1	25	5	2	20	6	6

〈표 4-27〉에서 확인할 수 있듯이, 전체 32명의 평가자 중 중학생 설명문에서는 23명, 중학생 논설문에서는 25명, 중학생 서사문에서는 20명이 적합 판정을 받았다. 이를 통해 32명의 평가자들은 중학생의 글에 대해 논설문, 설명문, 서사문의 순으로 일관성 있는 평가를 한 것으로 판단할 수 있다.

고등학생의 글을 대상으로 한 일관성 적합도를 살펴본 결과는 〈표 4-28〉과 같다.

<표 4-28> 글 유형에 따른 적합도 분석(고등학생)

평가자	설명문			논설문			서사문		
	적합	과적합	부적합	적합	과적합	부적합	적합	과적합	부적합
1	○				○		○		
2		○		○			○		
3	○			○				○	
4	○			○					○
5		○			○			○	
6			○	○					○
7	○			○			○		
8		○		○			○		
9			○	○					○
10		○		○				○	
11	○			○					○
12		○		○			○		
13	○			○					○
14	○					○	○		
15	○				○		○		
16	○			○			○		
17	○				○			○	
18		○			○			○	
19			○	○				○	
20		○			○			○	
21			○		○		○		
22		○			○		○		
23	○			○				○	

24			○			○	○		
25	○			○			○		
26		○		○				○	
27		○		○			○		
28	○				○		○		
29			○	○			○		
30		○		○				○	
31	○					○	○		
32	○			○				○	
합계	15	11	6	19	10	3	16	11	5

　고등학생의 글을 대상으로 한 평가에서는 적합 판정을 받은 평가자의 수가 중학생에 비해 적었다. 고등학생의 설명문에 대해서는 15명, 논설문에 대해서는 19명, 서사문에 대해서는 11명의 평가자만이 적합 판정을 받았음을 확인할 수 있다. 중학생의 글에 비해 고등학생의 글은 상대적으로 수준의 차이가 명확하지 않아 평가자들이 일관된 평가를 하기 어려웠던 것이 아닌가 추측해 볼 수 있다. 특히 고등학생 서사문에서 4번 평가자의 평가 결과를 삭제할 경우 전체 신뢰도가 상승하는 결과가 있었는데 마찬가지로 4번 평가자는 일관성에서도 부적합 경향을 보였음을 확인할 수 있다.

　중학생의 글뿐만 아니라 고등학생의 논설문에서 가장 많은 평가자가 적합 판정을 받았다. 이에 대해서는 여러 가지 추론이 가능하나 설명문이나 서사문과 달리 글의 구조가 명확해야 하는 논설문에서 많은 교사가 일관된 판단을 한 것으로 추정할 수 있다.

　본 연구에서는 이상의 연구 결과를 토대로 학생들의 글에 대해 모평균을 추정하고 수준별 대표 예시문을 선정하는 과정을 수행하였다.

라. 모평균의 추정

이 연구에서는 선정된 학생 예시문에 대한 모평균 추정의 값을 제시하여 예시문의 객관도를 높이고자 한다. 이 연구에서 말하는 모평균 추정이란 우리나라 전체 국어교사를 모집단으로 할 때 이들이 학생 글을 채점한 점수의 평균이 어느 범위에 속하는지를 추정하는 것을 의미한다.

쓰기 평가에서 많은 교사들은 채점 기준의 모호함으로 인해 많은 어려움에 직면한다. 어떤 글을 어느 정도의 수준으로 평가해야 하는지, 어떤 글에 몇 점을 부여해야 하는지를 판단하기가 어려운 것이다. 이때 구체적인 글 자료를 통해 우리나라 국어교사들이 평균적으로 어떤 평가를 내렸는지를 예시한다면 쓰기 평가 및 교수·학습에 상당한 도움을 줄 수 있을 것이다.

이 연구에서는 2차 평가에 참여한 32명의 국어교사들을 표본 집단으로 하여 통계치를 얻고 이를 바탕으로 모집단(우리나라 국어교사 전체)의 평균을 추정하고자 한다. 이 과정에서는 95% 신뢰수준에서 다음과 같은 모평균 추정의 공식을 활용한다.

$$\overline{X} - 1.96 \frac{\sigma}{\sqrt{n}} \leq m \leq \overline{X} + 1.96 \frac{\sigma}{\sqrt{n}}$$

모평균은 표본 집단의 평균을 통해 추정한 값이므로 이 결과에는 오차가 개입되어 있다. 모평균 추정 공식에 따르면 $\pm 1.96 \frac{\sigma}{\sqrt{n}}$ 가 이 오차에 해당한다. 공식에서 알 수 있는 바처럼 이 오차는 표본의 크기에 반비례하므로 표본을 크게 할수록 그 범위가 줄어든다. 위 공식에서 n은 표본의 크기를, σ은 모집단의 표준편차를 의미한다. 표준 정규 분포를 따르기 때문에 모집단의 표준편차를 적용해야 하지만 표본의 크기가 30이 넘을 때는 모집단의 표준편차 대신에 표본 표준편차를 활용할 수 있는 것으로 알려져 있다. 이 연구의 2차 평가에서는 전국의 국어교사 32명을 평가자로 선정하여 결과를 얻었으므로 모평균 추정의 조건에 부합한다고 말할 수 있다.

그러나 앞서 라쉬 모형을 통해 살펴본 바대로 이 32명의 평가자 모두가 적합한 평가자들은 아니다. 32명의 평가자 중 상당수의 평가자가 부적합한 평가자로 판정되었다. 지금까지는 예시문 선정에 있어서 그 기초 자료에 해당하는 평가 자료에 대해서 큰 의심을 품지 않았으나 실제 평가 자료의 신뢰도에 문제가 있다면 추정된 모평균 역시 정확한 값이라고 받아들이기 어렵다.

이에 따라 이 연구에서는 표본 집단 전체인 32명의 평가자들의 평가결과로 추정한 모평균과 적합 판정을 받은 평가자의 평가결과로부터 추정한 모평균을 비교하여 보다 신뢰도 높은 예시문을 선정하고자 하였다.

〈표 4-29〉는 중학생의 글 30편에 대해 전체 평가자와 적합 평가자들로부터 산출한 평균과 표준편차, 모평균의 범위를 제시한 것이다.

〈표 4-29〉 분석적 평가에 따른 모평균 추정(중학생)

글 유형	글 번호	전체 평가자			적합 평가자		
		평균	표준편차	모평균의 범위	평균	표준편차	모평균의 범위
설명문	1	29.97	5.42	$28.09 \leq m \leq 31.85$	29.22	5.66	$26.91 \leq m \leq 31.53$
	2	40.63	6.64	$38.33 \leq m \leq 42.92$	39.52	6.66	$36.80 \leq m \leq 42.24$
	3	21.25	5.60	$19.31 \leq m \leq 23.19$	21.09	5.31	$18.92 \leq m \leq 23.26$
	4	43.06	3.94	$41.70 \leq m \leq 44.43$	43.00	4.41	$41.20 \leq m \leq 44.80$
	5	26.50	6.23	$24.34 \leq m \leq 28.66$	26.96	6.54	$24.28 \leq m \leq 29.63$
	6	46.34	2.77	$45.38 \leq m \leq 47.30$	46.22	2.96	$45.01 \leq m \leq 47.43$
	7	43.28	4.15	$41.84 \leq m \leq 44.72$	42.65	4.39	$40.86 \leq m \leq 44.45$
	8	33.09	5.39	$31.23 \leq m \leq 34.96$	32.39	5.48	$30.15 \leq m \leq 34.63$
	9	27.06	6.75	$24.72 \leq m \leq 29.40$	26.35	7.07	$23.46 \leq m \leq 29.24$
	10	24.28	7.85	$21.56 \leq m \leq 27.00$	24.52	8.15	$21.19 \leq m \leq 27.85$
논설	1	32.81	6.93	$30.41 \leq m \leq 35.22$	32.04	6.97	$29.31 \leq m \leq 34.77$
	2	34.50	6.92	$32.10 \leq m \leq 36.90$	33.84	6.67	$31.23 \leq m \leq 36.45$

문	3	30.94	7.93	28.19≤m≤33.68	29.68	7.50	26.74≤m≤32.62

문	3	30.94	7.93	28.19≤m≤33.68	29.68	7.50	26.74≤m≤32.62
	4	18.78	5.98	16.71≤m≤20.85	17.68	5.45	15.55≤m≤19.81
	5	38.25	5.87	36.21≤m≤40.29	37.48	5.83	35.19≤m≤39.77
	6	37.81	7.27	35.29≤m≤40.33	37.12	7.68	34.11≤m≤40.13
	7	24.41	6.84	22.04≤m≤26.78	24.20	6.92	21.49≤m≤26.91
	8	19.97	5.16	18.18≤m≤21.76	19.08	4.65	17.26≤m≤20.90
	9	28.56	6.14	26.43<m≤30.69	28.28	5.50	26.12≤m≤30.44
	10	42.53	6.01	40.45≤m≤44.61	41.92	6.44	39.40≤m≤44.44
서사문	1	32.03	5.82	30.02≤m≤34.05	32.35	4.49	30.38≤m≤34.32
	2	39.28	7.17	36.80≤m≤41.77	40.25	5.93	37.65≤m≤42.85
	3	33.63	4.82	31.95≤m≤35.30	33.50	4.86	31.37≤m≤35.63
	4	32.91	6.47	30.66≤m≤35.15	33.80	3.93	32.08≤m≤35.52
	5	31.72	8.34	28.83≤m≤34.61	30.25	8.06	26.72≤m≤33.78
	6	25.97	7.11	23.50≤m≤28.43	24.65	6.54	21.78≤m≤27.52
	7	38.16	6.73	35.83≤m≤40.49	38.80	5.62	36.34≤m≤41.26
	8	39.28	6.49	37.03≤m≤41.53	39.65	5.03	37.44≤m≤41.86
	9	43.25	4.47	41.70≤m≤44.80	43.50	4.19	41.66≤m≤45.34
	10	22.53	6.40	20.31≤m≤24.75	21.05	5.54	18.62≤m≤23.48

〈표 4-29〉에 따르면, 전체 평가자를 대상으로 한 모평균 추정의 구간과 적합 평가자만을 대상으로 한 모평균 추정의 구간이 서로 다름을 확인할 수 있다. 적합 평가자들의 수가 더 적기 때문에 전반적으로 모평균 추정의 범위가 다소 넓어진 것을 확인할 수 있으나 그 차이가 크지 않고 오히려 글에 따라서는 적합 평가자들로부터 추정한 모평균의 범위가 줄어든 경우도 있다. 예를 들어 논설문 5번의 경우 전체 평가자로부터 추정한 모평균의 구간은 36.21≤m≤40.29이지만 적합 평가자로부터 추정한 모평균의 구간은 35.19≤m≤39.77로 구간의 범위가 0.5점가량 줄어들었음을 확인할 수 있다. 즉, 표본

의 크기가 줄어들었음에도 불구하고 적합한 평가자들로부터 추정한 모평균의 범위는 전체 평가자들의 그것과 비교해서 큰 차이가 없었다고 말할 수 있다.

음영 표시는 각 글 유형에 따라 평균의 최고점과 평균점(전체 10편의 점수의 평균에 가장 가까운 값), 최저점에 해당하는 글을 표시한 것이다. 예를 들어 설명문 10편 중 최고 점수를 받은 글은 6번이며 최저 점수를 얻은 글은 3번 글, 중간 점수를 얻은 글은 8번 글에 해당한다. 글 유형에 따라 글의 개수가 많지 않고 1차 평가를 통해 상-중-하의 수준이 결정되어 수준별 특성이 잘 드러나는 글을 선정하였으므로 평가의 차이는 크지 나타나지 않았다. 그러나 서사문의 경우 평균점에 해당하는 글에 변화가 있었다. 즉, 전체 평가자를 대상으로 했을 때는 3번 글이 평균점에 해당하지만 적합 평가자만을 대상으로 했을 때는 4번 글이 평균점에 더욱 근접한 글로 나타났다. 수치상으로는 큰 차이가 아니지만 실제 대표 예시문을 선정할 때는 기준이 되는 글 자체가 바뀔 수 있으므로 중요한 참조점이 될 수 있다.

다음으로, 〈표 4-30〉은 고등학생의 글 30편에 대해 전체 평가자와 적합 평가자들로부터 산출한 평균과 표준편차, 모평균의 범위를 제시한 것이다.

〈표 4-30〉 분석적 평가에 따른 모평균 추정(고등학생)

글 유형	글번 호	전체 평가자			적합 평가자		
		평균	표준 편차	모평균의 범위	평균	표준 편차	모평균의 범위
설 명 문	1	41.19	5.39	$39.32 \leq m \leq 43.06$	40.67	5.16	$38.06 \leq m \leq 43.28$
	2	18.44	5.86	$16.41 \leq m \leq 20.47$	20.73	6.02	$17.69 \leq m \leq 23.78$
	3	29.03	5.80	$27.02 \leq m \leq 31.04$	30.40	4.16	$28.29 \leq m \leq 32.51$
	4	32.94	7.47	$30.35 \leq m \leq 35.53$	34.73	6.23	$31.58 \leq m \leq 37.89$
	5	25.13	5.93	$23.07 \leq m \leq 27.18$	26.07	6.84	$22.61 \leq m \leq 29.53$
	6	38.25	7.44	$35.67 \leq m \leq 40.83$	38.80	4.64	$36.45 \leq m \leq 41.15$
	7	28.91	7.24	$26.40 \leq m \leq 31.42$	31.87	6.99	$28.33 \leq m \leq 35.41$

구분		평균	표준편차	모평균 범위	평균	표준편차	모평균 범위
	8	45.53	2.41	44.70≤m≤46.37	45.53	2.19	44.43≤m≤46.64
	9	22.63	7.45	20.04≤m≤25.21	25.87	6.82	22.42≤m≤29.32
	10	32.53	4.89	30.84≤m≤34.22	33.87	3.58	32.06≤m≤35.68
논설문	1	19.44	5.54	17.52≤m≤21.36	20.20	5.27	17.89≤m≤22.51
	2	32.25	8.99	29.14≤m≤35.36	32.45	9.07	28.47≤m≤36.43
	3	44.66	3.01	43.61≤m≤45.70	44.80	2.68	43.63≤m≤45.97
	4	31.56	5.87	29.53≤m≤33.60	31.25	5.22	28.96≤m≤33.54
	5	26.00	6.21	23.85≤m≤28.15	25.95	6.11	23.27≤m≤28.63
	6	38.41	7.70	35.74≤m≤41.08	37.20	8.39	33.52≤m≤40.88
	7	33.84	7.23	31.34≤m≤36.35	32.85	7.64	29.50≤m≤36.20
	8	42.63	4.34	41.12≤m≤44.13	41.20	4.26	39.33≤m≤43.07
	9	29.94	7.12	27.47≤m≤32.41	30.15	7.44	26.89≤m≤33.41
	10	43.56	4.38	42.04≤m≤45.08	43.15	4.00	41.40≤m≤44.90
서사문	1	37.09	6.85	34.72≤m≤39.47	36.13	6.04	33.17≤m≤39.08
	2	35.94	6.69	33.62≤m≤38.26	36.50	7.25	32.95≤m≤40.05
	3	26.81	6.60	24.53≤m≤29.10	27.19	7.59	23.47≤m≤30.91
	4	24.50	7.77	21.81≤m≤27.19	25.25	9.18	20.75≤m≤29.75
	5	39.75	6.64	37.45≤m≤42.05	38.25	7.40	34.63≤m≤41.87
	6	26.34	6.62	24.05≤m≤28.64	26.19	6.48	23.01≤m≤29.36
	7	44.91	3.13	43.82≤m≤45.99	44.88	3.22	43.30≤m≤46.45
	8	30.28	6.12	28.16≤m≤32.40	30.31	7.41	26.68≤m≤33.94
	9	33.78	5.88	31.74≤m≤35.82	34.94	5.37	32.31≤m≤37.57
	10	25.78	7.21	23.28≤m≤28.28	25.81	7.84	21.97≤m≤29.65

〈표 4-30〉에 따르면, 고등학생 글의 평가에서도 전체 평가자와 적합 평가자의 평가 결과 간에 다소 차이가 있었다. 평균과 표준편차의 수치에도 차이가 있었으며 모평균의 범위에서도 1~2점씩 편차가 생겼음을 확인할 수 있다.

중학생 글 평가에서와 마찬가지로 전체 평가자들에 비해 적합 평가자들의 평가를 통해 모평균 추정의 범위가 오히려 줄어든 글도 발견되었다. 모든 글에서 최고점과 최저점에 해당하는 글은 동일하였으나 설명문에서는 평균점에 해당하는 글에 차이가 있었다. 전체 평가자에서는 평균점에 해당하는 글이 8번 글이었으나 적합 평가자에서 추정한 글은 7번으로 바뀌었다. 이처럼 예시문 선정에 있어서 적합 평가자만을 중심으로 추정할 경우 평균점에 해당하는 글이 바뀔 수 있음을 주목할 필요가 있다.

앞서 밝힌 바대로 모평균의 추정에서는 표본의 크기가 30이 넘어야 한다는 조건이 있었다. 그런데 이 연구에서 일관성 적합 판정을 받은 평가자들로부터 추정한 모평균은 표본의 크기가 30 미만이라는 문제가 있다. 그러나 적합 평가자로부터 추출한 모평균은 표집이 30이 넘는 전체 평가자의 결과와 비교를 통해 수치상 큰 차이가 없음을 확인하였으며 신뢰도 높은 평가 결과만을 토대로 추정된 모평균으로서 그 가치가 있다고 판단하였다.

이상의 결과를 바탕으로 평가자 일관성에 따른 예시문 선정의 결과를 정리하면 〈표 4-31〉과 같다.

〈표 4-31〉 일관성 적합도에 따른 2차 학생 예시문 선정 결과

학년	글 유형	구분	전체 집단			일관성 적합 집단		
			글 번호	평균	표준편차	글 번호	평균	표준편차
중3	설명문	최고점	6	46.34	2.77	6	46.22	2.96
		평균점	8	33.09	5.39	8	32.39	5.48
		최저점	3	21.25	5.60	3	21.09	5.31
	논설문	최고점	10	42.53	6.01	10	41.92	6.44
		평균점	3	30.94	7.93	3	29.68	7.50
		최저점	4	18.78	5.98	4	17.68	5.45
	서사문	최고점	9	43.25	4.47	9	43.50	4.19
		평균점	3	33.63	4.82	4	33.80	3.93

고2	설명문	최저점	10	22.53	6.40	10	21.05	5.54
		최고점	8	45.53	2.41	8	45.53	2.19
		평균점	10	32.53	4.89	7	31.87	6.99
		최저점	2	18.44	5.86	2	20.73	6.02
	논설문	최고점	3	44.66	3.01	3	44.80	2.68
		평균점	7	33.84	7.23	7	32.85	7.64
		최저점	1	19.44	5.54	1	20.20	5.27
	서사문	최고점	7	44.91	3.13	7	44.88	3.32
		평균점	8	30.78	6.12	8	30.31	7.41
		최저점	4	24.50	7.77	4	25.25	9.18

〈표 4-31〉에 나타난 바대로 중학생의 서사문과 고등학생 설명문에서 평균점에 해당하는 글이 바뀌었으며 나머지 글 유형에서는 전체 집단과 일관성 적합 집단에서 추출된 최고점, 평균점, 최저점의 글들이 모두 같았다. 이렇게 선정된 글들은 1차 평가를 통해 글의 수준에 대한 질적 평가가 이미 이루어졌으며 통계 처리를 통해 유의한 지점의 글로 인정되었기 때문에 대표 성취 수준 예시문으로서의 자격을 갖추었다고 말할 수 있다.

마. 성취 수준별 예시문 추출

이 연구에서는 1차 총체적 평가와 2차 분석적 평가를 거쳐 총 18편의 성취 수준별 학생 예시문을 추출하였다. 특히 2차 분석적 평가의 신뢰도 검증을 통해 선정된 18편의 예시문은 통계적으로 유의한 지점에 해당하는 글로서 해당 학년과 글 유형에서 상-중-하의 성취 수준별 특성을 잘 드러내는 글이라고 할 수 있다.

이 장에서는 이렇게 선정된 글들의 쓰기 능력별 세부 특성을 살펴봄으로써 성취 수준에 따른 글의 특성을 고찰함과 동시에 성취 수준별 예시문으로서의 자격을 검증하고자 한다. 먼저 2차 분석적 평가에서 일관성 적합 집단의 평가 결과로부터 선정된 예시문을 대상으로 내용, 조직, 표현의 각 쓰기 영역별 평균 점수를 〈표 4-32〉와 같이 분석하였다.

〈표 4-32〉에서 한 가지 짚고 넘어갈 점은 총점 평균을 기준으로 설명문과

〈표 4-32〉 2차 학생 예시문의 쓰기 영역별 평균 점수

학년	글 유형	성취수준	글 번호	쓰기 능력 요인			총점평균	표준편차
				내용	조직	표현		
중3	설명문	상	6	17.52	17.30	11.39	46.22	2.96
		중	8	12.39	10.96	9.04	32.39	5.48
		하	3	8.48	6.48	6.13	21.09	5.31
	논설문	상	10	15.64	16.00	10.28	41.92	6.44
		중	3	11.16	10.88	7.64	29.68	7.50
		하	4	6.52	6.24	4.92	17.68	5.45
	서사문	상	9	16.35	16.15	11.00	43.50	4.19
		중	4	13.10	11.05	9.65	33.80	3.93
		하	10	8.15	6.50	6.40	21.05	5.54
고2	설명문	상	8	17.43	17.21	10.87	45.53	2.19
		중	7	10.93	12.67	8.27	31.87	6.99
		하	2	8.40	6.87	5.47	20.73	6.02
	논설문	상	3	16.80	17.35	10.65	44.80	2.68
		중	7	12.15	11.90	8.80	32.85	7.64
		하	1	8.35	6.40	5.45	20.20	5.27
	서사문	상	7	16.88	16.94	11.06	44.88	3.32
		중	8	12.25	10.19	7.88	30.31	7.41
		하	4	10.50	8.38	6.38	25.25	9.18

서사문 일부에서 중, 고등학교 평가 점수의 역전 현상이 나타난다는 것이다. 즉, 설명문의 모든 성취 수준과 서사문 성취 수준 '중'에서 중학생 글의 평균 점수가 고등학생의 글보다 높게 나타난 것이다. 이러한 현상이 나타난 이유는 두 가지로 설명할 수 있다. 첫째, 쓰기 과제의 영향을 들 수 있다. 앞서 언급했다시피, 이 연구는 현행 교육과정의 성취기준과 교과서 등에 구체화된 쓰기 과제를 반영하다 보니 중학교와 고등학교의 쓰기 과제가 동일한 형태로 설계되지 못했다. 특히 설명문의 경우, 중, 고등학교 모두 다양한 화제 중 하나를 선택하여 쓰게 하였는데 이 중 화제 지식이 중심이 되는 설명문과 자기 경험이 중심이 되는 설명문은 평가 점수에서 차이가 생길 수 있다. 둘째, 평가 기준의 변인을 들 수 있다. 이 연구에서는 각 학년별로 쓰기 성취기준과 성취 수준, 평가 기준이 상호 연관되도록 구성하다 보니 중학교와 고등학교의 평가 기준이 달라졌으며 이러한 평가 기준의 차이가 쓰기 평가에 영향을 미쳤을 수 있다.

한편, 〈표 4-32〉에서 선정된 글들은 각각 성취 수준 상−중−하로 배정되어 있는데 이러한 분류가 타당하게 이루어졌는지를 검증하기 위해서 성취 수준에 영향을 주는 주된 요인이 무엇인지 판단할 수 있는 판별 분석을 실시하였다. 〈표 4-33〉은 2차 평가를 통해 선정된 예시문을 대상으로, 독립변수를 내용, 조직, 표현의 쓰기 능력 요인으로 설정하고 집단 변수를 상−중−하의 성취 수준으로 설정한 판별 분석의 결과이다.

〈표 4-33〉은 성취 수준 결정에 영향을 미치는 하위 능력 요인을 찾기 위한 판별 분석의 결과이다. 단계적 판별 분석을 적용한 결과, 내용과 조직, 표현의 요인들이 모두 판별식에 투입되었으며 판별 함수 1에 의해 전체 판별식의 98%가 예측되는 것으로 나타났다. 판별식 1과 독립변수들과의 상관을 보면 조직 요인이 .983으로 가장 높았고 내용이 .817, 표현이 .608의 상관을 갖는 것으로 나타났다. 이러한 상관을 통해 선정된 예시문의 성취 수준을 결정하는 데 있어 조직, 내용, 표현의 순으로 높은 영향을 미친 것으로 판단할 수 있다. 다시 말하자면 내용, 조직, 표현의 하위 요인들이 독립적인 변수로서

쓰기 성취 수준을 결정하는 데 기여했다고 말할 수 있다.

〈표 4-33〉 학생 예시문에 대한 판별 분석 결과

| 독립변수 | Wilk's λ | p | 판별함수와 독립변수와의 상관 | |
			1	2
내용	.335	.000	.817	.450
조직	.250	.000	.983	.080
표현	.470	.000	.608	.744
고유값			2.598	.060
설명분산			98%	2%

또한 분류 함수 계수를 활용하여 각 집단별 독립변수의 예측력을 확인할 수 있다. 〈표 4-34〉는 예시문에 대한 분류 함수 계수를 나타낸 것이다.

〈표 4-34〉 학생 예시문의 성취 수준에 대한 분류 함수 계수

| | 등급 | | |
	상	중	하
내용	2.871	2.428	1.629
조직	5.764	2.104	.629
표현	.996	2.270	2.061
(상수)	-27.442	-14.918	-7.093

〈표 4-34〉에 따르면, 내용 요인은 성취 수준 '중'에서 가장 높은 예측력을 보였으며 조직 요인은 성취 수준 '상'에서 가장 높은 예측력을 보였다. 또한 표현 요인은 성취 수준 '하' 집단에서 가장 높은 예측력을 보인 것으로 나타났다. 중요한 점은 내용, 조직, 표현과 같은 하위 요인들이 전체 성취 수준 결정

에 일정한 영향을 미치는 요인들이라는 점이 입증된 것이다.

이 같은 결과들을 고려해 볼 때, 2차 예시문으로 선정된 18편의 글들은 성취 수준 상-중-하의 구분이 적절히 이루어졌음을 확인할 수 있다. 또한 성취 수준의 결정에 있어서는 내용, 조직, 표현의 세부 쓰기 특성들이 독립적으로 영향을 미쳤고, 그 영향력은 조직, 내용, 표현의 순인 것으로 나타났다. 보다 세부적으로 살펴본 결과 조직 요인은 성취 수준 '상' 집단에서, 내용 요인은 성취 수준 '중' 집단을, 표현 요인은 성취 수준 '하' 집단을 예측하는 핵심적인 변수임을 확인할 수 있었다.

3. 학생 예시문의 검증 및 제시 방법

가. 학생 예시문에 대한 질적 분석 결과

1) 질적 분석을 위한 참고 자료 구성

2차 평가를 통해 선정된 18편의 학생 예시문의 세부 쓰기 특성을 해당 성취 수준에 비추어 검증하고 예시문에 대한 구체적 정보를 얻기 위해 전문가 질적 분석을 실시하였다. 질적 분석에 앞서 분석에 활용할 분석 자료를 마련하였다. 질적 분석 자료는 성취기준과 관련한 글 유형별 세부 성취 요소를 추출할 수 있는 선행 연구들을 중심으로 구성하였다. 전문가 분석 위원들은 분석 자료에 대한 협의의 과정을 거쳐 내용, 조직, 표현의 쓰기 특성별로 검토 팀을 나누어 질적 분석을 수행하였다. 〈표 4-35〉는 질적 분석 자료의 체제 및 세부 내용에 해당한다.

분석 자료에는 쓰기 특성별 분석팀 구성 및 예시문 선정에 활용된 쓰기 성취기준 및 성취 수준, 글 유형별 참고 자료, 쓰기 과제 및 분석 항목, 학생 예시문에 대한 평가 결과 등이 포함되었다. 글 유형별 참고 자료는 일반화되어 진술된 성취기준과 관련된 글 유형별 세부 성취요소를 탐색하기 위해 마련한 자료이다. 이 자료에는 글 유형에 따른 구체적인 쓰기 특성을 확인하기 위해 2007, 2009 국어과 교육과정의 쓰기 영역 성취기준(세부 성취기준), CCSS(2010), NAEP(2010)와 같은 외국의 쓰기 성취기준, 국내 쓰기 평가 연구에서 자주 활용되는 글 유형별 쓰기 평가 준거를 포함하였다.

검토 위원들은 검토 협의회를 통해 성취기준 및 성취 수준, 글 유형별 성취 요소 등을 논의하고 검토의 방향에 대해 이해하였으며 이후 개별 글에 대한 분석에 임하였다. 분석의 과정은 성취 수준별 학생 예시문을 읽고 성취 수준의 적합성, 성취기준과 관련한 세부 성취요소, 성취 수준을 구분하는 핵심 성취 요소를 탐색하는 과정 등으로 이루어졌다.

이 장에서는 성취 수준 '중'에 해당하는 글들을 중심으로 전문가 질적 분석의 결과를 구체적으로 제시하고 다른 성취 수준에 해당하는 글들은 예시문 제시 방식에 따라 정리하여 부록으로 제시하고자 한다.

〈표 4-35〉 전문가 질적 분석 자료의 체제 및 세부 내용

구분	세부 내용
분석 자료 및 분석팀 구성	• 내용, 조직, 표현에 따른 검토 범주별로 구성 • 검토 팀당 3명 총 9명으로 구성
쓰기 성취기준 및 성취 수준	• 학생 예시문 선정을 위한 쓰기 성취기준 • 쓰기 성취기준에 따른 상-중-하의 성취 수준 • 2차 분석적 평가 기준
쓰기 과제 및 분석 항목	• 학년 및 글 유형별 쓰기 과제 • 전문가 질적 분석 항목(성취 수준 적합성, 성취기준별 세부 쓰기 특성, 쓰기 성취 수준의 변별점)
글 유형별 성취 요소 참고 자료	• 2007, 2009 국어과 교육과정 쓰기 성취기준 • CCSS(2010) 쓰기 성취기준 • NAEP(2010) 쓰기 성취기준 • 쓰기 평가 준거: Spandel & Culham(1996), 김정자(1992), 서수현(2003)
학생 예시문 평가 결과	• 학생 예시문 18편 (평균, 표준편차, 쓰기 능력 요인별 평균, 모평균)

2) 설명문 분석 결과

예시문 분석에서 드러난 설명문의 특징은 성취 수준 '상'과 '중-하'의 수준 차이가 다소 크다는 점이다. 즉, 소수를 제외한 대부분의 학생들이 설명문 쓰기에 서툰 것으로 드러났다. 성취 수준 '상'에 해당하는 글은 명확하고 가치 있는 정보를 제공함으로써 독자의 신뢰를 얻는 글들이었던 반면, 성취 수준 '중'이나 '하'에 해당하는 글은 정보의 가치가 떨어지거나 객관적인 태도 유지에 실패하는 모습을 보여 주었다.

성취 수준 '중'으로 선정된 중학교 설명문 8번 글은 성취 수준 적합도에서 평균 5.66점을 획득하였다. 〈그림 4-8〉은 중학교 설명문 '중' 수준에 해당하는 글 자료이다.

〈그림 4-8〉에 제시된 글은 2차 분석적 평가 기준의 총점 48점에서 평균 32.39를 획득하여 성취 수준 '중'으로 선정되었다. 총점을 성취기준에 충분히 도달한 상태라고 가정할 때 위 글은 성취기준에 67% 정도 도달한 글이라고 볼 수 있다.

내용의 측면에서 보자면 성취기준 M1(**글 쓰는 목적에 맞게 정보를 수집, 분석, 재구성하여 쓸 내용을 선정하여 글을 쓸 수 있다.**)과 관련하여 주제와 관련한 몇 가지 정보를 제공하고 있으나 정보의 다양성이 부족하다는 점이 지적되었고 성취기준 M2(**글쓰기 상황(목적, 주제나 화제, 예상 독자)에 알맞은 내용을 선정하여 글을 쓸 수 있다.**)와 관련해서는 주제가 비교적 명확하고 예상 독자에게 유용한 정보를 제공하고 있으나 설명의 동기가 충분히 제시되지 않은 점, 지나치게 개인적 체험을 일반적인 정보처럼 제시한 점 등이 한계로 지적되었다.

조직의 측면에서는 성취기준 M3(**글의 통일성과 응집성을 고려하여 내용을 조직할 수 있다.**)와 관련해서는 각 문단의 연결을 위한 접속어의 사용이 미흡한 점, 특히 3문단은 앞뒤의 내용과 연결이 부자연스럽고 부연 설명이 부족한 점이 한계로 지적되었다. 또한 성취기준 M4(**글쓰기 상황(목적, 주제나 화제, 예상 독자)을 고려하여 내용을 조직하여 글을 쓸 수 있다.**)와 관련해서는 유기견에 대한 안타까움을 글의 처음에 제시하여 예상 독자의 흥미를 높인 점이 평가되었고

성취 수준	쓰기 능력 요인			총점 평균	표준편차	모평균
	내용	조직	표현			
중	12.39	10.96	9.04	32.39	5.48	31.23≤m≤34.96

제목: 강아지 키우는 방법

　요즘 강아지를 키우는 사람들이 점점 늘어나고 있다. 필자도 두살짜리 말티즈 한 마리를 키우고 있다. 하지만 강아지를 잘못 키우다가 유기견이 되는 경우가 많다. 길에서 쓰레기를 뒤지거나 차에 치어죽는 강아지를 보면 마음이 너무 아파 이번에 강아지를 잘 키우는 법에 대해 설명하려고 한다.

　강아지를 키울때 가장 중요한 것은 주인과의 친밀감이다. 주인과의 친밀감이 형성된 후에 배변훈련이나 다른 훈련을 시켜야 한다. 강아지와 친밀도를 높이는 방법은 어렵지 않다. 같이 산책도 자주 하고 잘 쓰다듬어주고 보살펴준다면 강아지는 주인을 쉽게 잘 따른다. 주인과의 친밀감이 잘 형성되었다면 다양한 훈련을 시작한다. 여기서 훈련이란 배변훈련이나, 손, 안돼 등 행동을 지시하는 것을 말한다. 배변훈련은 너무 갑작스럽게 하지 않는 것이 좋다. 배변훈련을 하기 위해서는 절대 그런 것은 아니지만 배변패드를 사는 것이 좋다. 강아지가 집안에 배변을 했을 경우는 절대 때리지 말고 가볍게 혼을 낸다. 그리고 강아지의 배변을 패드 위에 올려놓는다. 그러면 다음부터 강아지는 패드에 변을 보게 된다.

　강아지를 산책시킬 때 목줄을 하지 않는 사람들이 많다. 절대 그러면 안된다. 도로에는 사각지대도 많고 차들이 매우 빨리 달리므로 목줄을 꼭 하고 산책을 하도록 한다.

　강아지를 잘 키우기 위해서는 훈육과 칭찬이 필수이다. 칭찬을 할때는 잘 쓰다듬어주고 먹을 것도 주고 잘못했을때는 단호하게 혼을 내야 한다. 그렇다고 잘못했다고 해서 때리는 것은 좋지 않다. 강아지는 낮고 강한 목소리로 잘못을 지적만해도 충분히 알아듣고 자신의 행동을 고치기 때문이다.(MEA-30)

'강아지 잘 기르는 방법'에 대한 글이지만 '배변 훈련'이라는 내용의 비중이 지나치게 높은 점이 문제로 분석되었다.

　표현의 측면에서는 성취기준 M6(글쓰기 **상황(목적, 주제나 화제, 예상 독자)에 적합한 어휘와 표현을 선택하여 글을 쓸 수 있다.**)와 관련하여 전반적으로 쓰기 목적에 부합하는 설명 방법을 활용했으나 구체적으로 쉽게 풀어 설명하지 못했고 독자의 관심이나 흥미를 유도하는 어휘의 사용이 부족하며 간혹 설명문의 특성에 부합하지 않는 표현(길에서 쓰레기를 뒤지거나 차에 치어죽는 강아지를 보면 마음이 너무 아파~) 등이 문제점으로 지적되었다. 또한 성취기준 M7(**문법에 알맞은 자연스러운 문장을 쓸 수 있다.**)과 관련해서는 내용 파악이 어려운 문장은 없으나 흐름상 어색한 표현이 나타난 점, 문장 내에서 호응이 어색한 부분(강아지와 친밀도를 높이는 방법은 어렵지 않다), 전체적으로 적절한 접속어나 연결어의 사용이 부족한 점 등이 문제로 분석되었다.

전반적으로 성취기준 M8(**설명하고자 하는 대상이나 개념에 맞게 적절한 설명 방법을 사용하여 독자가 이해하기 쉽게 글을 쓴다.**)에 비추어 보았을 때 이 글은 지정이나 예시 등의 설명 방법을 사용하여 중요 정보를 평이하게 전달하는 데에는 성공하였으나 '강아지 키우는 방법'이라는 정보의 체계가 없다는 점, 정보의 신뢰성을 얻기 어렵다는 점, 표현이 다소 어색한 점 등이 문제점으로 분석되었다.

설명문의 경우, 고등학생과 중학생의 수준 차이가 그렇게 크지 않았다. 아마도 중학교 이후 정보를 다루는 글쓰기 경험이 많지 않았기 때문일 수 있다. 고등학생의 설명문에서 중학생과 다른 가장 큰 특징은 보다 다양한 경로의 정보 수집, 객관적 수치와 같은 신뢰도 높은 정보의 활용, 독자에 대한 배려 등이라고 볼 수 있다.

성취 수준 '중'으로 선정된 고등학교 설명문 10번 글은 성취 수준 적합도에서 평균 4.66점을 획득하였다. 〈그림 4-9〉는 고등학교 설명문 '중' 수준에 해당하는 글 자료이다.

〈그림 4-9〉에 제시된 글은 2차 분석적 평가 기준의 총점 48점에서 평균 31.87을 획득하였다. 즉, 이 글은 성취기준에 66.3% 정도 도달한 글이라고 말할 수 있다.

내용의 측면에서 보자면 성취기준 H1(**다양한 내용 생성 전략을 활용하여 글쓰기 상황에 맞게 글을 쓰는데 필요한 내용을 생성할 수 있다.**)과 관련하여 영화의 소개 및 영화에서 주목할 점 등 영화와 관련된 중요 정보를 수집하여 재구성하였으나 영화에 대한 구체적 정보의 부족이 한계로 지적되었다. 성취기준 H2(**쓰기 과제의 요구나 조건을 고려하여 글을 쓰는데 필요한 내용을 선정할 수 있다.**)

〈그림 4-9〉 고등학교 설명문 성취 수준 '중' 예시문

성취 수준	쓰기 능력 요인			총점 평균	표준편차	모평균
	내용	조직	표현			
중	10.93	12.67	8.27	31.87	6.99	26.40≤m≤31.42

제목: 영화 '광해'

 사람들에게 우리나라의 역대 왕들 중에서 폭군이었던 왕이 누구였냐고 물으면 대부분 연산군이나 광해군을 대답한다. 그중 나는 역사기록상 악랄하였던 광해군을 다른 시각으로 바라본 영화 '광해'에 대해 설명하고자 한다. 영화 '광해'는 신하들로부터 목숨의 위협을 받았던 광해군이 자신과 똑같은 얼굴을 한 사람을 찾아 잠시 동안 바뀌치기를 한 내용을 다루고 있다. 처음에 이 영화를 예고편을 통해 접하게 되었는데, 평소에도 역사에 관심이 많았던 나는 광해군을 다룬 사극 영화가 나온다는 말에 예고편을 보자마자 영화를 보기로 마음을 먹었다. 영화는 내 기대 이상이었다.
 영화 '광해'에서 주목해서 보아야 할점은 첫번째로 주연배우 이병헌의 1인2역 연기이다. 영화 내용에서 진짜 광해와 가짜 광해가 만나는 장면이 있는데 그 장면은 혼자 연기한 것이라고는 믿을 수 없을 정도로 리얼했다. 두번째로는 승정원 일기에서 실제로 10일 간의 기록이 사라진 점이다. 영화 내용중에서 류승룡이 없애는 장면이 나왔기 때문에 각색된 내용이지만 진짜일수도 있다는 기대감을 갖게 되었다. 세번째로 영화가 주는 메시지이다. 가짜 왕이 오히려 진짜 왕보다 더 왕답게 변화하는 과정을 통해 우리에게 리더가 가져야 할 요건에 대해 말해주고 있다.
 광해군을 다룬 영화나 드라마는 이 영화 '광해'가 거의 처음인것 같은데 앞으로도 광해군을 다룬 다른 작품이 나와도 밀리지 않을 것 같다는 생각이 들었다. 앞으로도 많은 작품들이 나와 광해군을 재조명했으면 좋겠고 역사에 관심이 있는 사람들이라면 꼭 한번 이 영화 '광해'를 보기를 권한다(HEA-6).

와 관련해서는 영화의 핵심 내용을 간략히 요약하여 독자의 이해를 도왔으나 설명의 초점이 불명확하고 개인적 감상에 해당하는 내용이 많아 설명이라는 글의 목적에 위배되는 측면이 있는 것으로 분석되었다.

 조직의 측면에서는 성취기준 H3(글의 통일성과 응집성을 고려하여 내용을 조직할 수 있다.)와 관련하여 처음, 중간, 끝이 구분되고 화제를 제시한 뒤 영화에 대한 감상을 소개하고 독자에 대한 당부로 마무리한 전개가 장점으로 분석되었다. 그러나 처음과 중간의 구분이 다소 모호하고 1문단의 내용은 부분적으

로 2문단으로 옮겨야 한다는 점에서 문단의 통일성 문제가 제기되었다. 또한 성취기준 H4(**쓰기 과제의 요구나 조건을 고려하여 내용 전개에 적합하게 글을 조직할 수 있다.**)와 관련해서는 설명 대상에 맞는 내용 전개 방법이 뚜렷이 나타나지 않은 점이 문제점으로 분석되었다.

　표현의 측면에서는 성취기준 H5(**글쓰기 상황(목적, 주제나 화제, 예상 독자)에 적합한 어휘와 표현을 선택하여 글을 쓸 수 있다.**)와 관련하여 정보의 속성(영화)에 맞는 다양한 표현 전략이 부족한 점, 영화의 의미를 해석하고 평가하는 표현이 부족한 점이 지적되었다. 또한 설명문의 특성에 맞게 평이한 어휘를 선택하여 표현하였으나 추측형 표현이 많아('광해가 거의 처음인 것 같은데') 정보를 전달하는 설명문의 특성에 적합하지 않은 것으로 지적되었다. 또한 문장의 연결이 자연스럽지 않고 부분적으로 부적절한 어휘가 사용된 점('역사 기록상 가장 악랄했던', '다른 작품이 나와도 밀리지 않을 것 같다는') 역시 문제점으로 분석되었다. 한편, 성취기준 H6(**국어 규범을 정확히 지키며 문장을 쓸 수 있다.**)와 관련해서는 띄어쓰기가 일부 지켜지지 않은 점('보아야 할점은', '내용중에서'), 맞춤법이 틀린 부분(바뀌치기), 접속어 사용이 부족해서 문장이 잘 연결이 되지 않고 단편적인 서술이 나열된 인상을 주는 점 등이 문제점으로 분석되었다.

　위 글은 설명문과 관련한 성취기준 H7(**핵심적인 정보를 선별하고 작문 맥락에 맞게 정보를 조직하여 설명하는 글을 쓴다.**)과 관련하여 줄거리나 역사와의 관계, 배우의 연기 등 영화에 관한 핵심 정보를 선별하여 전달하였으나 정보의 구체성이 떨어지고 주관적 감상에 해당하는 정보를 포함한 점 등이 단점으로 지적되었고 설명문에 맞게 글의 도입, 전개, 정리가 구분되었으나 설명 대상에 대한 설명 방식도 뚜렷하지 않다는 측면에서 성취 수준 '중'에 해당하는 글로 분석되었다.

4) 논설문 분석 결과

　논설문의 경우 성취 수준 '상'과 '중'의 차이가 크지 않은 반면 '중'과 '하'의 차이는 큰 것으로 분석되어 쓰기 수행의 양극화 현상이 두드러졌다. 성취 수준 '상'과 '중'은 쓰기 과제에 대한 배경지식 및 논거의 측면에서 수준 차이가 크지 않았으나 글의 조직이나 논리적인 전개 방식, 근거의 설득력, 근거가 주장을 뒷받침하는 추론 과정의 구체화 정도에서 변별되는 것으로 나타났다. 반면 성취 수준 '하'의 글은 문제에 대한 명확한 주장이 나타나지 않아 논점이 불명확한 것이 가장 큰 문제점으로 분석되었다.

성취 수준 '중'으로 선정된 중학교 논설문 3번 글은 성취 수준 적합도에서 평균 5.11점을 획득하였다. 〈그림 4-10〉은 고등학교 설명문 '중' 수준에 해당하는 글 자료이다.

〈그림 4-10〉에 제시된 글은 2차 분석적 평가 기준의 총점 48점에서 평균 29.68를 획득하여 성취 수준 '중'으로 선정되었다. 총점을 성취기준에 충분히 도달한 상태라고 가정할 때 위 글은 성취기준에 61% 정도 도달한 글이라고 볼 수 있다.

내용의 측면에서 보자면 성취기준 M1(**글 쓰는 목적에 맞게 정보를 수집, 분석, 재구성하여 쓸 내용을 선정하여 글을 쓸 수 있다.**)과 관련하여 논설문이라는 글의 목적에 맞게 주장과 근거가 구분되어 제시되었고 구체적 근거를 제시하려 노력한 점 등이 장점으로 분석되었으나 다양한 근거가 제시되지 못해 설득력이 떨어지는 점은 단점으로 분석되었다. 성취기준 M2(**글쓰기 상황(목적, 주제나 화제, 예상 독자)에 알맞은 내용을 선정하여 글을 쓸 수 있다.**)와 관련해서는 주장이 명확하고 반론에 대비한 부분(둘째 단락)이 논설문의 맥락에 적절한 것으로 나타났으나 부분적으로 논증의 타당성을 확인하기 어려운 부분이 포함된 점 ("물론 우리들만의 거부로 데이가 없어지지는 않는다. 우리가 할 수 있는 것은 이것이 과연 옳은 것인가 생각해보는 것뿐이다.")은 문제점으로 분석되었다.

조직의 측면에서는 성취기준 M3(**글의 통일성과 응집성을 고려하여 내용을 조직할 수 있다.**)와 관련해서 하나의 주제로 통일된 점, 각 문단에서 중심문장을 제시하고 그에 대한 부연 설명이 제시된 점, '물론', '그렇다면', '하지만', '이는', '또한' 등의 다양한 표지를 활용하여 응집성을 높인 점 등이 장점으로 분석되

〈그림 4-10〉 중학교 논설문 성취 수준 '중' 예시문

성취 수준	쓰기 능력 요인			총점 평균	표준편차	모평균
	내용	조직	표현			
중	11.16	10.88	7.64	29.68	7.50	$28.19 \leq m \leq 33.68$

제목: 데이에 구속당한 우리의 주관

커플 데이, 발렌타인데이, 빼빼로데이 등 요즘 수많은 '데이'들이 우리의 달력과 머릿속을 채워가고 있다. 당연하다는듯이 우리의 일상이 되어버린 데이들. 과연 이런 날들이 정말 당연한 것일까? 나는 이러한 데이들에 대해 긍정적인 행동이라고 생각하지 않는다. 그렇다면 도대체 무엇이 우리를 숫자의 함정에 빠지게 했으며 우리는 왜 이렇게 무력할 정도로 데이에 빠져 헤어나오지 못하는 것일까?

물론 '데이'의 존재 자체가 크게 해로운 것은 아니다. 이는 친구 사이의 우정 확인은 물론, 자신의 존재를 확인할 수 있도록 하는 매개체가 되어주기도 하고 또한 기념을 하여 사람들 사이의 친밀감을 더욱 형성할 수 있도록 도와준다. 누군가에게는 각박한 현실에서의 낙일 수도 있고 상품 시장은 많은 이익을 창출할 수 있다. 하지만 우리는 뒤돌아 생각해 볼 필요가 있다. 경각심을 갖고 생각해보자. 우리가 '데이'라는 문화에 구속되어 있지는 않은가? 데이는 사치에 불과하지는 않은가?

'데이' 문화는 많은 장점을 가지고 있지만 그만큼 많은 단점도 가지고 있다. 본래 '데이' 자체는 친목도모라는 거짓명분을 가지고 있는 즉흥적인 상술에 불과하다. 이는 사람들을 매혹하여 의무가 되도록 만든다. 좋아하는 사람에게 꼭 무언가를 주어야 하는 것처럼. 또한 이는 경제적 부담을 초래하기도 하고, 사람들을 소외시키고 잘못된 언어사용으로 한글의 파괴를 유발하기도 한다. 늘어나는 '데이' 때문에 어깨가 무거워지는 사람들이 점점 늘어나고 있는 반면 기업들은 이런 상황을 보며 웃고 있다. 물론 우리들만의 거부로 데이가 없어지지는 않는다. 우리가 할 수 있는 것은 이것이 과연 옳은 것인가 생각해보는 것뿐이다.(MPA-25)

었으나, 3문단에서 본론과 결론의 내용이 명확히 구분되지 못했고 문단마다 '데이 문화'에 대한 부정적 관점이 반복되어 제시됨으로써 글이 단조로워졌다는 점이 문제로 분석되었다. 또한 성취기준 M4(**글쓰기 상황(목적, 주제나 화제, 예상 독자)을 고려하여 내용을 조직하여 글을 쓸 수 있다.**)와 관련해서는 예상 독자가 쉽게 경험할 수 있는 일상의 사례를 서두에 제시함으로써 흥미를 유발한 점, 반론을 제시하고 이를 반박하는 내용을 제시하여 설득력을 높인 점 등이 장점으로 분석되었으나 글 전체에서 '데이 문화'의 문제점을 논하고 있으나

결과적으로 전달하고자 하는 주장의 요지(찬반 의견)가 분명하지 않은 점이 문제점으로 지적되었다.

표현의 측면에서는 성취기준 M5(**글쓰기 상황(목적, 주제나 화제, 예상 독자)에 적합한 어휘와 표현을 선택하여 글을 쓸 수 있다.**)와 관련하여 논제를 구체적으로 소개하고 있으나 주장을 논리적으로 전개하는 표현이 부족하고 논증적인 표현보다는 주관적 감정에 치우친 어휘나 표현이 사용된 점, 주장의 타당성을 약화시키는 표현을 사용하여 전체 논지를 흐린 점(마지막 문장), 문맥상 부적절한 어휘가 사용된 점('매개체', '사치') 등이 문제점으로 분석되었다. 또한 성취기준 M6(**문법에 알맞은 자연스러운 문장을 쓸 수 있다.**)와 관련해서는 문장 간의 연결이 부자연스러워 효과적인 의미 전달이 되지 않았으며(셋째 문단의 첫 번째 문장) 띄어쓰기의 오류(당연하다는듯이) 등이 분석되었다.

전반적으로 성취기준 M9(**의견의 차이가 드러나는 문제에 대해 타당한 근거를 들어 주장하는 글을 쓴다.**)과 관련하여 이 글은 주장에 대한 구체적 근거를 사용하고자 했다는 점에서 논설문의 핵심 성취 요소를 포함하였으나 그 주장이 분명하지 않아 논증의 타당성이 다소 떨어지고 근거를 뒷받침하는 사례 등이 부족해 설득력이 약화되었다는 점이 한계로 지적되었다.

성취 수준 '중'으로 선정된 고등학교 논설문 7번 글은 성취 수준 적합도에서 평균 5.40점을 획득하였다. 〈그림 4-11〉은 고등학교 논설문 '중' 수준에 해당하는 글 자료이다.

〈그림 4-11〉에 제시된 글은 2차 분석적 평가 기준의 총점 48점에서 평균 32.85점을 획득하였다. 즉, 이 글은 성취기준에 68.4% 정도 도달한 글이라고 말할 수 있다.

내용의 측면에서 보자면 성취기준 H1(**다양한 내용 생성 전략을 활용하여 글쓰기 상황에 맞게 글을 쓰는데 필요한 내용을 생성할 수 있다.**)과 관련해서는 구체적 통계 자료를 인용하여 주제를 효과적으로 뒷받침하고 있다. 그러나 '몇몇의 제품들'과 같은 표현에서 드러나듯이 근거의 구체성이 약해 신뢰성이 부족한 면을 보이기도 했다. 성취기준 H2(**쓰기 과제의 요구나 조건을 고려하여 글을 쓰는**

〈그림 4-11〉 고등학교 논설문 성취 수준 '중' 예시문

성취 수준	쓰기 능력 요인			총점 평균	표준편차	모평균
	내용	조직	표현			
중	12.15	11.90	8.80	32.85	7.64	$31.34 \leq m \leq 36.35$

제목: 동물 실험을 금지해야 한다.

최근에 동물 실험을 이용하여 의학, 화장품 등의 분야에서 제품이나 백신의 안정성을 확인하고 있다. 과거에 이런 실험 덕분에 치료가 어려웠던 질병의 치료법을 개발하거나 일상 생활에 흔히 쓰이고 인체에 직접 영향을 끼치는 화장품 등의 안정성이 올라간 것은 사실이다.

하지만 동물 실험을 거친 몇몇의 제품들에서 인류에게 악영향을 끼치는 물질이 발견되어 전세계적으로 10만명의 환자가 발생하였고, 이 제품을 사용한 사람들의 15%는 건강상에 매우 심각한 부작용을 앓았다고 한다.

위의 예에서 처럼 동물 실험을 거치고도 문제가 발생한다면 동물 실험은 신뢰도가 있다고 할 수 없다. 최근에는 이 실험을 대체하여 효과는 비슷하지만 살아있는 생물을 사용할 필요 없는 진보적인 실험을 이용하고 있다. 예를 들자면 '인공피부'를 이용하는 실험이 있는데 이것은 사람 피부에 배아를 추출하여 그와 유사한 피부를 만들어 실험하는 것이다. 이 실험은 최근에 사용 빈도가 증가하고 있으며, 어떠한 부작용 사례도 보고되지 않은 안정성과 신뢰성을 갖춘 실험이다.

그리고 동물 실험에는 많은 윤리적인 문제가 존재한다. 물론 동물이 인간보다 열등한 존재이기는 하나, 인간이 마음대로 다룰 수 있는 장난감같은 물건도 아니다. 그렇기 때문에 동물에게도 고통 받지 않을 권리가 있다.

그럼에도 불구하고 동물 실험에서는 인간이 보기에도 매우 잔인한 행위를 자행하는 것을 심심치않게 볼 수 있다. 동물의 양쪽 귀에다가 쇠붙이를 꽂아 전류를 흘려보내거나 산채로 배를 가르는 등 잔악한 실험을 통해 동물의 기본적인 권리마저 묵살하였다. 만약 실험 대상이 인간이었다면 매우 큰 파장을 불러 일으켜 엄청난 사회적 문제가 되었겠지만 단지 동물이라는 이유로 이런 비윤리적인 실험을 너무 가볍게 치부하는 것이 아닐까 생각해본다. 우리는 이 문제에 대해 좀더 깊이 생각을 하여 좀더 바람직한 방향으로 나아가야 할 것이다.(HPM-25)

데 필요한 내용을 선정할 수 있다.)와 관련해서는 논제인 '동물실험'과 연관된 하위 내용 두 가지(실험의 신뢰성과 윤리성)를 적절히 생성하였으며 다양한 예시를 통해 구체적으로 주장을 입증하려 했다는 점이 분석되었다. 그러나 일부

통계자료의 출처가 불명확하고 주장과 근거가 명확히 구분되지 않는다는 점이 문제점으로 나타났다.

조직의 측면에서는 성취기준 H3(**글의 통일성과 응집성을 고려하여 내용을 조직할 수 있다.**)와 관련해서 하나의 주제로 통일되었고 '그럼에도 불구하고', '그리고' 같은 표지를 통해 문단 간의 관계를 분명히 한 점 등이 장점으로 분석되었다. 그러나 1, 2문단의 구분이 부적절하며 서론과 본론의 구분이 명확하지 않은 점, 결론에서 내용의 요약, 정리가 잘 되지 않은 점이 문제로 지적되었다. 또한 성취기준 H4(**쓰기 과제의 요구나 조건을 고려하여 내용 전개에 적합하게 글을 조직할 수 있다.**)와 관련해서는 4문단이 가장 문제로 부각되었다. 4문단은 도입부 같은 내용으로 결론의 역할을 하지 못하고 글의 논리적 흐름을 방해하고 있다.

표현의 측면에서는 성취기준 H5(**글쓰기 상황(목적, 주제나 화제, 예상 독자)에 적합한 어휘와 표현을 선택하여 글을 쓸 수 있다.**)와 관련하여 주장을 뒷받침하는 근거의 진술이 주장과 논리적으로 연결되지 않아 전체적으로 어수선한 문장이 되었고 다양한 예시가 오히려 독자의 흥미를 반감시키는 역효과를 낳기도 하였다. 또한 문맥상 어울리지 않는 어휘('자행하는 것', '잔악한 실험')가 문제점으로 지적되었다. 한편, 성취기준 H6(**국어 규범을 정확히 지키며 문장을 쓸 수 있다.**)와 관련해서는 맞춤법과 띄어쓰기가 대체로 양호한 것으로 나타났다.

위 글은 논설문과 관련한 성취기준 H8(**작문 맥락에 대한 분석을 바탕으로 여러 가지 타당한 근거를 제시하여 주장하는 글을 쓴다.**)과 관련하여 '동물 실험'이라는 주제에 대한 구체적이고 타당한 근거(실험의 안정성 및 신뢰성, 윤리성)를 제시하여 필자의 입장을 적절히 제시하고 있다. 그러나 구체적 근거들의 출처를 밝히지 않음으로써 근거의 신뢰성이 떨어지며 주장이 명확하게 제시되지 않았다는 측면에서 성취 수준 '중'에 해당하는 글로 분석되었다.

5) 서사문 분석 결과

서사문의 경우 자신의 삶에 대한 성찰의 내용이 포함되었는지, 독자에게 공감과 감동을 불러일으켰는지 등이 핵심적인 성취 요소로 기능했다. 중학생 글과 고등학생 글은 차이점은 사건의 구체성과 구성에 있었다. 중학생들의 글이 단편적이고 나열식이라면 고등학생의 글은 구체적인 경험이 나타났으며 사건 간의 논리적 관계가 존재했다. 성취 수준 '상'에 해당하는 글들이 과제에 적절한 경험들을 짜임새 있게 제시했다면 성취 수준 '중' 이하의 글들은 서사가 산만하거나 핵심이 분명히 드러나지 않는 서사문을 작성했다.

중학교 서사문에서 성취 수준 '중'으로 선정된 4번 글은 성취 수준 적합도에서 평균 4.80점을 획득하였다. 〈그림 4-12〉는 중학교 서사문 '중' 수준에 해당하는 글 자료이다.

〈그림 4-12〉에 제시된 글은 2차 분석적 평가 기준의 총점 48점에서 평균 33.80를 획득하여 성취 수준 '중'으로 선정되었다. 총점을 성취기준에 충분히 도달한 상태라고 가정할 때 위 글은 성취기준에 70.4% 정도 도달한 글이라고 볼 수 있다.

내용의 측면에서 보자면 성취기준 M1(**글 쓰는 목적에 맞게 정보를 수집, 분석, 재구성하여 쓸 내용을 선정하여 글을 쓸 수 있다.**)과 관련하여 자신의 출생과 가족 관계를 중심으로 삶의 중요 경험을 시간 순서로 배열하였다. 그러나 여러 상황들이 제시될 뿐 구체적 일화가 부족하여 서사문으로서의 흥미가 떨어진다는 점이 단점으로 분석되었다. 성취기준 M2(**글쓰기 상황(목적, 주제나 화제, 예상 독자)에 알맞은 내용을 선정하여 글을 쓸 수 있다.**)와 관련해서는 가정환경을 솔직히 드러냄으로써 이야기의 진실성을 살린 점, 세부 내용과 전체 내용이 서로 잘 부합한다는 점, 자서전이라는 글 유형에 맞게 전체 이야기를 자기 성찰의 계기로 수렴한 점이 높이 평가되었다. 그러나 독자의 공감을 얻을 만큼의 서사성이 부족한 점, 서사보다는 필자의 생각이 글의 핵심을 이루고 있는 점 등이 글쓰기 상황에 잘 부합하지 않는 면으로 분석되었다.

조직의 측면에서는 성취기준 M3(**글의 통일성과 응집성을 고려하여 내용을 조직할 수 있다.**)와 관련해서는 가족 구성, 부모와의 관계 등 화제별로 내용이 전개되어 삶에 대한 성찰이라는 주제를 구성한 점이 부각되었으나 문단 구분이 전혀 이루어지지 않아 글의 흐름을 명확히 파악하기 어려운 점은 한계로 지적되었다. 또한 성취기준 M4(글쓰기 상황(목적, 주제나 화제, 예상 독자)을 고려하여 내용을 조직하여 글을 쓸 수 있다.)와 관련해서는 필자가 '싹싹하게 행동'한 후 나타난 변화가 중요하나 이에 대한 설명이 부족하여 전반적으로 글의 균형이 맞지 않은 점이 문제로 지적되었다. 그러나 필자의 경험, 그로 인한 깨달음을 각각 글의 앞과 뒤쪽에 배치하여 주제를 선명하게 드러낸 점은 장점으로 분석되었다.

〈그림 4-12〉 중학교 서사문 성취 수준 '중' 예시문

성취 수준	쓰기 능력 요인			총점 평균	표준편차	모평균
	내용	조직	표현			
중	13.10	11.05	9.65	33.80	3.93	32.08≤m≤35.52

제목: 나를 성장시킨 환경

　나는 4대가 함께 사는 유교적이고 보수적인 가정에서 태어났다. 나의 출생은 그렇게 축복받지 못한 것 같다. 증조할머니와 조부모님께서는 첫째가 딸이었던 터라, 둘째는 아들을 바라셨는데 여자인 내가 태어나니 많이 실망하셨다고 한다. 때문에 어렸을 적 사랑을 많이 받지 못하고 있다는 생각을 자주 했다. 그래서 눈치도 더 보고, 더 싹싹하게 굴 수밖에 없었다. 심부름도 나서서하고, 어른들이 무슨 일을 하고 계시면 옆에 가서 도울 거리를 찾기도 했다. 그것은 아마 내 나름의 생존방식이었던 것 같다. 한때는 '난 왜 이런 집에서 태어났을까' 하고 원망도 했었다. 노력해봤자 사랑은 다음에 태어날 남동생이 다 받을 거라고 생각했기 때문이다. 그래서 가끔씩은 좀 우울하게 지내기도 하였다. 하지만 부모님은 나에게 많은 관심과 사랑을 주셨고, 내가 싹싹하게 행동하면 할수록 가족들 모두가 나를 더 좋아하게 되었다. 시간이 많이 흐른 지금은 내 상황으로부터 얻은 게 많다는 생각이 든다. 많은 어른들 사이에서 자라 예의와 예절도 많이 배웠고, 싹싹하고 친절한 행동들도 몸에 배어서 이제는 누군가에게 잘 보이기 위해 하는 것이 아닌, 진심으로 누군가를 위하는 마음에서 하게 되었다. 그런 행동들이 습관이 되어서 그런지 친구들도 나를 잘 따르고 고민이나 어려운 일이 있을때마다 나를 잘 찾게 되었다. 눈치를 본다는 것도 부정적으로만 생각할 것이 아니다. 좋게 생각하면 남에게 피해주지 않고 남의 기분을 잘 파악하여 행동할 수 있게 된다는 것을 의미한다. 어렸을 적엔 괜한 피해의식으로 부정적으로 생각하는 경향이 있었는데, 이젠 그런 것을 버리고 긍정적인 마인드를 가지게 되었다.(MDA-38)

표현의 측면에서는 성취기준 M5(**글쓰기 상황(목적, 주제나 화제, 예상 독자)에 적합한 어휘와 표현을 선택하여 글을 쓸 수 있다.**)와 관련하여 출생, 환경, 성장 과정 등에서 느낀 생각들을 시간 순서에 따라 자연스럽게 서술하였으나 독자의 흥미를 유발할 만한 참신한 표현이 부재하며 서사문에 적합하지 않은 표현 전략을 사용한 점이 문제점으로 분석되었다. 또한 어휘의 사용이 다양하지 못해 ('싹싹하게'와 같은 단어의 반복) 단조로움을 느끼게 한다는 점도 문제로 지적되었다. 또한 성취기준 M6(**문법에 알맞은 자연스러운 문장을 쓸 수 있다.**)와 관련해서는 전반적으로 맞춤법이 양호하나 간혹 띄어쓰기가 틀린 부분이 발견되었다('있을때마다').

중학교 서사문 성취 수준 '중'에 해당하는 위 글은 서사문과 관련한 성취기준 H8(**자신의 삶을 성찰하고 계획하는 글을 쓴다.**)과 관련하여 자신의 성장과정을 되돌아보고 이를 통해 삶의 방향을 설정했다는 측면에서 매우 적합한 글로 분석되었다. 그러나 서사문이 기본적으로 지녀야 할 흥미의 요소나 구체성이 떨어진다는 점에서 성취 수준 '중'으로 분석되었다.

성취 수준 '중'으로 선정된 고등학교 서사문 8번 글은 성취 수준 적합도에서 평균 5.80점을 획득하였다. 〈그림 4-13〉은 고등학교 서사문 '중' 수준에 해당하는 글 자료이다.

〈그림 4-13〉에 제시된 글은 2차 분석적 평가 기준의 총점 48점에서 평균 30.31점을 획득하였다. 즉, 이 글은 성취기준에 63.1% 정도 도달한 글이라고 말할 수 있다.

내용의 측면에서 보자면 성취기준 H1(**다양한 내용 생성 전략을 활용하여 글쓰기 상황에 맞게 글을 쓰는데 필요한 내용을 생성할 수 있다.**)과 관련해서는 '위기극복'이라는 글의 주제와 맞게 자신의 경험을 선정하여 이를 시간 순서로 배열한 점이 분석되었다. 또한 성취기준 H2(**쓰기 과제의 요구나 조건을 고려하여 글을 쓰는데 필요한 내용을 선정할 수 있다.**)와 관련해서는 쓰기 과제와 일치하는 내용(가정의 경제적 위기)을 선정하여 과제 적합도가 높고 인물의 내면 심리를 잘 묘사한 점이 높이 평가되었으나 사건의 구체성이 다소 떨어져 독자의 흥

〈그림 4-13〉 고등학교 서사문 성취 수준 '중' 예시문

성취 수준	쓰기 능력 요인			총점 평균	표준편차	모평균
	내용	조직	표현			
중	12.25	10.19	7.88	30.31	7.41	28.16≤m≤32.40

제목: 구름 뒤의 태양

 18살이라는 나이는 인생 전체에서 보면 어린 나이이지만, 다르게보면 사회생활이 얼마남지 않은 꽤 오랜시간을 보내온 것을 의미한다. 나는 살면서 크고작은 일들을 겪어왔고 또 더 큰일들이 내 인생에서 닥쳐올것이라고 생각해왔다. 한번은 남자 친구와 헤어져 알 수 없는 감정들을 느끼던 때도 있었다. 그때만해도 삶을 평탄하게 살아왔던 나였기에 세상에서 그렇게 슬픈 일은 없을거라고 느꼈다. 하지만 얼마간의 시간이 흐르고 그 아이와 다시 좋은 친구가 되었다. 그때 나는 잃는게 있으면 얻는게 있고 어두운 시간이 지나면 밝은 빛을 볼 수 있다는 것을 처음으로 느꼈다. 하지만 내가 감당할 수 없는 큰 일이 다가오기도 했다.
 아버지께서 많이 아프셨다. 갑자기 다가온 우리 가정의 위기였다. 아버지의 건강을 더 좋게하기 위해서는 당연히 큰 돈이 필요했고, 아버지의 건강만 걱정하던 나는 어린나이에 경제적인 부분까지 너무 많은 것을 알아버렸다. 어린 나이의 나로써는 갑자기 병을 앓으시게 된 아버지가 밉기도 했고 돈에 관한 걱정만 하는 어머니가 원망스럽기도 했다. 하나뿐인 오빠는 오히려 나에게 기대려는듯했다. 그때 나는 정말 많이 혼란스러웠고 시간을 되돌리고 싶지만 그럴 수 없는 현실이 너무나 싫었다. 하지만 몇달정도 시간이 지나고 아버지가 병을 어느정도 이겨내시더니 다시 누구보다도 건강한 한 가정의 가장이 되어주셨다. '그때의 행복감을 다시 느낄 수 있을까'라는 생각이 들 정도로 너무나 좋았다. 나중에서야 어머니께서 말씀해주신 그때의 상황을 비로소 이해할 수 있었고 웃으며 흘려보낼 수 있었다. 사실 나보다 더 힘겨운 시간을 보내왔고 보내고 있을 사람들이 정말 많을 것이다. 하지만 내가 살아온 인생의 안좋은 시간들을 겪으며 느낀것은 항상 그 시간은 언젠가 다 지나갈 시간들이라는 것이다. 책에서 이런 구절을 읽은적이 있다. '인생의 폭풍이 닥칠 때 우리가 명심해야할 것은 그 폭풍이 아무리 맹렬할지라도 그것은 일시적이며 구름뒤에는 태양이 항상 빛나고 있다는 사실이다' 나는 아직도 작고도 큰 일을 겪을때 이 구절을 되새기며 잘 헤쳐나가고 있고 앞으로도 그럴것이다. 더 나아가 그 힘겨운 시간들 속에서 남을 돕는 일이 정말 힘들다는 것을 느꼈다. 아마 그때 도와주신분들은 평생 잊지 못할것이다. 앞으로는 남을 도우고 남에게 베풀수있는 사람이 되기 위해서 노력하며 살아갈 예정이다.(HDL-2)

미를 제대로 유발하지 못했으며 전체적으로 다소 진부한 내용이 한계로 지적되었다.
 조직의 측면에서는 성취기준 H3(글의 통일성과 응집성을 고려하여 내용을 조직

할 수 있다.)와 관련하여 글의 통일성을 해치는 문장들이 지적되었다. 첫째 문단에서 '한번은 남자 친구와 헤어져 알 수 없는 감정들을 느끼던 때도 있었다.'와 같은 부분이나 마지막 두 문장의 경우 글 전체의 주제와 밀접한 연관성이 없어 군더더기처럼 느껴질 가능성이 높은 것으로 분석되었다. 또한 성취기준 H4(쓰기 과제의 요구나 조건을 고려하여 내용 전개에 적합하게 글을 조직할 수 있다.)와 관련해서는 남자친구와의 관계, 경제적 위기와 같은 위기의 경험을 순차적으로 배열한 점이 적절한 것으로 분석되었다. 반면 도입부와 마무리의 연계가 다소 미흡하여 전반적으로 이야기의 짜임새가 떨어진다는 측면이 있음이 분석되었다.

표현의 측면에서는 성취기준 H5(글쓰기 상황(목적, 주제나 화제, 예상 독자)에 적합한 어휘와 표현을 선택하여 글을 쓸 수 있다.)와 관련하여 경험을 통한 성장과 자신의 생각이 대체로 무난하게 표현된 것으로 분석되었다. 특히 자신의 생각을 효과적으로 드러내기 위해 사용한 인용은 적절한 표현으로 평가되었다. 그러나 사용된 표현들이 평범하고 관습적인 느낌을 주며('어두운 시간이 지나면 밝은 빛을 볼 수 있다', '남에게 베풀 수 있는 사람이 되기 위해서'), 구체적이고 세부적인 상황 묘사가 없어 독자의 흥미를 유발하지 않는다는 점, 생각이나 감정의 노출이 앞서 구체적 상황이 그려지지 않는다는 점은 단점으로 분석되었다. 한편, 성취기준 H6(국어 규범을 정확히 지키며 문장을 쓸 수 있다.)와 관련해서는 대체로 무난하나 일부 접속어의 생략으로 내용 연결이 어색한 부분('내가 감당할 수 없는 큰 일이 다가오기도 했다. 아버지가 많이 아프셨다.'), 문법에 맞지 않는 표현('나로써는'), 띄어쓰기의 오류('기대려는듯했다')가 발견되었다.

위 글은 서사문과 관련한 성취기준 H9(자신의 삶과 경험을 바탕으로 독자에게 감동이나 즐거움을 주는 글을 쓴다.)과 관련하여 자신의 성장 과정에서 겪은 어려움과 해결 과정을 진솔하게 드러냄으로써 독자의 공감을 불러일으켰다고 평가해 볼 수 있다. 그러나 서사문이 지녀야 할 이야기의 구체성이나 흥미의 요소가 부족하고 다소 진부한 내용 전개로 인해 성취기준 '중'으로 분석되었다.

나. 학생 예시문의 제시 방식 설정

학생 예시문의 선정과 질적 분석까지 진행되었다면 이렇게 확정된 학생 예시문을 어떤 방식으로 제시할 것인지에 대한 논의가 요구된다. 학생 예시문의 제시 방식에 따라 실제 활용 가능성은 매우 달라질 수 있기 때문이다. 학생 예시문의 제시는 쓰기 교수·학습 및 평가의 과정을 고려하여 이루어져야 한다. 이 연구에서는 효과적인 학생 예시문 제시 방식을 마련하기 위해 국외의 학생 예시문 제시 방식을 분석하고 전문가 협의를 통해 예시문 제시에서 요구되는 핵심 요소를 선별하고자 한다.

아직까지 국내에서는 국가 수준에서 학생들의 쓰기 결과를 예시하는 경우를 찾기 어렵다. 그러나 국외, 특히 영미권 국가들에서는 오래전부터 교육과정 및 성취기준과 관련하여 다양한 방식으로 예시문을 제시하여 학생들의 쓰기 교육을 촉진해 오고 있다. 이러한 상황은 본고 2장에서 대략적으로 분석한바, 여기서는 예시문의 제시 방식에 초점을 맞추어 살펴보고자 한다.

앞서 살펴본 CCSS(2010)의 학생 예시문이나 호주의 자국어 성취기준과 같은 국가 차원의 교육과정 예시문 자료뿐만 아니라 미국이나 캐나다의 주 교육국(Department of Education)에서는 웹 사이트를 통해 다양한 수준의 학생 예시문을 제시하고 있다. 여기서는 학생 예시문을 모범적으로 제시하고 있는 미국 버몬트 주 교육부(Agency of Education)의 학생 예시문 사례를 통해 예시문 제시 방식이 갖추어야 할 요건을 살펴보고 캐나다 알버타 주의 예시문 웹 사이트를 중심으로 예시문 제시가 나가야 할 방향에 대해 고찰해 보도록 한다.

버몬트 주에서는 주 차원의 쓰기 성취기준(Vermont New Standards for Writing)을 별도로 설정하고 이를 구체화 한 학생 예시문 자료집을 보급하고 있다. 자료집은 학령(Pre K-4~Grade 12) 및 글 유형별로 제시되어 있으며 각 자료집에는 보통 특정 학년 학생들이 작성한 특정 유형(설명문, 논설문, 서사문)의 글이 10편 내외씩 수록되어 있다. 자료집의 구성을 살펴보면 우선 글 유형별 성취기준을 제시하고 이 성취기준에 따른 글 유형별 평가 기준을 5점 척도로 제시하고 있다. 그다음부터 학생들의 글이 제시되어 있는데 모든 글들은 동일한 방식으로 제시되어 있다. 예시문은 학생의 글, 주목해야 할 글의 부분, 핵심적인 성취 요소, 글에 대한 논평으로 구성되어 있다. 〈그림 4-14〉는 버몬트 주 학생 예시문의 제시 사례이다.

〈그림 4-14〉는 버몬트 주 쓰기 성취기준에 따른 10학년 예시문(서사문) 자료를 제시한 것이다.[15] 학생의 글은 가독성을 높이기 위해 워드프로세서로 작성하여 제시하였으며 글의 중간 중간에 핵심적인 쓰기 성취 요소를 찾아 표시하고 오른쪽에 세부 성취 요소를 메모하였다. 끝으로 예시문이 획득한 총점을 효과성(Effectiveness)과 관습(Convention)으로 구분하여 제시하고 각각의 점수 근거에 해당하는 논평을 제시하고 있다. 이와 같은 예시문 제시 방식은 II-2에서 살펴본 다른 학생 예시문 자료에서도 크게 다르지 않다. 즉, 대부분의 학생 예시문 자료는 다음의 요소들을 포함하여 제시되고 있다.

① 쓰기 성취기준(혹은 쓰기 교육의 목표)
② 쓰기 성취기준에 근거한 평가 기준
③ 학생의 글(예시문)
④ 예시문에 대한 평가 결과
⑤ 쓰기 성취기준과 관련된 학생 글의 핵심 특질
⑥ 글에 대한 논평

이 연구에서는 위의 요소를 포함하여 학생 예시문 제시에 포함되어야 할 세부 요소와 관련하여 전문가 설문을 실시하였다. 작문 교육 박사과정 이상의 전문가 3인과 경력 10년 이상의 국어교사 3인을 대상으로 자유 반응식 설문을 실시한 결과 모든 전문가들은 ①~⑥의 요소들이 예시문 제시에 포함되어야 한다고 응답하였다. ①~⑥ 이외의 요소로는 '학생 예시문의 활용 방법 안내', '학생 예시문의 쓰기 상황(맥락)에 대한 소개', '성취 수준별 쓰기 특질의 차이', '학생 예시문 선정 과정의 간략한 소개' 등이 있었다. 이러한 요소

---

15 출처: http://education.vermont.gov

> 1.9 Narrative
> **Effectiveness = 5**
> **Conventions = 3**

"Yoooooou got me feelin', eeeeemotiooons, deeper than I've ever before…"

She sang with enthusiasm, making her way down the path to her treehouse. The previous year when she was four, her dad helped her "discover" it. It had become a very common play place. Tugging her quilt close behind, it caught on a shrub on the bank.

"Aw, come on." She whined, yanked again and was on her way.

Oh, oh, you got me feelin', emotions…" At the base of the tree she placed her foot on top of the 2 x 4, laid up against it, and grabbed a handful of the hammock hanging from the vast branches. Pulling herself up one hand over the other, she made her way to the "base" of the treehouse that overlooked the pond. A swing that resembled that of a trapeze hung from one of the large branches to her left, gently swaying in the breeze. The leaves were florescent green after last night's rain, creating a giant green umbrella overtop the maple.

"Oh ith real nithe out, perfect day for being in my tree! And Mama thaid ith only eleven o'clock." Finally at her sanctuary, she began to sing Mariah Carey again, just as loud.

"I feel good, I feel nice, I've never been tho thatisfied. I'm in love, I', alive - man if I can thing like her now just imagine when I'm grown up! They would think I'm the betht, and I'd be tho famouth everyone'd know me.

'And ladeeth and gentlemen, Natalie!'" she cried, thanking her imaginary audience out beyond the pond. After a bow she tucked her head down a bit, batted her little eyes and flashed a radiant smile.

"Thank you, thank you. I'm tho glad you came to hear me thing!" she began modestly. "I just thing for you cuz ith what I love to do!" she paused for applause, and began again.

"Natalie!" a distant voice called. "Leelee! Your lunch is ready, Sweetie!"

Context established by setting the action in a clearly defined time (life of a 5-year-old) and place (treehouse)

Precise and sensory language and concrete details create a believable world

Effective use of dialect develops character and advances action

Effectiveness Score 5

> *This narrative has all the qualities of a Score Point 4. It sets the context and maintains a clear topic and focus. It presents the main character effectively through action, behavior, and dialogue. Relevant, concrete details enable the reader to imagine the world of the story. It is organized in an effective way, taking the reader through an engaging beginning, a series of events, and a satisfying ending. In addition, it reveals a strong individual voice, uses a variety of sentence structures purposefully, and shows insight into the character, all Score Point 5 qualities.*

Conventions Score 3

> *This writing demonstrates overall control of grade-level conventions.*

들 역시 학생 예시문의 타당성과 신뢰성을 확보하고 실제 학생 예시문의 활용을 촉진하기 위한 방안으로 적절하다고 판단하였다.

전문가 설문의 결과에 따라 이 연구에서는 다음의 체계로 학생 예시문을 제시하고자 한다. 〈표 4-36〉은 학생 예시문 제시 방식을 체계화한 것이다.

〈표 4-36〉 학생 예시문 자료집 제시 방식의 체계

차례	세부 내용
쓰기 성취기준 및 성취 수준	• 학생 예시문 선정을 위한 쓰기 성취기준 안내 • 쓰기 성취기준 및 성취 수준
평가 기준 및 쓰기 과제	• 쓰기 성취기준에 근거한 글 유형별 평가 기준 안내 • 학년 및 글 유형에 따른 쓰기 과제
학생 예시문	• 쓰기의 맥락 • 학생의 글(예시문) • 성취기준과 관련하여 핵심적인 글의 특성 표시(밑줄) • 핵심적인 글의 특성이 보여주는 성취요소 제시
평가 결과	• 모평균 및 세부 영역별 평균 점수 • 글의 성취 수준
논평	• 성취 수준별 글의 특성에 대한 논평
활용 방법	• 쓰기 교수·학습 과정에서의 활용 방법 • 쓰기 평가 과정에서의 활용 방법

〈표 4-36〉은 이 연구를 통해 제공할 학생 예시문의 제시 방식을 체계화한 것이다. 우선 학생 예시문 선정을 위해 기존의 쓰기 성취기준을 선별한 핵심적인 성취기준 구성의 필요성 및 그 과정을 안내하고 이 연구에서 활용한 쓰기 성취기준 및 성취 수준을 소개하고자 한다. 다음으로 쓰기 성취기준을 토대로 작성한 분석적 평가 기준(2차), 학생들에게 부여된 쓰기 과제를 제시하고 학생의 글을 제시한다. 학생 예시문은 예시문이 작성된 쓰기의 맥락(시공간적 맥락 및 쓰기 과제의 성격, 쓰기의 시간 등), 쓰기 성취기준과 관련하여 글

에 나타난 핵심적인 특성을 밑줄을 통해 표시하고 이에 대한 간략한 메모(성취요소)를 글에 드러내고자 한다.

다음으로 평가 결과를 제시한다. 평가 결과는 글을 읽는 시점부터 볼 수 있도록 글 앞에 나타내고자 한다. 만약 평가 결과를 활용하여 쓰기 지도를 할 때에는 세부 평가 결과를 삭제하고 글을 먼저 보여줄 수도 있을 것이다. 평가 결과는 글의 성취 수준, 모평균, 내용, 조직, 표현의 쓰기 기능별 글의 평균 점수를 제시한다. 다음으로 성취 수준 및 평가 결과에 대한 간략한 논평을 제시하여 평가의 근거를 드러내도록 한다. 논평은 실제 예시문을 활용할 때 초점이 될 수 있을 만한 핵심적인 특질을 중심으로 서술한다. 18편의 성취 수준 예시문을 이와 같은 동일한 방식으로 제시하고 끝으로 예시문의 활용 방법을 소개한다. 예시문의 활용 방법은 쓰기 교수·학습의 측면과 쓰기 평가의 측면으로 구분하여 안내하고자 한다. 이상의 논의를 토대로 학생 예시문의 제시 방식을 예시하면 〈그림 4-15〉와 같다.

〈그림 4-15〉 학생 예시문의 제시 방식 예시

| 성취 수준 | 쓰기 능력 요인 | | | 총점 평균 | 표준 편차 | 모평균 |
	내용	조직	표현			
상	17.52	17.30	11.39	46.22	2.96	45.01≤m≤47.43

제목: 사람은 어떻게 기억을 할까?

이제 시험기간이 다가온다. 학생들은 배운 것을 열심히 공부하고, 또 이를 암기하려고 노력한다. 그리고 잘 기억이 나지 않아 힘들어하기도 한다. 공부를 하다가 문득 내가 이 내용들을 어떻게 기억하는지 궁금해졌다. 지금부터 사람이 보고 듣고 느낀 것을 어떻게 기억하는지, 그리고 기억력을 높이는 방법에 대해 알아보도록 하자.

기억에 대해 알려면 먼저 뇌에 대해 알아야 한다. 감각 기관에서 받아들인 자극은 고속도로처럼 몸 전체에 퍼져있는 신경계를 거친다. 그리고 뇌와 척수로 전달되는 것이다. 그래서 기억은 뇌 중에서 대뇌 피질에 저장된다.

M1: 예상 독자를 고려하여 주제에 관한 풍부한 정보를 수집하고 이를 기억의 과정과 기억력을 높이는 방법이라는 두 가지 내용으로 재구성하였다.

사람의 기억은 3가지 단계를 거쳐야 한다. 첫째는 '입력'단계이다. 입력은 현재 체험하고 있는 전부의 것이 남는 게 아니라, 특별히 인상적이었던 것만이 기억된다. 입력은 외우려고 노력해서 입력되는 경우와 나도 모르는 사이 이루어지는 것이 있다. 영어 단어나 수학 공식을 열심히 암기하는 것과 굳이 노력하지 않아도 텔레비전의 CM송을 흥얼거리는 것이 그 예이다.

두번째 단계는 '저장'이다. 입력된 것이 필요할 때까지 또는 어떤 기회에 의식의 표면에 떠오를 때까지 축적되는 것을 말한다. 사람은 기억을 폴더처럼 분류해서 저장한다. 그런데 사람마다 이 폴더를 만드는 방법이 제각각이다. 비가 오는데 우산이 없어서 편의점에 갔다가 아르바이트 하는 여자를 보고 한눈에 반했다고 하자. 이 사건을 비가 오는날마다 벌어지는 사건 폴더에 넣는 사람이 있는가 하면, 우연히 만나 반한 여자 폴더에 넣는 사람도 있을 것이다. 이처럼 같은 기억이라도 사람마다 다른 형태로 저장된다.

마지막 단계는 '인출'이다. 인출은 보유된 과거의 경험이 어떤 기회에 생각나는 것을 가리킨다. 인출은 적극적으로 생각해내려고 해서 기억나는 경우와 의도 없이 갑자기 떠오르는 경우가 있다. 앞에서 든 예로 '비오는 날 있었던 즐거운 일' 폴더에 넣은 사람은 '비가 오는 날 '에 또 다른 재미있는 일이 벌어질 때 이 일을 함께 기억해 낼 것이다. 이에 반해 '우연한 만남'이라는 폴더에 넣은 사람이라면 비가 오는 날과 상관없이 우연히 말 걸기를 시도해서 잘 될 때마다 그날의 에피소드를 떠올릴 것이다. 그렇다면 기억력을 높이는 방법에는 무엇이 있을까? 먼저 잘 자고 휴식을 적절히 취해줘야 한다. 보통 낮에 축적한 기억은 수면 중에 중요한 기억만 장기기억으로 분류되어 저장된다. 그리고 3번 정도 반복해서 외워야 한다. 기억력에 도움이 되는 음식도 있다. 레몬, 녹차, 두부, 생선 등이 그것이다. 또한 외운 것이 있다면 남에게 설명해봐야 한다. 그 과정을 통해 배운 내용을 자신의 것으로 정리 할 수 있다.

지금까지 기억의 과정과 기억력을 높이는 방법에 대해 알아보았다. 효과적인 암기와 기억을 위해서는 입력-저장-인출의 과정을 알맞게 거쳐야 한다. 우리는 앞으로 수많은 일들을 기억하고 암기하고 생각해야 한다. 그럴 때마다 앞에서 살펴보았던 방법을 사용하고 나만의 암기법을 만들어 이를 적극적으로 활용해야 할 것이다.

M3: 첫째, 둘째와 같은 표지를 통해 글의 응집성을 강화하였다. '기억의 과정과 방법'이라는 주제를 중심으로 통일성 있게 글을 조직하였다.

M2: 예상 독자를 고려하여 '비오는 날의 만남'이라는 친근한 비유를 통해 어려운 개념을 전달하였다.

M6: 짧고 간단한 문장, 쉬우면서도 보편적인 예를 통해 알기 쉽게 정보를 전달하고 있다.

M4: 독자에게 글의 핵심 내용을 순차적으로 안내함으로써 정보전달의 효과를 높이고 있다.

• 윗글은 총점 46.22점으로 중학생 설명문에서 최고점을 받았다. 내용, 조직, 표현의 모든 요인에서 성취 수준 '상'의 평가를 받았다. 윗글은 예상 독자인 동료 학생들을 고려하여 '기억의 과정', '기억력을 높이는 방법'이라는 유용한 정보를 전달한 글이다. 특히 '컴퓨터 폴더'

나 '비오는 날의 만남'과 같은 익숙한 예를 통해 어려운 개념을 효과적으로 전달하였다. 조직적인 측면에서는 핵심적인 내용을 순차적으로(기억의 과정→기억의 방법) 전달하였으며 '첫째', '둘째', '그렇다면' 등의 표지를 통해 내용을 응집성 있게 조직하였다. 위 글은 설명 대상을 명확하고 쉬운 언어로 표현하였으며 예상 독자를 고려하여 짧고 간단한 문장과 표현을 사용하였다. 또한 문장 유형에 따른 어미의 선택이 적절하며 문법에 맞지 않는 표현을 찾기 어려울 정도로 정확한 표현을 사용하였다.

〈그림 4-15〉는 전문가 협의의 결과를 바탕으로 도출된 '예시문 제시 방식'에 근거하여 학생 예시문을 제시한 사례이다. 위 글은 중학생 설명문 성취 수준 '상'에 해당하는 글로서 성취기준과 관련한 글의 특징적인 성취 요소를 표시하고 그에 대한 설명을 메모 형식으로 나타낸 것이다. 또한 예시문 상단에는 평가 결과를 구체적으로 제시하여 쓰기 평가에 활용할 수 있도록 하였고 예시문 하단에는 글에 대한 전반적 논평을 제시하여 평가의 근거를 확인할 수 있도록 하였다.

물론 예시문이 이와 같이 자료집의 형태로만 제시되는 것은 아니다. 이 연구에서는 예시문의 특성 및 성취 수준의 수, 지면이라는 한계로 인해 종이 문서로 제시하고 있지만 사실 예시문은 웹 사이트를 통해 제시할 수도 있다. 웹사이트에서는 사용자 중심의 인터페이스나 다양한 화면 구성을 통해 보다 활용도가 높은 방식으로 예시문을 제시할 수도 있다. 캐나다의 알버타 주 교육국에서는 영어 학습자를 지원하기 위한 웹사이트를 별도로 구축하고 학년 및 성취 수준별 학생 예시문을 제시하고 있다. 〈그림 4-16〉은 캐나다 알버타 주의 10학년 예시문 제시 사례이다.

〈그림 4-16〉은 캐나다 알버타 주 언어 학습 지원 사이트(http://www. learn alberta.ca)에 탑재된 학생 예시문 화면을 캡처한 것이다.

이와 같이 알버타 주의 학생 예시문은 웹사이트의 화면 형태로 제시된다. 화면의 구성을 살펴보면 화면 오른쪽의 어휘, 문법, 통사구조, 전략 등의 평가 영역의 콤보 박스를 클릭하면 예시문의 해당 부분이 서로 다른 색으로 표시된다. 즉, 예시문 활용자들은 클릭 한 번으로 평가 영역별 글의 성취 요소를

Grade 10 Level 3 Writing Sample

← Back to **Writing Samples index**

In some countries, teenagers have jobs while they are still students. Do you think this is a good idea? Write to explain why this is a good idea or why this is not a good idea.

Use the checkboxes below to display the corresponding benchmark text.

Benchmark Ratings

☑	Linguistic Vocabulary	3
☑	Linguistic Grammar	3
☑	Linguistic Syntax	3
☑	Strategic	3
☑	Socio-Linguistic	3
☑	Discourse	2
☑	Editing	3

Overall Benchmark Level:	3

Student writing sample:

View full size

In my country teenagers do not have jobs because they have the job to study. Being the student an, an excellent student, is the most important role for teenagers. <Making money as a teenager is not important.> It's important to make the parents proud and to compete for good univesities and good jobs.

Families and parents think it is really important for children to study very hard, very long, no breaks, so they get the top placements in the school. There are many many people in my country so only some can but there are only few spaces at university. So the students who are at top places in schools are the ones who go to university. Students who attend the best universities get the best jobs. It's so important to get the best university then you can relax.

It's so important to make your parents proud. Our country was at war in the 1950's and our parents worked very very hard to get around over above it. The country had nothing. We are like Japan, parents work very many hours and students must study hard. Working hard brings honour to the family. Top scores are very important so parents feel proud of their son's hard work.

Our culture does not think teenagers should have to make money. Parents pay for the teenagers shelter, food, and clothing. Working would take time away from studying. Parents have the job to make money. Teenagers have the job to study very hard.

To concluding, teenagers should not work, they should do their very best in school and make a parents proud.

Uses a range of utility words (**student, money, teenager, jobs, parents, families, children, school, places, country, war, study**), descriptive words (**excellent, most important, proud, good, really, top, best, very hard, honour**), subject-specific words (**role, shelter, clothing**) and academic words (**compete, attend, placements, scores, culture**).

Uses negatives (**should not work**), irregular plurals (**univesities [universities]**), object pronouns (**it**), prepositions (**for, at, in, to, of, from**), regular and irregular verbs in past (**was, worked, had**) and future continuous tenses (**no evidence**).

Writes a variety of compound sentences (**There are many many people in my country so only some can but there are only few spaces at the universities.**) and complex sentences (**Our culture does not think teenagers should have to make money.**).

Uses circumlocution (**study very hard, very long, no breaks**) and word substitution (**around over above**) to add descriptions and make better word choices.

Produces expository and narrative texts using appropriate forms and styles (**Writes five-paragraph essay with topic sentence and concluding paragraph.**)

Level 2: Connects ideas in a paragraph using conjunctions (**because, so, and**), time markers and sequence markers (**then**).
Level 3: Connects ideas in a three-paragraph descriptive composition using transition words and subordinate conjunctions (**no evidence**).

Edits and revises texts for capitalization of proper nouns (**Japan**), apostrophes (**It's, 1950's, son's**), quotation marks (**no evidence**), hyphens (**no evidence**), dashes (**no evidence**), commas (**,**), regular (**important, proud, teenagers**) and irregular spelling (**universities, their**), subject–verb agreement (**It's important, schools are, students who are**), appropriate word choice (**relax, take time away**) and addition of supporting details (**Parents have the job to make money. Teenagers have the job to study very hard.**).

한 눈에 알아볼 수가 있다. 뿐만 아니라 특정 색(평가 영역)에 따른 평가의 근거 및 논평이 하단에 나타나 평가 영역별 글의 특질을 세밀하게 파악할 수 있다.

물론 정보의 종류나 양의 측면에서 보자면 알버타 주의 학생 예시문 제시 방식은 기존의 자료집 형태와 크게 다르지 않다. 그러나 예시문 사용자의 편의성을 강조하고 보다 능동적인 방식의 예시문 제시가 가능하다는 점에서 분명한 장점이 있다고 볼 수 있다. 무엇보다 웹사이트는 접근성도 좋기 때문에 자료집을 별도로 출력할 필요 없이 웹사이트 접속만으로도 수업이나 평가 현장에서 즉시 활용이 가능하다는 점도 유용하다. 예시문의 종류와 양이 많아지고 평가 척도별로 예시문이 풍부하게 수집된다면 시도해 볼 만한 제시 방식이라고 볼 수 있다. 이 연구에서는 우선 성취 수준별 학생 예시문을 〈부록〉을 통해 제시하되, 더욱 많은 예시문을 수집하고 그에 대한 평가 결과를 축적하게 되면, 쓰기 교수·학습의 장면뿐만 아니라 실제 쓰기 평가 및 평가자 훈련 과정에서 활용이 가능한 웹사이트 구축을 후속 과제로 남기고자 한다.

4. 학생 예시문의 활용 방안

이 절에서는 선정된 학생 예시문을 실제 쓰기 교수·학습 및 평가 장면에 활용하는 방법에 대해 살펴보고자 한다. 학생 예시문의 활용은 크게 쓰기 교수·학습 과정에서의 활용, 쓰기 평가에서의 활용의 두 측면으로 나누어 살필 수 있다. 여기서는 기존의 연구 결과 및 본 연구의 예시문 선정 결과를 바탕으로 각각의 활용 방안을 제안해보고자 한다.

가. 쓰기 교수·학습 과정

학생 예시문은 일차적으로 국가 수준의 성취기준을 구체화하는 기능을 할 수 있다. 성취기준 제시 형태는 가르쳐야 할 내용을 직접적으로 규정하는 전통적인 형식의 교육과정에서 벗어나 쓰기 교육을 통해 학생들이 도달해야 할 목표를 명확히 서술한다는 점에서 긍정적으로 평가해 볼 수 있다. 더구나 성취기준에 도달하기 위해서 무엇을 가르쳐야 하는가에 대한 교육 내용도 함께 제시할 수 있으므로 기존의 교육 내용 중심의 진술 방식에 비해 보다 효과적이라고 볼 수 있다.

그러나 성취기준 형식으로 작문 교육 과정을 제시한다고 해서 작문 교육의 구체성이 보장되는 것은 아니다. 성취기준은 기존의 교육 내용 진술에 비해서 발전된 형태라고 할 수 있지만 여전히 도달점에 대한 구체성이 명료하지 못하다는 한계를 안고 있다. 학생 예시문은 이러한 한계를 보완하는 현실적인 대안이라고 할 수 있다. 즉, 학생 예시문은 실제 쓰기 교육을 통해 학생들이 어느 정도의 글을 써야 하는지, 학생들이 갖추어야 할 핵심적인 쓰기 능력이 무엇인지를 현시함으로써 성취기준 진술의 추상성을 보완할 수 있는 있다는 점에서 그 의의를 찾을 수 있다.

쓰기 교수·학습의 영역에서 학생 예시문을 활용할 때는 그 기능에 초점을 두어 학생 예시문을 '(쓰기)학습 예시문'이라고 부를 수 있다. 학습 예시문이란 쓰기 교수·학습에 활용하기 위해 예시하는 실제 학생의 글이라고 할 수 있다. 학습 예시문은 쓰기의 실제를 보여줌으로써 성취기준의 이해와 더불어 쓰기의 기능 및 전략의 구체적 이해와 적용을 가능케 할 수 있다는 장점이 있다.

이를 위해 학습 예시문은 단지 학생의 글만을 제시하는 것이 아니라 그 글에 대한 구체적 평가 결과와 주석을 함께 제공함으로써 쓰기 평가와 교수·학습을 연계하는 역할을 하게 된다. 서구에서는 이미 오래전부터 쓰기 교수에서 학습 예시문을 활발히 사용하고 있다. 'benchmark paper'라는 용어는 현재 미국의 쓰기 특성 연구자들에 의해 빈번하게 사용되고 있는데 이는 학생들의 글과 그 글의 특성에 대한 진술, 평가 결과까지 함께 제공하고 있다 (Culham, 2003, 2010).

쓰기 교수·학습의 과정에서 학습 예시문의 활용은 다양하게 전개될 수 있다. 그러나 학습 예시문을 통해 학생들의 쓰기 능력을 실질적으로 신장시키기 위해서 염두에 두어야 할 몇 가지 활용의 방향이 있다.

첫째, 학습 예시문은 쓰기 성취기준의 이해를 돕는 것에 목표를 둔다. 학습 예시문은 쓰기 교수·학습의 과정에서 활용됨으로써 쓰기 교육의 목표인 성취기준의 이해를 신장시키는 것이 일차적 목표가 된다.

둘째, 학습 예시문은 궁극적으로 쓰기 특성의 이해를 심화시켜야 한다. 학습 예시문의 교수적 활용은 주요 특성 평가 방법을 통해 학생 글에 대한 구체적 특성의 진술이 제공되면서부터 활발해졌다. 주요 특성 평가는 특정한 쓰기 과제와 관련된 특성들의 규명을 지향하므로 쓰기 능력의 신장은 결국 구체적인 수사적 상황 속에서의 쓰기 특성의 반영이라고 볼 수 있다. 학습 예시문은 이러한 쓰기 특성을 이해시키기 위한 필수적인 도구라고 볼 수 있다.

셋째, 학습 예시문은 쓰기 평가와 수행의 연계를 지향해야 한다. 학습 예시문은 그 자체가 평가 기준을 구체화시킨 글이라고 볼 수 있다. 글에 대한 평가 능력은 쓰기 능력과 직접적으로 관련되어 있다고 말할 수 있다. 평가 능력은 쓰기의 인지 모형에서 중요하게 다루어져 왔다. Flower & Hayes(1981)의 인지 모형에서는 유능한 필자의 쓰기 과정에 '평가 과정'을 포함시키고 있는데, 이 모형의 평가 과정은 '재고하기[reviewing]', '평가[evaluation]'과 '고쳐쓰기[revising]'를 모두 포함하는 개념이다. 즉, 평가는 쓰기의 결과를 확인하는 과정이기 이전에 쓰기 과정 그 자체라고 할 수 있다. Hout(2009)에 따르면, 교실에서 교사의 평가는 궁극적으로 학생의 머릿속에서 일어나는 평가의 과정을 도울 수 있어야 한다. 쓰기를 평가하는 것처럼 보이는 성적이나 쓰기 시험과 같은 과정은 학생들의 쓰기에 대한 판단 능력을 기르기보다는 교사의 판단과 관련되어 있다. 반면 학습 예시문을 활용한 쓰기 지도는 쓰기와 관련한 학생들의 판단 능력 자체를 향상시킬 수 있다는 점에 그 의의가 있다.

이상의 학습 예시문 활용 방향을 토대로 하여 전반적인 쓰기 교수·학습 모형을 〈그림 4-17〉과 같이 제시할 수 있다.

〈그림 4-17〉은 쓰기 교수·학습 과정에서 학생 예시문을 효과적으로 활용할 수 있는 방안을 교수·학습 모형으로 구체화한 것이다. 학습 예시문을 활용하여 쓰기 성취기준과 쓰기 특성을 이해하는 구체적 교수·학습의 과정은 다양할 수 있다. 그러나 보다 효과적인 학습 예시문 활용을 위해서는 학습 예시문에 대한 평가와 그를 통한 자기 글의 수정, 보완 과정이 필요하다고

〈그림 4-17〉 학생 예시문을 활용한 쓰기 교수·학습 모형

수업 목표 설정 및 안내	⇨	• 쓰기 성취기준의 분석 • 세부 성취기준의 선정 및 수업 목표 진술

학생 예시문 분석	⇨	• 학생 예시문의 성취 요소 추출 • 학생 예시문을 통한 쓰기 성취기준의 구체화

성취기준의 이해	⇨	• 학생 예시문을 활용한 쓰기 성취기준의 이해 • 성취 요소 확인 및 쓰기 기능 이해

쓰기 과제 부여 및 쓰기 수행	⇨	• 쓰기 성취기준 관련 쓰기 과제 부여 • 쓰기 수행

쓰기 결과물과 학생 예시문의 비교·대조	⇨	• 평가 기준에 의거한 학생 예시문 평가 • 평가 결과에 대한 토의·토론 • 학생 예시문과 자신의 쓰기 결과 비교·대조

쓰기 결과물의 수정 및 보완	⇨	• 쓰기 결과물에 대한 자기 평가 • 학생 예시문 평가 결과를 활용한 자기 글의 수정 및 보완

할 수 있다. 예를 들자면 학생들은 학습 예시문에 대한 자신의 평가와 교사의 평가를 비교하고 학습 예시문의 장단점을 파악함으로써 관련 성취기준에 대한 이해를 심화하고, 자신에게 부족한 평가 능력(쓰기 특성에 대한 이해 능력)을 보완할 수 있다. 또한 학습 예시문의 뛰어난 쓰기 특성을 파악하게 하고 이를 모방함으로써 특정한 쓰기 특성에 대한 전략적 이해를 신장시킬 수도 있다.

학습 예시문을 활용하여 쓰기 교수·학습을 진행하기 위해서는 우선 쓰기 성취기준과 관련한 학습 목표를 설정해야 한다. 학습 목표는 실제 성취기준과 관련한 학습 요소를 수업 단위로 세분화한 것이다. 즉, 쓰기 성취기준에 도달하기 위해 요구되는 세부 성취요소가 하나의 수업 목표가 될 수 있다. 수업 목표가 설정되면 이를 구체적으로 보여줄 수 있는 학생 예시문을 선정하여 제시하고 학생들과 함께 해당 글에서 성취기준과 관련한 쓰기 특질을 찾는 활동을 한다. 이 단계에서 학생 예시문은 수업 목표와 관련된 쓰기 성취기준을 구체적으로 이해하는 학습 자료로서의 기능을 하게 된다.

다음으로 교사는 학생 예시문을 실례로 들어 쓰기 성취기준을 설명하고 학생들에게 이해시킨다. 학생들은 예시문에 구현된 쓰기 특질을 통해 성취기준에 접근하기 때문에 개념을 통한 추상적 이해나 쓰기의 구체적 실상과 유리된 자투리 글을 통한 이해에 비해 보다 실질적인 이해에 도달할 수 있다.

쓰기 성취기준에 대한 학생들의 이해가 이루어졌다면 이를 바탕으로 쓰기 수행의 과정에 다가갈 수 있다. 교사는 성취기준에 부합하는 쓰기 과제를 구성하여 이를 학생들에게 부여한다. 학생들은 쓰기 성취기준에 대한 이해와 학생 예시문의 쓰기 특질을 떠올리며 자신의 글을 써나갈 수 있다.

쓰기 수행을 마친 후에는 자신의 쓰기 결과에 대한 자기 평가 및 상호 평가를 실시한다. 이 단계에서 학습 예시문은 비교 및 대조의 기준으로 다시 활용될 수 있다. 학생들은 홀로 또는 동료 학생이나 교사와 함께 학습 예시문을 분석하고 글에 구현된 쓰기의 특성들을 평가한다. 다음으로 학습 예시문에 대한 평가 결과를 검증해야 한다. 학생들의 평가 결과를 신뢰할 만한 예시문 평가 결과(모평균) 및 논평(전문가 질적 분석)과 비교함으로써 학생들의 쓰기 평가 능력을 향상시키고 쓰기 특성에 대한 이해를 심화시킬 수 있다. 이 과정에서는 학생들의 평가와 객관적인 평가 결과 사이의 차이를 줄여나가는 협의의 과정을 활용할 수도 있다. 결국 이 단계에서 학습 예시문 활용의 초점은 예시문에 대한 객관적인 평가와 학생들의 주관적 평가 사이의 줄여감으로써 쓰기 특성에 대한 이해를 심화시키는 것이라고 할 수 있다.

이와 같은 과정을 통해 학생들의 평가 능력이 어느 정도 신장되면, 즉, 쓰기 특성 및 성취기준에 대한 이해가 깊어지면 자신의 글을 쓰거나 수정하는 활동을 전개해 나갈 수 있다. 이러한 과정을 통해 예시문의 쓰기 특성은 점차적으로 학생들의 쓰기 과정에 반영될 수 있으며 성취기준에 도달하는 글을 쓸 수 있는 능력에 접근해 갈 수 있다.

학습 예시문이 필요한 이유는 학생들에게 쓰기를 가르치는 데 있어 쓰기 전략이나 기능에 대한 학습만으로는 일정한 한계가 있기 때문이다. 기능과 전략은 그 자체만 놓고 보자면 메타적인 지식이다. 아무리 예문을 통해 학습한다고 하더라도 기능과 전략이 바로 학생들의 쓰기 능력으로 전이되는 것은 아니다. 학습 예시문은 기능을 학습하기 위한 예문의 수준에서 더 나아가 쓰기의 실제를 보여줌으로써 쓰기에 대한 구체적 이해와 적용을 가능하게 한다는 장점이 있다. 타당하게 선정된 학습 예시문 자료가 제시되고, 이를 활용하여 쓰기 교수·학습과 쓰기 평가가 연계된 쓰기 교육이 활성화된다면 쓰기 동기와 같은 정의적 영역을 포함한 학생들의 쓰기 능력 신장에 큰 도움이 될 수 있을 것이다.

나. 쓰기 평가 과정

직접 쓰기 평가는 학생들의 쓰기 능력을 평가할 수 있는 가장 타당한 방법임에도 불구하고, 평가의 신뢰성 문제로 인해 학교 현장에서 기피되어 온 경향이 있다. 직접 쓰기 평가가 제대로 이루어지지 못하다 보니 쓰기 교수·학습에도 많은 어려움이 야기되었다. 따라서 쓰기 교육을 활성화시키기 위해서는 무엇보다 쓰기 평가에서 평가자 신뢰도를 높일 수 있는 방안이 요구된다.

쓰기 평가는 학생의 수행보다도 점수를 부여하는 평가자의 역할이 더 중요하다. McNamara(2000)에서는 쓰기 평가에서 평가자의 중요성을 반영하여 '평가자 중재 평가'라는 용어를 사용하기도 하였다. Linacre(1989) 또한 쓰기 수행에서 평가 과제와 평가자에 의한 점수 편차가 전체 점수의 1/3~2/3 정도를 차지하며 이는 학생 능력으로 인한 점수 편차와 거의 비슷한 비중이라고 밝힌 바 있다.

쓰기 평가에서 평가자의 중요성을 이처럼 강조하는 이유는 평가자가 지속적으로 일관된 평가를 진행하기가 매우 어렵기 때문이다. 평가자 신뢰도의 문제는 크게 평가자 내 신뢰도와 평가자 간 신뢰도의 문제로 구분하여 살펴볼 수 있다. 우선 평가자 한 명이 글을 평가할 때 평가자는 평가가 지속됨에 따라 피로가 누적되면서 평가 기준(평가 기준에 대한 해석)이 흔들리게 된다. 1번 글과 35번 글을 동일한 기준으로 평가했다고 보기 어려운 것이다. 이 경우 평가자 내 신뢰도가 확보되었다고 볼 수 없다.

반대로 여러 명의 평가자가 글을 평가할 때 동일한 결과에 이르기 어렵다는 문제도 있다. 이를 평가자 간 신뢰도의 문제라고 한다. 보통 학교에서는 한 과목을 몇 명의 국어교사가 분담하여 가르치고 수행 결과도 개별적으로 채점하는 경우가 많다. 이때 어떤 교사가 평가하느냐에 따라 평가 결과가 달라지기 때문에 평가 신뢰도의 문제가 발생한다. 이처럼 여러 평가자가 동일한 평가 결과에 이르지 못하는, 평가자 간 신뢰도가 낮은 상황은 쓰기를 평가 도구로 활용하는 데 장애 요인으로 작용한다.

쓰기 평가에서는 그동안 평가자 신뢰도를 향상시키기 위해서 평가 기준의 상세화나 평가자 협의를 권장해 왔다. 그러나 평가 기준을 아무리 상세하게 개발하여 제공하더라도 이를 해석하는 평가자의 주관성과 모호함은 여전히 남는다. 평가자 협의 활동은 평가 기준의 해석과 적용을 협의하고 조정하는 과정을 통해 높은 수준의 평가자 일치에 도달할 수 있다고 연구되어 왔으나 실제 모든 평가자들이 매번 동일한 장소, 같은 시간에 모여 처음부터 끝까지 평가를 실시하기란 쉬운 일이 아니다.

이러한 이유 때문에 최근에는 평가 기준을 실제 글의 형태로 제시하여 새로운 평가의 '기준'으로 설정하는 평가 예시문의 중요성이 강조되고 있다. 평가 예시문이란 표현 그대로 평가 기준을 구체적으로 보여주고 있는 글을 말한다(Cooper 1977). 평가 기준이 평가 요점을 포함한 추상적 진술 체계라고 한다면, 평가 예시문은 평가 기준을 구체화한 실제적 사례라고 할 수 있다.

평가 예시문은 평가 기준과의 관계 속에서 그 의의를 발견할 수 있다. 평가 예시문 자체가 평가 기준을 구체적으로 예시한 글이기 때문이다. 평가 기준은 추상적인 진술을 보여주므로 평가자가 평가 기준만으로 평가를 하게 되면 어떤 글에 몇 점을 부여할지 판단하기가 어렵다. 또한 외적 요인이 평가에 개입하기도 쉬워지고 시간이 지남에 따라 자신이 세운 평가의 관점이 흔들리기도 한다. 이때 평가 예시문을 활용하면 평가 기준을 적용하는 데서 비롯되는 다양한 문제를 상당 부분 해소할 수 있다. 즉, 추상적인 평가 기준의 진술에 의존하는 것이 아니라, 기준이 구체적으로 실현된 평가 예시문을 적용하여 평가함으로써 평가를 보다 효과적이면서도 신속하게 내릴 수 있다.

평가 기준을 구체화한 평가 예시문은 크게 두 가지 유형으로 구분할 수 있다. 하나는 학생들의 제출한 글에서 선정한 평가 예시문이고, 다른 하나는 다른 학생들이 작성한 글에서 선정한 평가 예시문이다. 전자는 평가 대상인 학생들의 글 중에서 평가 예시문을 선정한다는 점에서 내적 자원을 활용하는 방법으로 볼 수 있으며 후자는 평가 대상인 학생 글과 무관한 글에서 예시문을 선정한다는 점에서 외적 자원을 활용하는 방법으로 구분된다(박영민 2009).

첫 번째로, 내적 자원인 학생 글로부터 선정된 예시문은 쓰기 과제와 평가 기준이 대응된다는 점에서 '대응 평가 예시문'이라고 부를 수 있다(박영민 2009). 대응 평가 예시문은 쓰기 과제와 평가 기준을 공유한다는 측면에서 높은 평가 타당도를 기대할 수 있을 뿐만 아니라 이후 평가하게 될 학생의 글과 주요 내용 및 형식 등이 일치하여 평가의 실효성과 적용 가능성이 높다.

두 번째로, 평가 예시문을 평가 장면에 속한 학생이 작성한 글에서 선정하지 않고 다른 학생이 작성한 글에서 선정하는 경우가 있다. 이러한 평가 예시문은 외적 자원에서 선정되므로 평가 맥락이나 상황에서 벗어나 있지만 여러 평가 상황에 보편적으로 적용이 가능하다는 점에서 '표준 평가 예시문'이라고 부를 수 있다(박영민 2009). 특정한 평가 상황에 얽매이지 않는다는 점에서 추론할 수 있듯이 표준 평가 예시문은 평가 타당도보다는 평가 신뢰도를 확보하는데 더욱 유리하다고 볼 수 있다.

이러한 구분을 따르자면, 이 연구에서 의도하고 있는 쓰기 성취기준에 따른 학생 예시문은 표준 평가 예시문에 해당한다고 볼 수 있다. 성취기준에 따른 표준 평가 예시문은 임의의 학생들의 글 중에서 국가 단위의 성취기준을 구체화한 글을 선정하는 것이므로 학생들의 전반적인 쓰기 수준을 반영할 수 있으며 특정한 평가 맥락에 구속되지 않으므로 더욱 표준적인 쓰기 평가를 지향할 수 있다는 장점이 있다.

특히 본 연구에서 선정하는 학생 예시문의 경우 다수의 평가자의 평가 결과를 바탕으로 추리 통계의 과정을 거쳐 객관적인 평가 수치를 제공하고자 한다. 즉, 일반적인 국어 교사들이 해당 예시문에 대해 몇 점을 부여하는지를 제시하여 예시문의 표준적 역할을 강화할 수 있도록 하려는 것이다. 이러한 평가 예시문을 활용하게 되면 평가자는 쓰기 평가의 국면에서 보다 표준적인 판단을 할 수 있도록 도울 수 있다. 평가 기준을 구체화한 예시문만을 제공하는 것이 아니라 평가 점수의 보편적 경향을 함께 제공하고 학생의 글을 이와 비교·대조하여 평가하도록 하는 것이다. 이와 같은 과정을 거치면 학교 현장에서도 매우 객관적이고 표준적인 쓰기 평가가 가능해진다.

쓰기 성취기준에 따른 학생 예시문을 평가 예시문으로 활용하기 위해서는 특정한 쓰기 과제와의 일치보다는 예시문을 통한 쓰기 성취기준의 도달도를 파악하는 데 주안점을 두어야 한다. 즉, 학생 예시문의 쓰기 과제는 개별적인 쓰기 수업에서의 다양한 쓰기 과제와 다를 수 있다. 따라서 평가자는 학생 예시문에 구현된 쓰기 특질의 수준과 평가해야 할 학생의 글에 나타난 쓰기 특질을 비교·대조하여 보다 타당한 평가를 내리는 데 주력해야 한다. 〈그림

4-18)은 학생 예시문을 활용한 쓰기 평가 모형이다.

〈그림 4-18〉은 실제 평가 과정에서 평가자가 학생 예시문을 활용하는 과정을 도식화한 것이다. 평가 대상인 학생 글과 학생 예시문은 쓰기 성취기준이라는 공통분모를 가진다. 평가자는 학생 예시문을 통해 쓰기 성취기준 및 성취 수준을 이해하고 이것이 학생 글에서 어떤 식으로 구현되어 있는지를 확인할 수 있다. 이러한 이해는 곧 학생 글에 대한 평가에 적용이 가능하다. 쓰기 과제가 다르다 하더라도 성취 수준의 실현이라는 점에서 학생 예시문과 평가 대상은 비교·대조가 가능하다. 특히 일반적인 국어교사들이 학생 예시문에 몇 점 정도를 부여하는지를 알게 되면 평가 점수를 부여하는 것이 훨씬

〈그림 4-18〉 학생 예시문을 활용한 쓰기 평가 모형

쓰기 평가 계획 수립	⇨	• 쓰기 평가의 목표 및 목적 설정 • 쓰기 평가의 내용과 방법 결정
쓰기 과제 부여 및 쓰기 수행	⇨	• 쓰기 과제 구성 　(새로운 쓰기 과제 혹은 학생 예시문의 쓰기 과제) • 쓰기 과제에 따른 학생들의 쓰기 수행
학생 예시문 분석	⇨	• 성취 수준별 학생 예시문의 평가 결과 및 논평 분석 • 학생 예시문과 쓰기 성취기준, 평가 기준 간의 관련성 파악
학생 글 평가	⇨	• 평가 기준에 따른 학생 글 평가 • 평가 결과와 학생 예시문의 지속적 비교, 대조
평가 결과의 검증	⇨	• 학생 글과 학생 예시문의 관련성 검증 • 모평균을 통한 평가 결과의 검증

더 수월해진다. 일반적인 평가 점수에 대한 정보는 평가자의 평가적 판단에 대한 근거를 제공해주기 때문이다. 표준 평가 예시문과 더불어 일반적인 국어교사들의 평가 점수를 제공하면 매우 객관적이고 표준적인 쓰기 평가가 가능해진다. 이는 낮은 평가자 간 일치도로 인해 활용이 어려웠던 쓰기 평가를 개선할 수 있는 방법이 될 수 있다.

우선 평가자는 쓰기 평가의 계획을 수립하여야 한다. 쓰기 수업을 하기 위해 쓰기 수업 계획을 세우는 것처럼 쓰기 평가 역시 평가 계획을 수립하여 쓰기 평가의 목적과 목표, 쓰기 평가의 내용과 방법을 결정해야 한다. 이 과정에서 한 가지 유의할 점은 새로운 쓰기 과제를 부여할 것인지 아니면 평가 예시문과 동일한 과제를 활용할 것인지를 결정해야 한다는 점이다. 쓰기를 수행한 학생들의 글 중 예시문을 선정하면 타당도를 높일 수 있다는 장점이 있고 표준적인 쓰기 평가 예시문의 과제를 사용하면 평가의 신뢰도를 높일 수 있다는 장점이 있다.

쓰기 평가의 계획이 수립되었으면 실제로 학생들에게 쓰기 과제를 부여하고 쓰기 수행을 실시한다. 그리고 평가 예시문으로 활용할 학생 예시문을 분석하고 이를 활용하여 학생 글을 평가하게 된다. 그런데 이러한 평가 과정은 쓰기 과제의 종류에 따라 그 내용이 달라지게 된다. 쓰기 평가 계획에 따라 새로운 쓰기 과제를 개발하여 부여한 상황이라면 본 연구에서 선정한 학생 예시문과 과제가 달라지게 되어 평가 결과를 그대로 대응시키기 어렵다. 이 경우 학생 예시문의 모평균 및 해설은 쓰기 성취기준 및 평가 기준의 이해와 구체적 적용의 사례로서 참고할 수 있는 자료이다. 평가자는 동일한 글 유형의 학생 예시문을 성취 수준별로 분석함으로써 쓰기 성취기준, 예시문, 평가 기준 간의 연관성에 대해 탐색할 수 있을 것이다. 이러한 탐색의 결과는 쓰기 평가에서 평가 기준을 구체적으로 해석, 적용하는 하나의 잣대가 될 수 있다.

반면 학생 예시문의 쓰기 과제를 그대로 활용할 경우 학생 예시문은 표준 평가 예시문으로서 기능할 수 있다. 쓰기 과제가 동일하므로 평가자는 학생 글의 평가 과정에서 학생 예시문의 모평균 및 논평을 참조함으로써 평가 일관성 및 신뢰도를 유지할 수 있다.

끝으로 평가자는 학생 예시문의 모평균과 논평을 활용하여 자신의 쓰기 평가 결과를 검증할 수 있다. 즉, 자신의 평가 결과를 글 유형, 쓰기 기능 영역별로 학생 예시문의 모평균과 비교함으로써 신뢰도의 측면에서 문제가 되는 지점이 어디인지를 파악할 수 있다. 이 과정에서 자신의 쓰기 평가 결과가 검증된 모평균과 큰 차이를 보일 경우 평가 기준을 분석하여 재평가를 실시할 수 있다. 이러한 과정을 통해서도 평가 결과가 조정되지 않을 경우(평가 결과의 총점이 모평균을 벗어나거나 쓰기 영역별 점수가 큰 차이를 보일 경우), 자신의 평가 결과와 학생 예시문의 평가 결과의 차이에 대해 다른 평가자들과 상의함으로써 평가 전문성을 신장시킬 수 있다.

쓰기 성취기준에 따른 학생 예시문을 평가 예시문으로 활용하게 되면 더욱 표준적이고 객관적인 쓰기 평가가 가능하다는 장점이 있다. 기존의 쓰기 평가는 평가 기준을 정해 놓고 이에 따라 학생들의 글을 평가하는 방법으로 평가 기준의 모호함에서 오는 문제를 해결하기 어려웠다. 이에 비해, 평가 예시문을 활용한 쓰기 평가 방법은 평가 예시문 자체가 하나의 구체적 기준으로 작용하여 평가의 일관성 및 평가 결과의 일치도를 더욱 높일 수 있다. 또한 평가 예시문은 평가의 주체인 교사의 평가 전문성 향상에 기여할 수 있다. 상대적으로 인지적 부담이 큰 평가 국면에서 교사는 쓰기 평가가 진행될수록 평가 피로도가 증가하고 평가자 신뢰도가 떨어진다. 평가 예시문은 평가 결정에 도움을 줌으로써 보다 타당한 평가를 가능하게 할 뿐만 아니라 자신의 평가 엄격성을 검증할 수 있도록 해 줌으로써 평가 전문성 향상에 도움이 된다.

쓰기 성취기준에 따른 학생 예시문은 쓰기 교육의 지향점에 해당하는 성취기준을 구체화한 글이다. 따라서 이를 쓰기 평가에 활용하게 되면 표준화된 쓰기 평가의 근거가 될 수 있다. 학생과 학생뿐만 아니라 학교와 학교의 비교도 가능해져 쓰기 평가의 표준화 가능성 또한 더욱 높아질 수 있다.

제 5 장

작문 교육에서
예시문 선정과 활용을 위한 제언

이 책의 목적은 국가 수준의 쓰기 영역 성취기준을 분석하여 그 성취의 정도를 보여주는 학생 예시문을 선정함으로써 성취기준에 대한 구체적 이해를 돕고 쓰기 평가 및 교수·학습의 과정에서 실질적으로 활용할 수 있는 자료를 제공하는 것이다.

성취기준은 학습을 통해 도달해야 하는 학습자의 지식이나 기능, 태도 등의 능력 및 특성에 대한 진술이라고 할 수 있다. 그러나 현재의 성취기준 진술은 이러한 성취기준으로서의 역할을 수행하기에 부족함이 있다. 특히, 학생들의 직접적 수행이 강조되는 쓰기 영역에서는 성취기준의 진술만으로 학생들이 어느 정도의 쓰기 능력을 갖추어야 하는지 판단하기가 쉽지 않다. 이 연구는 이처럼 쓰기 성취기준이 의도하는 도달점이 명확하지 않다는 문제의식에서 출발하였으며 그 해답을 학생들의 글에서 찾고자 하였다. 학생 예시문은 쓰기 성취의 수준을 보여주는 실제 학생 글을 예시함으로써 성취기준의 추상성을 극복하고 그 도달점을 현시하는 효과적인 수단이 될 수 있다.

쓰기 성취기준과 관련하여 학생 예시문을 성취 수준별로 제공할 경우 성취기준의 구체적 이해를 도울 수 있을 뿐 아니라 쓰기 평가 및 쓰기 교수·학습에서 실질적으로 활용할 수 있는 준거 자료를 마련할 수 있다는 의의가 있다. 쓰기 성취기준에 따른 학생 예시문은 객관도를 확보한 평가 예시문으로 활용됨으로써 쓰기 평가의 신뢰성과 효율성을 높일 수 있으며, 성취기준에 도달하기 위해 필요한 글의 수준을 구체적으로 안내할 수 있어 작문 수행의 목표와 방법을 설정하는 데에도 도움을 줄 수 있다.

이 글에서는 이와 같은 문제의식과 연구 목표에 따라 현재 개발된 쓰기 영역의 성취기준을 분석하여 항존적인 쓰기 성취기준을 선별하고 대단위 쓰기 평가 및 신뢰도 추정의 방법을 활용하여 타당성과 대표성을 갖춘 학생 예시문 자료를 마련하고자 하였다. 이를 위해 작문 교육 이론에서 나타난 예시문의 개념 및 특성을 고찰하고 외국의 자국어 성취기준과 학생 예시문 제시 사례를 참조하였다. 또한 쓰기 평가 이론, 일반화가능도 이론 및 다국면 라쉬 모형과 같은 신뢰도 추정의 방법을 통해 학생 예시문 선정 과정의 타당화 방안을 모색하였다.

구체적인 연구 과정 및 연구 결과를 요약하면 다음과 같다.

우선 학생 예시문을 수집하기에 앞서 예시문 선정의 근거가 되는 성취기준을 선별하고, 그에 따라 성취 수준 및 평가 기준을 개발하였다.

예시문을 선정하기 위해서는 그 근거가 되는 쓰기 성취기준이 마련되어야 한다. 이 연구에서는 교육 과정의 국어과와 관계없이 지속적으로 활용 가능한 예시문을 선정하기 위해 기존의 쓰기 성취기준 중 보다 항존적이면서도 핵심적인 쓰기 성취기준을 선별하여 예시문 선정의 근거로 삼았다. 이에 국가 수준 학업성취도 평가(NAEA)와 2009 국어과 교육과정의 쓰기 영역 성취기준을 대상으로 전문가 평정을 실시하여 쓰기의 기본 원리 및 기능에 관한 성취기준(NAEA에서 추출)과 쓰기의 실제와 관련한 성취기준(2009 국어과 교육과정에서 추출)을 학교군별로 각각 선별하였다. 이렇게 선별된 성취기준은 중학교군(M) 9개, 고등학교군(H) 9개로 총 18개이다.

다음으로 선별된 성취기준을 근거로 하여 학생 예시문의 성취 수준을 상-중-하 세 수준으로 진술하였다. 성취 수준의 진술은 국가 수준 학업성취도 평가(NAEA)와 2009 국어과 교육과정의 성취 수준 개발 방향을 참고하여 성취기준에 제시된 쓰기 수행 수준의 우수(상), 보통(중), 미흡(하)의 수준으로 진술하였다. 또한 성취기준 및 성취 수준을 바탕으로 실제 학생들의 글을 평가하기 위한 평가 기준을 마련하였다. 평가 기준은 총체적 평가 기준과 분석적 평가 기준으로 구분하여 개발하였다. 총체적 평가는 수집된 예시문의 수준을 구분하기 위한 것이며 분석적 평가는 학생들의 글을 내용, 조직, 표현의 영역으로 구분하여 평가함으로써 구체적인 평가 정보를 얻고 신뢰도 추정을 통해 모평균을 구하기 위한 평가이다.

두 번째로 예시문을 수집하고 평가하여 성취 수준별 예시문을 추출하는 과정을 진행하였다. 이 과정에서는 예시문 선정 계획에 따라 쓰기 평가 과제를 구성하고 이를 부여하여 학생 예시문을 수집하고, 2차에 걸친 예시문 평가 과정을 통해 성취 수준을 대표하는 학생 예시문을 추출하였다.

우선 실제 학생들의 글을 수집하기에 앞서 글 유형에 따른 쓰기 평가 과제를 개발하였다. 글의 유형은 국내외 대단위 쓰기 평가 및 쓰기 연구 문헌을 참고하여 설명문, 논설문, 서사문으로 정하고 학생들의 학년 및 배경지식, 과제의 친숙도 등을 고려하여 쓰기 과제를 개발하였다. 쓰기 과제는 학년 및 글 유형에 따라 총 6개를 개발하여 활용하였다.

학생 글에 대한 수집 및 평가 과정에서는 총 825편의 예시문이 수집되었다. 이 글들은 예시문의 대표성을 위해 학년 및 글 유형, 지역(대도시, 중소도시, 읍면)에 따라 층화군집표집을 통해 수집되었다. 1차 평가에서는 수집된 예시문 825편을 대상으로 쓰기 평가 전문가 3인이 총체적 평가를 실시하였다. 총체적 평가 결과의 신뢰도를 확보하기 위해 일반화가능도 계수를 살펴본 결과 0.95(절대적 G계수) 이상의 높은 신뢰도를 확인하였다. 총체적 평가에 따른 군집 분석 결과에 의거하여 825편의 글을 성취 수준 상(118편, 14.3%), 중(336편, 40.7%), 하(371편, 44.9%)로 분류하였으며 통계 수치와 연구자의 분석에 의거하여 이 중 학년 및 글 유형에 따라 성취 수준 상(3편), 중(4편), 하(3편) 10편씩 총 60편의 글을 선정하여 2차 분석적 평가를 실시하였다.

2차 분석적 평가에서는 1차 평가의 결과 선정된 60편의 글을 대상으로 전국의 국어교사 32명이 평가자로 참여하였다. 2차 평가의 결과를 바탕으로 쓰기 평가 요인별 평균의 차이를 검증한 결과 중학생의 글에서는 설명문의 내용, 서사문의 조직과 표현 영역이 우수한 것으로 나타났고 고등학생의 글에서는 논설문의 조직과 표현 영역이 우수한 것으로 나타났다. 2차 평가의 신뢰도를 확보하기 위해 일반화가능도 이론 및 문항 반응 이론에 근거한 라쉬 모형을 적용하였다. 그 결과 일반화가능도 계수가 0.94(절대적 G 계수)로 나타나 매우 높은 신뢰도 수준을 보였으며 라쉬 모형에서도 대부분의 평가자들이 95% 신뢰수준 내에 위치한 것을 확인하였다.

이 연구에서는 2차 평가의 결과를 토대로 성취 수준 예시문을 추출하였다. 이 과정에서 보다 높은 신뢰도를 확보하기 위해 다국면 라쉬 모형에서 도출된 평가자 일관성을 확인하여 적합한 평가자들의 평가 결과만을 활용하여 최고점, 평균점, 최저점의 글을 각각 성취 수준 상－중－하의 예시문으로 선정하였다. 또한 이 과정에서 추리 통계 방법을 적용하여 예시문의 모평균을 추정하였다. 모평균은 평가 점수의 평균 범위를 구함으로써 평가자의 모집단, 즉 우리나라 국어교사들이 해당 글에 대해 평균 몇 점을 부여하는지를 알려주는 정보이다. 예시문의 모평균을 제시하게 되면 예시문의 객관성과 평가 신뢰도를 높일 수 있어 쓰기 평가 및 교수·학습의 과정에서 활용도가 더욱 높아질 수 있다. 이와 같은 과정을 통해 이 연구에서는 성취 수준에 따른 학생 예시문 18편(학년×글 유형×성취 수준)을 선정하고 그에 대한 평가 결과를 제시하였다.

마지막으로 선정된 예시문에 대한 질적 분석을 시행하여 성취 수준을 검증하고 예시문에 대한 제시 방식을 설정하는 과정을 진행하였다.

통계적 절차에 의해 선정된 예시문을 검증하기 위해 전문가 질적 분석을 실시하였다. 전문가 분석은 선정된 예시문의 질적 특성을 구체적으로 고찰함으로써 예시문의 성취 수준을 검증하고 해석의 정보를 산출하기 위한 과정이다. 전문가 분석은 쓰기 기능 요인별로 내용, 조직, 표현의 분석팀을 구성하여 각 팀당 작문 교육 석사과정 이상의 전문가 3명씩 총 9명의 분석자가 참여하였다. 전문가 분석의 과정에서는 모든 예시문이 성취 수준에 적합한 것으로 나타났으며 성취기준에 따른 해당 글의 쓰기 특질을 구체적으로 분석하였다.

학생 예시문의 활용도를 높이기 위해서는 예시문의 선정 과정에서 타당도와 신뢰도를 확보해야 할 뿐만 아니라 예시문을 효과적으로 제시하여야 한다. 이에 따라 이 연구에서는 국외의 예시문 제시 방식을 분석하고 전문가 협의의 과정을 통해 학생 예시문의 제시 과정에 포함되어야 할 요소를 추출하였다. 그 결과 학생 예시문 자료집에는 쓰기 성취기준 및 성취 수준, 예시문에 대한 평가 기준 및 쓰기 과제를 제시하고 실제 학생 글과 관련하여 쓰기의 맥락, 성취기준과 관련한 핵심적인 글의 특징, 성취요소, 글에 대한 논평을 제공하고 끝으로 학생 예시문의 활용 방법을 포함하기로 결정하였다. 이와 같은 체계에 따라 이 연구에서는 연구 결과를 종합한 '학생 예시문 자료집'을 부록으로 제시하였다.

이 글에서는 이상의 연구 결과를 토대로 학생 예시문의 활용 방법을 안내하였다. 예시문 활용 방법은 크게 쓰기 교수·학습과 쓰기 평가의 측면으로 나누어 살펴보았다. 먼저 쓰기 교수·학습의 측면에서 학생 예시문은 쓰기 성취기준의 구체적 이해와 실질적인 쓰기 수업을 진행하는 교수 도구로서 기능할 수 있다. 외국의 'Benchamrk Paper' 활용과 학생 예시문의 선정 결과를 바탕으로 이 연구에서는 '수업 목표의 설정(쓰기 성취기준 및 성취 요소) → 학생 예시문의 분석을 통한 성취기준의 이해 → 쓰기 수행 → 쓰기 평가 및 학생 예시문과의 비교, 대조 → 고쳐쓰기'에 이르는 활용 모형을 제시하였다.

한편 학생 예시문은 쓰기 평가의 신뢰도 및 효율을 높이기 위한 수단으로도 활용이 가능하다. 이 연구에서는 기존의 평가 예시문 관련 연구 및 본 연구의 예시문 선정 결과를 토대로 쓰기 평가 모형을 제시하였다. 이 연구에서 제안하는 쓰기 평가 모형은 '쓰기 평가 계획의 수립 → 쓰기 수행 → 학생 예시문의 분석 및 평가 협의 → 학생 예시문과의 비교, 대조를 통한 쓰기 평가 → 모평균을 활용한 쓰기 평가 결과의 검증'의 과정을 거친다. 이와 같은 쓰기 평가 모형에 따라 쓰기 평가를 실시할 경우, 평가 기준을 구체화한 평가 예시문을 준거로 활용함으로써 보다 표준화된 쓰기 평가를 실시할 수 있으며 평가자의 평가 일관성을 조정함으로써 평가 전문성 신장에도 기여할 수 있다.

성취기준은 단순히 교육 내용을 규정하거나 활동을 안내하는 수준에서 그치기보다 성취해야 할 능력을 명료하게 제시하여 교수·학습의 과정에 실질적 도움을 줄 수 있어야 한다. 그러나 쓰기 성취기준 진술의 추상성과 잦은 교육과정 국어과로 인해 성취기준이 제대로 활용되지 못한 채 사장되는 현상이 반복되면서 교육과정과 교수·학습의 연계성이 떨어지고 있다. 이 연구에서는 타당성과 대표성을 갖춘 학생 예시문을 선정함으로써 쓰기 영역에서 성취기준과 교수·학습 및 평가의 과정을 연계하는 데 기여하고자 하였다.

우리나라의 경우 학생 예시문의 선정이나 활용에 대한 이론 및 경험이 거의 축적되어 있지 않을 뿐 아니라 과정 중심 쓰기 교육을 강조한 나머지 학생들의 실질적인 쓰기 수행이 간과되어 온 측면이 있다. 이 연구에서 제공하는 학생 예시문은 학생들이 써야 할 글의 수준이나 형태를 구체적으로 보여줌으로써 실질적인 쓰기 수행을 뒷받침하는 기초 자료로서 활용될 수 있다. 또한 이 연구는 예시문 평가 결과의 모평균을 제시함으로써 보다 객관화된 쓰기 평가를 실시하는 참조점이 될 뿐 아니라 쓰기 교육의 문제점으로 제시되고 있는 평가 신뢰도의 문제를 해소하는 데 기여할 수 있을 것이다.

한편 이 책에서 제시된 학생 예시문은 특정한 쓰기 과제와 한정된 수의 학생들을 대상으로 도출된 결과로서 일정한 한계를 갖고 있다. 쓰기 과제나 학생 수준을 달리하여 더욱 많은 예시문이 수집된다면 쓰기 상황이나 학년, 평가 척도별로 보다 세분화된 학생 예시문을 제시할 수 있을 것이다. 이 연구는 학생 예시문 선정의 준비 과정과 실제 예시문을 수집하고 평가, 제시하는 전반적 과정을 체계화함으로써 궁극적으로 향후 국가나 학교, 교사 등 다양한 교육 수준에서 학생 예시문을 선정하는 데 기초 자료가 되고자 한다.

참고문헌

1. 국내 단행본

교육인적자원부, 『중학교 국어과 교육과정』, 교육인적자원부 고시 제2007-79회[별책3], 서울: 교육인적자원부, 2007.

교육인적자원부, 『고등학교 국어과 교육과정』, 교육인적자원부 고시 제2007-79회[별책5], 서울: 교육인적자원부, 2007.

교육과학기술부, 『국어과 교육과정』, 교육과학기술부 고시 제2011-361회[별책5], 서울: 교육과학기술부, 2011.

김성숙·김양분, 『일반화가능도 이론』, 서울 : 교육과학사, 2001.

박영목, 『작문 교육론』, 서울: 역락, 2008.

박영민 외, 『쓰기지도방법』, 서울 : 역락, 2013.

서울대학교 국어교육연구소, 『교육학 용어사전』, 서울: 하우동설, 2011.

성태제, 『타당도와 신뢰도』, 서울: 학지사, 2002.

＿＿＿·시기자, 『연구방법론』, 서울: 학지사, 2006.

장소영·신동일, 『언어교육평가 연구를 위한 FACETS 프로그램』, 서울 : 글로벌콘텐츠, 2009.

정영해 외, 『EXCEL 통계자료 분석』, 서울 : 한국사회조사연구소, 2008.

2. 국내 논문

가은아, 「쓰기 발달의 양상과 특성 연구」, 박사학위 논문, 충북: 한국교원대학교, 2011.

교육과학기술부, "중등학교학사관리선진화방안", 보도자료, 2011. 12. 13.

교육과학기술부·한국교육과정평가원, 「2012학년도 성취평가제 운영 매뉴얼: 중학교용」, 연구보고서(ORM 2012-18), 서울: 한국교육과정평가원, 2012.

구영산, 「국어과 성취기준과 성취수준의 이해와 활용 방안: 국어과 성취평가제 도입 운영과 관련된 기본 취지와 방법」, 『성취평가제 시행을 위한 중학교 교과 핵심교원 연수 자료집(국어과)』, 서울: 한국교육과정평가원, 2012.

권태현, 「쓰기 채점 방식에 따른 국어교사의 채점 신뢰도 비교 연구」, 『교원교육』 28집, 충북: 한국교원대학교 교육연구원, 2012.

＿＿＿, 「쓰기 성취기준에 따른 학생 예시문 선정 방안 연구」, 『작문연구』 18집, 서울: 한국작문학회, 2013.

김경주, 「쓰기 영역의 교육 내용에 대한 연구: 2007 개정 국어과 교육과정 7학년 쓰기 영역 '보고서 쓰기'의 교재화를 중심으로」, 『국어교육학연구』 33집, 서울: 국어교육학회, 2008.

김성숙, 「채점의 변동요인 분석 방법에 따른 고찰: 일반화가능도 이론과 다국면 라쉬 모형의 적용과 재해석」, 『교육평가연구』 14(1), 서울: 한국교육평가학회, 2001.

김정자, 「작문 평가 방법 연구 - 평가 기준의 설정과 그 적용을 중심으로」, 석사학위논문, 서울: 서울대학교, 1992.

_____, 「쓰기 과제 구성에 대한 연구」, 『한말연구』 15집, 서울: 한말연구학회, 2004.

남민우 외, 「2007 개정 교육과정에 따른 국어과 성취기준과 평가기준 개발 연구」, 연구보고서(CRC 2008-3), 서울: 한국교육과정평가원, 2008.

_____ 외, 「2009 개정 교육과정에 따른 국어과 성취기준 및 성취수준 개발 연구」, 연구보고서(CRC 2012-3), 서울: 한국교육과정평가원, 2012.

_____ · 최숙기, 「2009 개정 국어과 교육과정 '내용 성취기준'의 적합성 조사 연구」, 『국어교육』 137집, 서울: 한국어교육학회, 2012.

노창수, 「글짓기 영역의 기능평가론」, 『국어교육』 61 · 62집, 서울: 한국어교육학회, 1987.

민현식 외, 「2011 국어과 교육과정 개정을 위한 시안 개발 연구」, 서울: 교육과학기술부, 2010.

박영목, 「작문 능력 평가 방법과 절차」, 『국어교육』 99집, 서울: 한국어교육학회, 1999.

_____, 「쓰기 평가의 주요 연구 과제」, 『작문연구』 6집, 서울: 한국작문학회, 2008.

박영민, 「평가 예시문을 활용한 쓰기 평가 개선 방안」, 『청람어문교육』 39집, 충북: 청람어문교육학회, 2009.

_____, 「국가 수준 학업성취도 평가 개선을 위한 '쓰기' 평가 이론의 정립」, 『국어교육』 134집, 서울: 한국어교육학회, 2011a.

_____, 「국어과 교육과정의 현실과 지향」, 『국어교과교육연구』 18집, 서울: 국어교과교육학회, 2011b.

_____ · 최숙기, 「중학생 논설문 평가의 모평균 추정과 평가 예시문 선정」, 『국어교육』 131집, 서울: 한국어교육학회, 2010a.

_____, 「중학생 설명문 평가에 대한 모평균 추정과 평가 예시문 선정」, 『우리어문연구』 36집, 충남: 우리어문학회, 2010b.

박종임 · 박영민, 「Rasch 모형을 활용한 국어교사의 채점 일관성 변화 양상 및 원인 분석」, 『우리어문연구』 39집, 충남: 우리어문학회, 2011.

_____, 「평가자 일관성에 따른 설명문 평가 예시문 선정의 차이 연구」, 『작문연구』 14집, 서울: 한국작문학회, 2012.

박태호, 「6가지 주요 특성 평가법을 활용한 논술 고쳐쓰기 지도」, 『새국어교육』 71집, 충북: 한국국어교육학회, 2005.

서수현, 「요인 분석을 통한 쓰기 평가 준거 설정에 대한 연구」, 박사학위논문, 서울: 고려
　　대학교, 2008.

＿＿＿, 「쓰기 과제 구성 요소의 설정에 대한 연구」, 『국어교육학연구』 33집, 경북: 국어
　　교육학회, 2008.

서영진, 「국어과 교육과정 '내용 성취 기준'의 진술 방식에 대한 비판적 고찰」, 『국어교육
　　학연구』 46집, 서울: 국어교육학회, 2013.

신현숙, 「인지적 및 동기적 변인들과 성별이 고등학생의 텍스트 유형별 쓰기 수행에 미치
　　는 영향」, 『한국심리학회지』 2집(2), 서울: 한국심리학회, 2005.

양주훈, 「쓰기 평가에서의 표준 평가 예시문의 활용 효과 연구」, 석사학위논문, 충북: 한
　　국교원대학교, 2012.

윤현진 외, 「교육과정에서의 성취기준 연구」, 연구보고서(RRC 2008-2), 서울: 한국교육과
　　정평가원, 2008.

이병승, 「작문 과제 제시 방식이 작문 성취도에 미치는 영향」, 『작문연구』 10집, 서울:
　　한국작문학회, 2010.

이경화·이향근, 「국어과 교육과정 성취 기준 진술 방식의 비판적 검토」, 『학습자중심교
　　과교육연구』 10(3), 서울: 학습자중심교과교육학회, 2010.

이수진, 「쓰기 평가 결과의 해석과 활용 방안 연구」, 『작문연구』 6집, 서울: 한국작문학회,
　　2008.

＿＿＿, 「형식주의 작문이론의 교육적 재검토」, 『작문연구』 11집, 서울: 한국작문학회,
　　2010.

이순영, 「21세기 국어과 교육과정 개정의 방향 탐색: 미국 '공통핵심기준'의 특성과 시사
　　점 분석을 중심으로」, 『청람어문교육』 43집, 충북: 청람어문교육학회, 2011.

이영진, 「대단위 작문 평가를 위한 문항 개발과 채점 방법 연구」, 박사학위논문, 충북:
　　한국교원대학교, 2012.

이은숙, 「평가예시문을 활용한 쓰기 평가 신뢰도 개선 방안 연구」, 석사학위논문, 충북:
　　한국교원대학교, 2011.

이은주, 「예시문 활용을 통한 쓰기 교수·학습 연구」, 석사학위논문, 서울: 서울대학교,
　　2002.

이인제 외, 「국어과 교육과정 개선 방안 연구」, 연구보고서(RRC 2005-3), 서울: 한국교육
　　과정평가원, 2005.

이주섭, 「미국 공통핵심기준(Common Core State Standards)의 내용 제시 방식 고찰」, 『청
　　람어문교육』 46집, 충북: 청람어문교육학회, 2012.

이재승, 「2007년 개정 국어과 교육과정의 쓰기 영역의 문제점과 개선 방향」, 『작문연구』
　　13집, 서울: 한국작문학회, 2011.

장은주·박영민·옥현진, 「2009 국어과 교육과정 쓰기 영역 내용 성취기준의 적합성 조사

분석」, 『청람어문교육』 45집, 충북: 청람어문교육학회, 2012.

정희모, 「대학 글쓰기 평가의 신뢰도와 타당도 향상을 위한 한 방안」, 『작문연구』 9집, 서울: 한국작문학회, 2009.

_____·이재성, 「대학생 글에 대한 총체적 평가와 분석적 평가의 결과 비교 연구」, 『청람어문교육』 39집, 충북: 청람어문교육학회, 2009.

조재윤, 「일반화가능도 이론을 이용한 작문 평가의 오차원 분석 및 신뢰도 추정 연구」, 『국어교육』 128집, 서울: 한국어교육학회, 2009.

정은영 외, 「국가수준 학업성취도 평가의 교과별 평가 틀 개발 연구」, 연구보고서(CRE 2010-7), 서울: 한국교육과정평가원, 2010.

최숙기, 「국어과 수행평가의 평가자 신뢰도 보고 방안 탐색」, 『작문연구』 14집, 서울: 한국작문학회, 2012.

3. 국외 논문 및 자료

Applebee, A·N., Langer, J. A., & Mullis, I. V. S., Crossroads in American Education: *The nation's report card. A summary of findings*, Princeton, NJ: Educational Testing Service, 1989.

Australian Curriculum Assessment and Reporting Authority, The Shape of the Australian Curriculum: Languages, 2011a, Retrieved from ACARA Website: http://www.acara.edu.au

_____, Year 7 English - Student Portfolio Summary, 2011b, Retrieved from Website:http://www.australiancurriculum.edu.au/Year7

Behizadeh, N. & Engelhard G. Jr., Historical view of the influences of measurement and writing theories on the practice of writing assessment in the United States, *Assessing Writng*, 16, 2011.

Brossell, G., Rhetorical Specification in Essay Examination Topics, *College English* 45, 1983.

Camp, H., The psychology of writing development – And its implication for assessment, *Assessing Writing* 17, 2011.

Cooper, C. R., Holistic evaluation of writing, In Charles R. Cooper & Lee Odell(ed), *Evaluating Writing: Describing, Measuring, Judging,* NY: State University of New York at Buffalo, 1977.

Common Core State Standards Initiative., Common core state standards, 2010, Retrieved from CCSSI Retrieved from Website: http://www.corestandards.org

Cullham, R., *Using Benchmark Papers to Teach Writing With the Traits: Middle School.*

New York, NY: Scholastic Inc, 2010.

Culham, R., *6 + 1 Traits of Writing: The Complete Guide (Grades 3 and Up)*, Scholastic Professional Books, 2003.

Flower, L., Communication strategy in professional writing: Teaching a rhetorical case, In D. W. Stevenson ed., *Courses, Components, and Exercises in Technical Communication,* Urbana, IL: NCTE, 1981.

_____, Hayes, J. R., A cognitive process theory of writing, *College Composition and Communication* 32(4), 1981.

Gary, A. Troia(Eds), 박영민 역, 『쓰기 지도 및 쓰기 평가』, 서울: 시그마프레스, 2012.

Governmemt of Alberta, Supporting English Language Learners, Tools, Strategies and Resources, Students Writing Sample, 2014, Retrieved from Website: http://www. learnalberta.ca

Hout, B., The literature of direct writing assessment: Major concerns and prevailing trends, *Review of Educational Research,* 60, 1990.

_____, Direct and indirect measure for large-scale evaluation of Writing, *Teaching of English,* 17, 2009.

Hardison, C. M, Sackett, P. R, Use of Writing Samples on Standardized Tests: Susceptivility to Rule-Based Coaching and the Resulting Effects on Score Improvement, *Applied Measurement in Education,* 21(3), 2008.

Jeffrey, J., Constructs of writing proficiency in US state and national writing assessment: Exploring variability, *Assessing Writing*, 14, 2009.

McArther, C. A., & Graham, S., & Fitzgerald, J., *Writing Research,* A Division of Guilford Publications, Inc, 2006.

McNamara, T, F., *Language Testing*, Oxford University Press, New York, 2000.

Miller, M. D., & Crocker, L., Validation methods for direct writing assessment, *Applied Measurement in Education*, 3(3), 1990.

New York State Education Department, New York State P-12 Common Core Learning Standards for English Language Arts & Literacy, 2010, Retrieved from NYSED Website: http://www.p12.nysed.gov.

Nystrand, M., A social interactive model of writing, *Written Communication,* 6, 1989.

Vermont Department of Education, Grade 10 Writing Benchmarks: Standards1, 11(Narrative Writing), 2003, Retrieved from Website: http://education.vermont.gov.

Pop. Sharon E. Osborn et al., The Critical Role of Anchor paper Selection in Writing Assessment, *Applied Measurement in Education*, 22, 2009.

Ravitch. D., National standards in English language arts: A policy perspective, *Journal* of *Reading Behavior*, 25, 1995.

Ruth, L. & Murphy, S., *Designing writing tasks for the assessment of writing*, NJ: Albex Publishing Corporation; Norwood, 1988.

Spandel, V., *Creating Writers Through 6-Trait Writing Assessment and Instruction(5th edition)*, Allyn & Bacon, 2008.

_____ & Culham, R., Writing Assessment, In Rovert E. Blum and Judith A. Alter(eds), *A Handbook For Student Performance Assessment in an Era of Restructuring*, ASCD, 1996.

_____, & Stiggins, R., *Creative writers: Linking writing assessment and instruction.* New York: Addison Wesley Longman, 1997.

Stiggins, R. J., Design and development of performance assessments, *Educational Measurement : Issues and Practice* 6(3), 1987.

White, E. M. Holisticism, *College Composition and Communication*, 35, 1984.

_____, Language and Reality in Writing Assessment, *Collage Composition and Communication,* 41(2), 1990.

Williams, J. D., *Preparing to Teaching Writing(2nd edition)*, Lawrence Erlbaum Associates, Publishers, 1998.

Wixson. Karen. K., Dutro, E., & Athan. R., The Challenge of Developing Content Standards, *Review of Research of Education*, 27(1), 2003.

찾아보기

학생 예시문 자료집

1. 학생 예시문 선정을 위한 쓰기 성취기준

학년	내용 범주		성취기준	출처
중학교군 (M)	쓰기의 원리 및 기능	내용 생성	1. 글 쓰는 목적에 맞게 정보를 수집, 분석, 재구성하여 쓸 내용을 선정하여 글을 쓸 수 있다. 2. 글쓰기 상황(목적, 주제나 화제, 예상 독자)에 알맞은 내용을 선정하여 글을 쓸 수 있다.	NAEA
		내용 조직	3. 글의 통일성과 응집성을 고려하여 내용을 조직할 수 있다. 4. 글쓰기 상황(목적, 주제나 화제, 예상 독자)을 고려하 여 내용을 조직하여 글을 쓸 수 있다.	
		표현	5. 글쓰기 상황(목적, 주제나 화제, 예상 독자)에 적합한 어휘와 표현을 선택하여 글을 쓸 수 있다. 6. 문법에 알맞은 자연스러운 문장을 쓸 수 있다.	
	쓰기의 실제	설 명 문	7. 설명하고자 하는 대상이나 개념에 맞게 적절한 설명 방법을 사용하여 독자가 이해하기 쉽게 글을 쓴다.	2009 교육 과정
		논 설 문	8. 의견의 차이가 드러나는 문제에 대해 타당한 근거를 들어 주장하는 글을 쓴다.	
		서 사 문	9. 자신의 삶을 성찰하고 계획하는 글을 쓴다.	
고등학교군(H)	쓰기의 원리 및 기능	내용 생성	1. 다양한 내용 생성 전략을 활용하여 글쓰기 상황에 맞 게 글을 쓰는데 필요한 내용을 생성할 수 있다. 2. 쓰기 과제의 요구나 조건을 고려하여 글을 쓰는 데 필요한 내용을 선정할 수 있다.	NAEA
		내용 조직	3. 글의 통일성과 응집성을 고려하여 내용을 조직할 수 있다. 4. 쓰기 과제의 요구나 조건을 고려하여 내용 전개에 적 합하게 글을 조직할 수 있다.	
		표현	5. 글쓰기 상황(목적, 주제나 화제, 예상 독자)에 적합한 어휘와 표현을 선택하여 창의적인 글을 쓸 수 있다. 6. 국어 규범을 정확히 지키며 문장을 쓸 수 있다.	

		설명문	7. 핵심적인 정보를 선별하고 작문 맥락에 맞게 정보를 조직하여 설명하는 글을 쓴다.	
쓰기의 실제		논설문	8. 작문 맥락에 대한 분석을 바탕으로 여러 가지 타당한 근거를 제시하여 주장하는 글을 쓴다.	2009 교육 과정
		서사문	9. 자신의 삶과 경험을 바탕으로 독자에게 감동이나 즐거움을 주는 글을 쓴다.	

2. 쓰기 성취기준에 따른 성취 수준

학년	성취 수준	성취 수준 진술문
중3	상	• 설명 대상이나 개념에 맞는 설명 방법을 사용하여 적절한 내용과 방법으로 설명하는 글을 쓸 수 있으며 타당하고 다양한 근거를 들어 주장하는 글을 쓸 수 있다. 또한 자신의 삶을 성찰하고 의미 있는 삶의 계획이 드러나는 글을 쓸 수 있다. • 쓰기 상황(목적, 주제, 화제, 예상 독자) 등을 분석하여 여러 가지 내용 선정 방법을 활용해 다양한 자료를 수집한 후 이를 쓰기 목적에 맞게 분석, 재구성하여 쓸 내용을 선정할 수 있다. • 쓰기 상황에 대한 분석을 바탕으로 글의 통일성과 응집성을 고려하여 내용을 조직할 수 있다. • 쓰기 상황 및 매체 특성을 고려하여 적절한 어휘나 표현을 선택할 수 있으며 문법에 맞는 자연스러운 문장을 쓸 수 있다.
중3	중	• 적절한 설명 방법을 사용하여 설명하는 글을 쓸 수 있으며 타당한 근거를 들어 주장하는 글을 쓸 수 있다. 자신의 삶을 성찰하고 계획하는 글을 쓸 수 있다. • 적절한 내용 생성 방법을 활용하여 자료를 수집한 후 이를 쓰기 목적에 맞게 분석, 재구성하여 쓸 내용을 선정할 수 있다. • 글의 통일성과 응집성을 고려하여 내용을 조직할 수 있다. • 쓰기 상황을 고려하여 알맞은 어휘 및 표현을 선택하고 문법적인 문장을 쓸 수 있다.
중3	하	• 적절한 설명 방법을 사용하여 설명하는 글을 쓰거나 타당한 근거를 들어 주장하는 글을 쓰는데 어려움을 보인다. 또한 자신의 삶을 성찰하거나 계획하는 글을 쓰는데 어려움을 보인다. • 적절한 내용 선정 방법을 활용하여 자료를 수집하거나 내용을 선정하고 이를 쓰기 목적에 맞게 분석, 재구성하여 쓸 내용을 마련하는 데 어려움을 보인다. • 쓰기 상황을 제대로 분석하지 못하거나 글의 통일성(응집성)을 고려해 내용을 조직하는 데 어려움을 보인다. • 문법적인 문장을 쓰거나 쓰기 상황을 고려하여 알맞은 어휘나 표현을 선택하는 데 어려움을 보인다.
고2	상	• 작문 맥락에 대한 적절한 분석을 바탕으로 핵심 정보를 선별하고 이를 적절히 조직하여 설명하는 글을 쓸 수 있으며 여러 가지 타당한 근거를 들어 주장하는 글을 쓸 수 있다. 또한 자신의 삶과 경험을 바탕으로 독자에게 감동과 즐거움을 주는 글을 쓸 수 있다. • 부여된 쓰기 과제의 요구나 조건을 종합적으로 분석하고 다양한 내용 생성 전략을 활용하여 쓸 내용을 폭넓게 마련할 수 있다.

	• 부여된 쓰기 과제의 요구나 조건을 종합적으로 분석하고 글의 통일성과 응집성을 고려하여 글을 조직할 수 있다. • 쓰기 상황(목적, 주제나 화제, 예상 독자) 및 매체 특성을 고려하여 창의적인 표현을 할 수 있으며 국어 규범을 정확히 지키며 글을 쓸 수 있다.
중	• 작문 맥락에 대한 분석을 바탕으로 정보를 선별하고 조직하여 설명하는 글을 쓸 수 있으며 타당한 근거를 들어 주장하는 글을 쓸 수 있다. 또한 자신의 삶과 경험을 바탕으로 독자에게 즐거움을 주는 글을 쓸 수 있다. • 부여된 쓰기 과제의 요구나 조건을 분석하고 다양한 내용 생성 전략을 활용하여 쓸 내용을 마련할 수 있다. • 부여된 쓰기 과제의 요구나 조건을 분석하고 문단 구성 및 문단 전개의 일반 원리를 고려하여 글을 조직할 수 있다. • 쓰기 상황(목적, 주제나 화제, 예상 독자)을 고려하여 창의적인 어휘 및 표현을 선택하고 규범적인 문장을 쓸 수 있다.
하	• 핵심 정보를 선별하고 이를 적절히 조직하여 설명하는 글을 쓰거나 여러 가지 타당한 근거를 들어 주장하는 글을 쓰는데 어려움을 보인다. 또한 자신의 삶과 경험을 바탕으로 독자에게 감동과 즐거움을 주는 글을 쓰는 데 어려움을 보인다. • 부여된 쓰기 과제의 요구나 조건을 적절히 분석하거나 다양한 내용 생성 전략을 폭넓게 사용하여 내용을 선정하는 데 어려움을 보인다. • 부여된 쓰기 과제의 요구나 조건을 적절히 분석하거나, 문단 구성 및 문단 전개의 일반 원리를 종합적으로 고려하여 글을 조직하는 데 어려움을 보인다. • 규범적인 문장을 쓰거나 쓰기 상황(목적, 주제나 화제, 예상 독자)을 고려하여 창의적인 어휘, 표현을 선택하는데 어려움을 보인다.

3. 학생 예시문에 대한 평가 기준

학 년	평가 범주		평가 기준	척도						점수
중 학 교 3 학 년	내 용	1	글을 쓰는 목적에 맞게 정보를 수집, 분석, 재구성하여 쓸 내용을 선정하였는가?(M1)	1	2	3	4	5	6	18
		2	글쓰기 상황(목적, 주제나 화제, 예상 독자)에 알맞은 세부 내용을 선정하였는가?(M2)	1	2	3	4	5	6	
		3	- 설명 대상에 적합한 설명 방법을 사용하였는가?(설명문) - 주장에 대한 근거가 타당한가?(논설문) - 삶에 대한 성찰과 계획이 드러나는가?(서사문)	1	2	3	4	5	6	
	조 직	1	문단 구성 및 문단 전개의 원리를 고려하여 내용을 조직하였는가?(M3)	1	2	3	4	5	6	18
		2	글의 통일성과 응집성을 고려하여 내용을 조직하였는가?(M4)	1	2	3	4	5	6	
		3	글쓰기 상황(목적, 주제나 화제, 예상 독자)을 고려하여 내용을 조직하였는가?(M5)	1	2	3	4	5	6	
	표 현	1	글쓰기 상황(목적, 주제나 화제, 예상 독자)에 적합한 어휘와 표현을 선택하였는가?(M6)	1	2	3	4	5	6	12
		2	문법에 알맞은 자연스러운 문장을 사용하였는가?(M7)	1	2	3	4	5	6	
고 등 학 교 2 학 년	내 용	1	글쓰기 상황(목적, 주제나 화제, 예상 독자)에 맞게 다양한 내용을 생성하였는가?(H2)	1	2	3	4	5	6	18
		2	쓰기 과제의 요구나 조건에 알맞은 세부 내용을 선정하였는가?(H1)	1	2	3	4	5	6	
		3	- 화제에 관한 핵심적인 정보를 선별하였는가? (설명문) - 주장에 대한 여러 가지 타당한 근거를 들었는가?(논설문) - 독자에게 감동이나 즐거움을 주는 내용인가? (서사문)	1	2	3	4	5	6	
	조 직	1	문단 구성 및 문단 전개의 일반 원리를 고려하여 내용을 조직하였는가?(H3)	1	2	3	4	5	6	18

	2	글의 통일성과 응집성을 고려하여 내용을 조직하였는가?(H4)	1	2	3	4	5	6	
	3	쓰기 과제의 요구나 조건을 고려하여 내용을 조직하였는가?(H3)	1	2	3	4	5	6	
표현	1	글쓰기 상황(목적, 주제나 화제, 예상 독자)에 적합한 어휘와 표현을 활용하여 창의적으로 글을 썼는가?(H5)	1	2	3	4	5	6	12
	2	국어규범을 정확히 지키며 글을 썼는가?(H6)	1	2	3	4	5	6	

4. 학생 예시문 선정을 위한 쓰기 과제

〈중학교 쓰기 과제〉

설명문

내가 잘 아는 대상에 대해 소개하는 글쓰기

설명문이란 글쓴이가 알고 있는 정보를 독자가 이해하고 기억할 수 있도록 쉽게 풀어쓴 글입니다. 글쓴이는 독자가 이해하기 쉽도록 설명 대상에 맞는 설명 방식을 택하여 글을 쓰게 됩니다. 여러분이 잘 알고 있는 대상을 사람들에게 글로 설명해 봅시다. 다음은 여러분들이 잘 쓸 수 있을 만한 설명 대상들입니다. 이 중에 하나를 골라 설명문을 써 봅시다.

☐ 내가 잘 만드는 요리   ☐ 나의 취미
☐ 내가 잘 아는 상식   ☐ 내가 좋아하는 운동
☐ 소개해주고 싶은 책   ☐ 가족 여행지 추천
☐ 감명 깊게 본 영화나 드라마

■ 설명 대상에 대한 지식이나 정보가 부족할 경우, 인터넷이나 책을 찾아봐도 좋습니다.

논설문

숫자의 함정에 빠진 데이 열풍

요즘 수많은 데이들이 생겨나고 있습니다. 발렌타인데이, 화이트데이, 블랙데이, 와인데이, 로즈데이 등 이름을 다 외우기도 버겁습니다. '데이'의 범람은 여기서 그치지 않습니다. '커플 데이'(2월 22일), '꽈배기데이'(8월 8일), '천사데이'(10월 4일) 등 이제 우리 일상은 셀 수 없이 많은 '데이'로 꽉 채워질 판입니다. 이러한 데이는 친구 사이의 우정과 자신의 존재를 확인할 좋은 기회이기도 하지만 한편으로는 즉흥적인 상술이라는 점에서 비난의 대상이 되기도 합니다. 여러분은 '데이' 열풍에 대해서 어떻게 생각하시나요? 이 문제에 대한 자신의 생각을 글로 써 봅시다.

주장하는 글을 쓰기 위해서는
☐ 해당 문제에 대한 다양한 의견을 찾아보고, 자신의 주장을 정합니다.
☐ 자신의 주장을 뒷받침할 수 있는 근거를 마련해 봅시다.
☐ 마련한 근거를 들어 주장하는 글을 써 봅시다.

서사문

학교 신문에 내 자서전을 써 봅시다.

학교 신문에 내 자서전을 써 봅시다. 자서전이란 자신이 실제 살아온 삶을 기록하는 글로, 자신의 삶을 성찰할 수 있게 해 주는 동시에 자신의 의미 있는 경험을 다른 사람과 공유할 수 있게 해 주는 글입니다. 자서전을 쓸 때에는 자신이 지닌 삶의 특별한 경험을 간추려 시간의 순서나 화제의 순서 에 따라 정리하여 씁니다.

다음은 자서전을 쓸 때, 포함할 수 있는 내용들입니다. 이 내용들 중 자신에게 의미 있는 항목들을 골라 자서선을 써 봅시다.

□ 나의 출생 과정   □ 나의 가정환경   □ 내 삶의 좌우명
□ 나의 취미나 특기   □ 내 보물 1호   □ 나의 장래 희망
□ 나의 유년 시절   □ 나의 학창 시절   □ 나의 교우 관계
□ 내 삶에 영향을 준 사건 □ 내가 존경하는 사람과 그 이유

〈고등학교 쓰기 과제〉

설명문

내가 잘 아는 대상에 대해 소개하는 글쓰기

설명문이란 글쓴이가 알고 있는 정보를 독자가 이해하고 기억할 수 있도록 쉽게 풀어쓴 글입니다. 글쓴이 는 독자가 이해하기 쉽도록 설명 대상에 맞는 설명 방식을 택하여 글을 쓰게 됩니다. 여러분이 잘 알고 있는 대상을 사람들에게 글로 설명해 봅시다. 다음은 여러분들이 잘 쓸 수 있을 만한 설명 대상들입니다. 이 중에 하나를 골라 설명문을 써 봅시다.

□ 내가 잘 아는 사회 현상   □ 나의 취미
□ 효과적인 공부법   □ 내가 사는 지역
□ 내가 잘 아는 과학 상식   □ 추천할 만한 견학 코스
□ 내가 좋아하는 운동   □ 소개해주고 싶은 책
□ 감명 깊게 본 영화나 드라마

■ 설명 대상에 대한 지식이나 정보가 부족할 경우, 인터넷이나 책을 찾아봐도 좋습니다.

동물 실험, 금지해야 하나?

동물 실험에 대한 찬반의 여론이 뜨겁습니다. 동물 실험이란 동물을 대상으로 다양한 실험을 하고 그 결과로 나타나는 동물의 신체 반응을 관찰, 측정, 해석하는 것입니다. 동물 실험은 인간을 위한 새로운 약을 개발하거나 의학 연구를 하는데 있어서도 필수적인 절차로 활용되고 있습니다. 그러나 인간과 마찬가지로 동물의 생명도 존중되어야 한다는 점을 들어 반대하는 사람들도 많습니다. 여러분은 동물 실험에 대해 어떻게 생각하시나요?

동물 실험에 대한 여러분의 생각을 글로 써 봅시다. 동물 실험에 찬성 혹은 반대하는 자신의 주장을 분명히 밝히고 그에 대한 타당한 논거를 들어 주장하는 글을 써 봅시다. 여러분의 글은 다른 학생들도 볼 수 있도록 공개되는 인터넷 블로그에 올린다고 가정해 봅시다. 그럼 시작해 볼까요?

이런 일이 있었기에 오늘의 내가 있다

사람은 누구나 살면서 실패를 경험합니다. 열심히 공부했지만 시험에 떨어지기도 하고, 친한 친구와 헤어지기도 하고, 병이 나기도 하고, 큰 실수를 하기도 합니다. 이러한 실패는 우리의 마음에 고통을 가져옵니다. 그러나 이러한 고통은 좋은 거름이 되기도 합니다. 실패의 고통을 이겨내면서 우리의 마음이 부쩍 성장하기 때문입니다. 즉, 마음의 성장이 이루어지려면 실패와 고통이 밑거름이 되어야 합니다.

여러분도 지금까지 살아오면서 어떤 실패나 고통을 이겨낸 후에 자기 자신이 부쩍 성장했다고 느낀 적이 있을 것입니다. 그러한 실패와 성장이 반복되면서 오늘날의 여러분이 있는 것입니다. 여러분의 그러한 성장 이야기는 현재 어려움을 겪고 있는 다른 학생들에게도 큰 힘이 될 것입니다. 그래서 여러분의 이야기를 책으로 엮어서 다른 학생들에게도 전해주고자 합니다.
여러분이 겪었던 경험들을 차분하게 되짚어 보고, 그러한 경험 중에서 자기 자신을 성장하게 했던 경험이 잘 드러나게 글을 써 봅시다. 특히 그 경험을 통해서 어떤 생각을 하게 되었고, 어떤 성장을 이루었는지를 구체적으로 써 봅시다.

5. 설명문

가. 중학생 설명문

(1) 중학생 설명문 성취 수준 '상'

성취 수준	쓰기 능력 요인			총점 평균	표준 편차	모평균
	내용	조직	표현			
상	17.52	17.30	11.39	46.22	2.96	45.01≤m≤47.43

제목: 사람은 어떻게 기억을 할까?

이제 시험기간이 다가온다. 학생들은 배운 것을 열심히 공부하고, 또 이를 암기하려고 노력한다. 그리고 잘 기억이 나지 않아 힘들어하기도 한다. 공부를 하다가 문득 내가 이 내용들을 어떻게 기억하는지 궁금해졌다. <u>지금부터 사람이 보고 듣고 느낀 것을 어떻게 기억하는지, 그리고 기억력을 높이는 방법에 대해 알아보도록 하자.</u>

기억에 대해 알려면 먼저 뇌에 대해 알아야 한다. 감각 기관에서 받아들인 자극은 고속도로처럼 몸 전체에 퍼져있는 신경계를 거친다. 그리고 뇌와 척수로 전달되는 것이다. 그래서 기억은 뇌 중에서 대뇌 피질에 저장된다.

사람의 기억은 3가지 단계를 거쳐야 한다. <u>첫째는 '입력'단계이다.</u> 입력은 현재 체험하고 있는 전부의 것이 남는 게 아니라, 특별히 인상적이었던 것만이 기억된다. 입력은 외우려고 노력해서 입력되는 경우와 나도 모르는 사이 이루어지는 것이 있다. 영어 단어나 수학 공식을 열심히 암기하는 것과 굳이 노력하지 않아도 텔레비전의 CM송을 흥얼거리는 것이 그 예이다.

두번째 단계는 '저장'이다. 입력된 것이 필요할 때까지 또는 어떤 기회에 의식의 표면에 떠오를 때까지 축적되는 것을 말한다. 사람은 기억을 폴더처럼 분류해서 저장한다. 그런데 사람마다 이 폴더를 만드는 방법이 제각각이다. <u>비가 오는데 우산이 없어서 편의점에 갔다가 아르바이트 하는 여자를 보고 한눈에 반했다고 하자. 이 사건을 비가 오는날마다 벌어지는 사건 폴더에 넣는 사람이 있는가 하면, 우연히 만나 반한 여자 폴더에 넣는 사람도 있을 것이다.</u> 이처럼 같은 기억이라도 사람마다 다른 형태로 저장된다.

마지막 단계는 '인출'이다. 인출은 보유된 과거의 경험이 어떤 기회에 생각나는 것을 가리킨다. 인출은 적극적으로 생각해내려고 해서 기억나는 경우와 의도 없이 갑자기 떠오르는 경우가 있다. <u>앞에서 든 예로 '비오는 날 있었던 즐거운 일' 폴더에 넣은 사람은 '비가 오는 날 '에</u>

M1: 예상 독자를 고려하여 주제에 관한 다양한 정보를 수집하고, 이를 '기억의 과정'과 '기억력을 높이는 방법'이라는 두 가지 내용으로 재구성하였다.

M3: '첫째', '둘째'와 같은 표지를 통해 글의 응집성을 강화하였다. '기억의 과정과 방법'이라는 주제를 중심으로 통일성 있게 글을 조직하였다.

M2: 예상 독자를 고려하여, '비오는 날의 만남'이라는 친근한 비유를 통해 어려운 개념을 전달하였다.

M6: 짧고 간단한 문장, 쉬우면서도 보편적인 예를 통해 알기 쉽게 정보를 전달하고 있다.

또 다른 재미있는 일이 벌어질 때 이 일을 함께 기억해 낼 것이다. 이에 반해 '우연한 만남'이라는 폴더에 넣은 사람이라면 비가 오는 날과 상관없이 우연히 말 걸기를 시도해서 잘 될 때마다 그날의 에피소드를 떠올릴 것이다.

　그렇다면 기억력을 높이는 방법에는 무엇이 있을까? 먼저 잘 자고 휴식을 적절히 취해줘야 한다. 보통 낮에 축적한 기억은 수면 중에 중요한 기억만 장기기억으로 분류되어 저장된다. 그리고 3번 정도 반복해서 외워야 한다. 기억력에 도움이 되는 음식도 있다. 레몬, 녹차, 두부, 생선 등이 그것이다. 또한 외운 것이 있다면 남에게 설명해봐야 한다. 그 과정을 통해 배운 내용을 자신의 것으로 정리 할 수 있다.

　지금까지 기억의 과정과 기억력을 높이는 방법에 대해 알아보았다. 효과적인 암기와 기억을 위해서는 입력-저장-인출의 과정을 알맞게 거쳐야 한다. 우리는 앞으로 수많은 일들을 기억하고 암기하고 생각해야 한다. 그럴 때마다 앞에서 살펴보았던 방법을 사용하고 나만의 암기법을 만들어 이를 적극적으로 활용해야 할 것이다.

M4: 독자에게 글의 핵심 내용을 순차적으로 안내함으로써 정보전달의 효과를 높이고 있다.

• 윗글은 총점 46.22점으로 중학생 설명문에서 최고점을 받았다. 내용, 조직, 표현의 모든 요인에서 성취 수준 '상'의 평가를 받았다. 윗글은 예상 독자인 동료 학생들을 고려하여 '기억의 과정', '기억력을 높이는 방법'이라는 유용한 정보를 전달한 글이다. 특히 '컴퓨터 폴더'나 '비오는 날의 만남'과 같은 익숙한 예를 통해 어려운 개념을 효과적으로 전달하였다. 조직적인 측면에서는 핵심적인 내용을 순차적으로(기억의 과정→기억의 방법) 전달하였으며 '첫째', '둘째', '그렇다면' 등의 표지를 통해 내용을 응집성 있게 조직하였다. 위 글은 설명 대상을 명확하고 쉬운 언어로 표현하였으며 예상 독자를 고려하여 짧고 간단한 문장과 표현을 사용하였다. 또한 문장 유형에 따른 어미의 선택이 적절하며 문법에 맞지 않는 표현을 찾기 어려울 정도로 정확한 표현을 사용하였다.

(2) 중학생 설명문 성취 수준 '중'

성취 수준	쓰기 능력 요인			총점 평균	표준 편차	모평균
	내용	조직	표현			
중	12.39	10.96	9.04	32.39	5.48	31.23≤m≤34.96

제목: 강아지 키우는 방법

요즘 강아지를 키우는 사람들이 점점 늘어나고 있다. 필자도 두살짜리 말티즈 한 마리를 키우고 있다. 하지만 강아지를 잘못 키우다가 유기견이 되는 경우가 많다. 길에서 쓰레기를 뒤지거나 차에 치어죽는 강아지를 보면 마음이 너무 아파 이번에 강아지를 잘 키우는 법에 대해 설명하려고 한다.

강아지를 키울때 가장 중요한 것은 주인과의 친밀감이다. 주인과의 친밀감이 형성된 후에 배변훈련이나 다른 훈련을 시켜야 한다. 강아지와 친밀도를 높이는 방법은 어렵지 않다. 같이 산책도 자주 하고 잘 쓰다듬어주고 보살펴준다면 강아지는 주인을 쉽게 잘 따른다. 주인과의 친밀감이 잘 형성되었다면 다양한 훈련을 시작한다. 여기서 훈련이란 배변훈련이나, 손, 안돼 등 행동을 지시하는 것을 말한다. 배변훈련은 너무 갑작스럽게 하지 않는 것이 좋다. 배변훈련을 하기 위해서는 절대 그런 것은 아니지만 배변 패드를 사는 것이 좋다. 강아지가 집안에 배변을 했을 경우는 절대 때리지 말고 가볍게 혼을 낸다. 그리고 강아지의 배변을 패드 위에 올려놓는다. 그러면 다음부터 강아지는 패드에 변을 보게 된다.

강아지를 산책시킬 때 목줄을 하지 않는 사람들이 많다. 절대 그러면 안된다. 도로에는 사각지대도 많고 차들이 매우 빨리 달리므로 목줄을 꼭 하고 산책을 하도록 한다.

강아지를 잘 키우기 위해서는 훈육과 칭찬이 필수이다. 칭찬을 할때는 잘 쓰다듬어주고 먹을 것도 주고 잘못했을때는 단호하게 혼을 내야 한다. 그렇다고 잘못했다고 해서 때리는 것은 좋지 않다. 강아지는 낮고 강한 목소리로 잘못을 지적만해도 충분히 알아듣고 자신의 행동을 고치기 때문이다.

M2: 예상 독자를 고려하여 유용한 정보를 선정하였으며 유기견에 대한 안타까움을 제시하여 독자의 흥미를 유발하였다.

M3: '친밀감 형성', '목줄', '훈육과 칭찬' 등 화제에 따라 문단을 구분하였다.

M5: 설명문의 특성에 맞는 쉬운 어휘와 표현을 사용하였으나, 내용의 흐름상 어색한 표현이 나타난다.

M6. 문장의 연결이 매끄럽지 않고 띄어쓰기나 맞춤법의 오류가 나타난다.

• 윗글은 총점 32.39점으로 중학생 설명문에서 평균점을 받았다. 윗글은 '강아지를 키우는 방법'이라는 일상적이고 흥미로운 주제를 알기 쉽게 설명한 글이다. 그러나 정보의 양이나 다양성이 다소 부족하며 자신의 개인적 경험을 바탕으로 했다는 점에서 정보의 객관성이 검증되지 않았다는 한계가 있다. 윗글은 화제에 따라 문단을 구분한 점, 처음 중간의 내용 구분이 명확한 점에서 구조화되어 있으나 문단의 연결이 매끄럽지 않으며 지엽적인 부분(배변 훈련)에 대한 분량이 과하여 전체적으로 글의 균형이 깨진 문제점이 있다. 윗글은 설명 대상을 평이하게 표현하였으나 구체적인 방법을 풀어 설명하지 못했고 독자의 관심이나 흥미를 유도하는 어휘의 표현이 제한적이다. 또한 문장의 연결이 어색하거나 호응이 잘 되지 않는 부분이 나타난다.

(3) 중학생 설명문 성취 수준 '하'

성취 수준	쓰기 능력 요인			총점 평균	표준 편차	모평균
	내용	조직	표현			
하	8.48	6.48	6.13	21.09	5.31	19.31≤m≤23.19

제목: 아이언맨 3

　이번에 나온 아이언맨 3는 지금까지 나온 아이언맨 시리즈와 약간 다른 설정이 있었다. 우선 첫번째는 지금까지 단순한 영웅물에서 상징들을 넣으며 영화 중간중간 주인공에 행동에 숨은 의미를 부여했다는 것이다. 그냥 액션 보는 맛으로 보던 영웅물에 숨겨진 의미들을 담으면서 상영이 끝나고 같이 본 사람들과 영화에 대한 의미를 얘기하여 또 다른 즐거움을 누릴수 있게됐다. 두번째는 영화속 주인공의 슈트인 아이언맨 슈트가 주인공의 말에 반응해서 어디있든간에 날아와 착용이 가능하다는 점이다. 이건 주인공의 현실도피증세가 생겨서 주인공이 만든 시스템인데 슈트없이는 아무것도 못하는 일반인으로서의모습을 탈피하기 위함이라고 생각한다. 이번 시리즈는 이전에 나온 영화 어벤져스의 내용과 이어진다. 영화 중간중간에 어벤져스의 내용이 나오는 가 하면, 그 영화 때문에 생긴 주인공의 공황증세를 보이게됐다는 것이다. 이번 아이언맨 3는 주인공의 각성하는 것을 보여준다. 뭐냐하면, 아이언맨슈트를 입어야 아이언맨이 되는 것이었는데 이제는 주인공 자신이 마지막부분에서 "나는 아이언맨이다"라고 말하는 장면이 뜻하는 것이 주인공 그 자신이 아이언맨이라고 뜻하는 것이라 생각한다. 영화에 꽤 많은 암시가 있었던 만큼 조만간 또 후속작이 나올 것 같다.

M1: 화제에 대한 소개 없이 갑작스럽게 도입부가 시작되어, 영화를 잘 모르는 독자에 대한 배려를 찾기 어렵다.

M3: 문단의 구분이 없으며 중심 문장을 찾기 어려워 독해가 어렵다.

M3, M6: 내용의 통일성에 위배되며 서술어의 철자 오류, 띄어쓰기 오류 등이 존재한다.

M5: 문장의 연결이 어색하며 배경지식을 제공하여 독자를 배려하는 노력을 찾을 수 없다.

● 윗글은 총점 21.09로 중학생 설명문 '하' 수준에 해당한다. 윗글은 화제에 대한 정보가 재구성 없이 두서없이 나열됨으로써 독자의 독해를 어렵게 하고 개인적인 감상에 불과한 정보가 포함되어 설명문의 특성에도 위배된다. 윗글은 화제를 도입하거나 요약, 정리하는 부분이 없으며 문단 구분이 불명확하며 설명의 초점도 분명치 않다. 또한 맞춤법이나 띄어쓰기 오류가 자주 눈에 띄고 문장의 연결이 자연스럽지 않다.

나. 고등학생 설명문

(1) 고등학생 설명문 성취 수준 '상'

성취 수준	쓰기 능력 요인			총점 평균	표준 편차	모평균
	내용	조직	표현			
상	17.43	17.21	10.87	45.53	2.19	44.70≤m≤46.37

제목: 한국인 제 3의 주식, 라면

나는 내가 가장 즐겨먹는 음식인 라면에 대해 설명하고자 한다. 인스턴트라면은 매년 전 세계에서 1천억 개가 팔리고, 한국인이 연간 73개를 먹는 식품이다. 그래서 혹자는 라면을 밥과 빵에 이은 제 3의 주식이라고도 말한다. 라면은 스프의 맛과 농도를 조절하여 다양한 사람들의 입맛을 충족시킬 수 있으며 조리와 보관이 용이하기 때문에 구호물자로도 많이 쓰인다. 특히 한국은 전 세계 6위의 라면 소비국이자 1인당 라면 소비량에서는 1위를 차지하고 있을 정도로 '라면의 나라'이다. 그렇다면 과연 라면은 어떻게 태어난 것이며 어떤 경로로 발전되어 온 것일까?

라면은 본래 중국 음식이었지만 메이지유신 직후 일본에 전래되었다. 일본의 라면은 요즘 일본 라면집에서 팔고 있는 라면처럼 육수에 생면을 쓰는 라면이었다. 그러다가 전후 일본의 사업가 안도 모모후쿠가 오랜 연구 끝에 1950년대 '닛싱 치킨 라멘'이라는 최초의 인스턴트 라면을 출시하게 된다. 이후 안도 모모후쿠는 미국의 인스턴트 라면 소비자들이 컵에 면을 넣고 포크로 먹는 것을 보고 1971년 '컵 누들'이라는 최초의 컵라면을 개발하는 등 인스턴트 라면의 대중화에 크게 공헌했다.

우리나라의 인스턴트 라면 역시 일본의 인스턴트 라면에서 유래했다. 안도 모모후쿠가 특허를 내지 않은 덕에 1963년 삼양에서 국내 최초의 라면인 '삼양라면'을 출시하였다. 그후 라면 붐이 일어나면서 맛이 개량되고 일본식 인스턴트 라면과 다른 맵고 짠맛의 한국식 라면이 탄생되었다. 그로부터 수십년이 지난 지금 우리나라의 라면은 종류도 다양해지고 맛도 좋아져 현재 전세계 수출량 1위를 달리고 있는 대표 식품이 되었다.

라면의 면에는 크게 유탕면과 건면, 생면이 있다. 유탕면은 밀가루를 반죽하고 숙성시킨 뒤 기름에 튀겨 만든 면으로 우리가 가장 흔하게 접하는 면이다. 건면은 고온에서 단시간 건조시킨 것으로 생면의 식감이 살아있는 면이며, 생면이란 말 그대로 기름에 튀기지 않은 면이다. 인스턴트라면은 또한 포장 상태에 따라 봉지 라면과 컵 라면으로도

H1:설명문의 특성에 맞게 수치 등 객관적 정보를 활용하였다.

H2: 흥미로운 주제를 선정하여 예상 독자의 호기심을 유발하고 글에서 다룰 정보를 개관함으로써 독해를 돕고 있다.

H3, H5: 연결어나 표지를 사용하여 문장을 자연스럽게 연결하였으며 정확한 표현을 사용하여 독자에게 신뢰감을 주고 있다.

H4: 설명대상에 맞게 분류나 예시 등의 전개 방식을 사용하였다.

나눌 수 있다. 라면의 스프는 고기 맛을 내기 위해 육류에서 추출한 농축액을 분말로 만들어 첨가하거나 고기 향미료를 넣어 만든다. 또 감칠맛을 내는 화학조미료인 MSG와 구수한 맛을 내는 핵산조미료인 IMP, GMP 등도 많이 들어간다. 라면 스프에서 가장 큰 비율을 차지하고 있는 성분은 정제소금과 간장분말이다. 라면 하나가 성인 1일 나트륨 섭취 상한선의 75~95%를 함유하고 있기 때문에 라면 조리 시 되도록 스프의 양을 줄이고, 라면 국물을 모두 마시는 것은 삼가는 것이 좋다.

라면은 바쁜 일상에서 우리의 끼니를 해결해주는 고마운 음식이다. 그러나 라면은 열량이 높은 대신 영양가가 낮고 특히 나트륨이 다량 함유되어 있어 지나친 섭취는 건강에 해롭다. 일상생활에서 자주 먹는 음식일수록 그 유래와 역사, 영양의 측면을 알고 먹을 필요가 있다.

H5: 화제와 연관된 유용한 정보를 제공함으로써 독자의 관심을 유도하였다.

H5: 설명대상의 특성을 효과적으로 드러내는 창의적인 표현이 두드러진다.

• 윗글은 총점 45.53점으로 고등학교 설명문에서 최고점을 받았다. 윗글은 '라면'이라는 일상적 소재에 대한 다양한 정보를 적절한 수준으로 구체화하여 전달하였다. 라면의 유래와 종류라는 설명 대상이 명확하며 정보의 구체성을 고려한다면 매우 다양한 방식으로 정보를 수집했을 가능성이 높다. 윗글은 처음, 중간, 끝의 구성이 명확하고 문단별 중심 내용이 분명하지만 4문단의 연결이 다소 어색하다는 점이 문제로 지적되었다. 라면의 역사를 시간적 순서에 따라 적절히 조직하여 전달하였고 설명 대상에 적절한 내용 전개 방법을 사용하였다. 윗글에는 예상 독자의 흥미를 끌 만한 창의적이고 적절한 표현들이 사용되었고 문법에 어긋나거나 맞춤법이 틀린 단어를 거의 찾아볼 수 없다. 적절한 접속어나 연결어를 사용하였으며 정확한 인용을 통해 글의 신뢰성을 높였다.

(2) 고등학생 설명문 성취 수준 '중'

성취 수준	쓰기 능력 요인			총점 평균	표준 편차	모평균
	내용	조직	표현			
중	10.93	12.67	8.27	31.87	6.99	26.40≤m≤31.42

제목: 영화 '광해'

　사람들에게 우리나라의 역대 왕들 중에서 폭군이었던 왕이 누구였냐고 물으면 대부분 연산군이나 광해군을 대답한다. 그중 나는 역사기록상 악랄하였던 광해군을 다른 시각으로 바라본 영화 '광해'에 대해 설명하고자 한다. 영화 '광해'는 신하들로부터 목숨의 위협을 받았던 광해군이 자신과 똑같은 얼굴을 한 사람을 찾아 잠시 동안 바뀌치기를 한 내용을 다루고 있다. 처음에 이 영화를 예고편을 통해 접하게 되었는데, 평소에도 역사에 관심이 많았던 나는 광해군을 다룬 사극 영화가 나온다는 말에 예고편을 보자마자 영화를 보기로 마음을 먹었다. 영화는 내 기대 이상이었다.

　영화 '광해'에서 주목해서 보아야 할점은 첫번째로 주연배우 이병헌의 1인2역 연기이다. 영화 내용에서 진짜 광해와 가짜 광해가 만나는 장면이 있는데 그 장면은 혼자 연기한 것이라고는 믿을 수 없을 정도로 리얼했다. 두번째로는 승정원 일기에서 실제로 10일 간의 기록이 사라진 점이다. 영화 내용중에서 류승룡이 없애는 장면이 나왔기 때문에 각색된 내용이지만 진짜일수도 있다는 기대감을 갖게 되었다. 세번째로 영화가 주는 메시지이다. 가짜 왕이 오히려 진짜 왕보다 더 왕답게 변화하는 과정을 통해 우리에게 리더가 가져야 할 요건에 대해 말해주고 있다.

　광해군을 다룬 영화나 드라마는 이 영화 '광해'가 거의 처음인것 같은데 앞으로도 광해군을 다룬 다른 작품이 나와도 밀리지 않을 것 같다는 생각이 들었다. 앞으로도 많은 작품들이 나와 광해군을 재조명했으면 좋겠고 역사에 관심이 있는 사람들이라면 꼭 한번 이 영화 '광해'를 보기를 권한다(HEA-6).

H2: '다른 시각'이 무엇인지를 구체적으로 밝히지 않음으로써 결과적으로 글의 초점이 불명확해지고 핵심적인 설명 대상을 찾기 어렵다.

H2: 영화의 줄거리를 압축적으로 제시하여 독자의 이해를 도왔으나 정보의 양이 제한적이다.

H3,H4: 화제와 관련하여 문단의 중심 내용이 드러나지만, 설명 대상에 맞는 적절한 설명 방식이 뚜렷하게 나타나지는 않는다.

H5: 설명문의 특성에 맞지 않는 추측이나 주관적 표현이 자주 나타난다.

• 윗글은 고등학생 설명문 중 평균점을 받아 성취 수준 '중'으로 선정된 글이다. 윗글은 영화라는 화제를 소개하는 과정에서 영화의 핵심적 줄거리를 압축적으로 제시하고 영화에서 감상의 초점이 무엇인지를 밝힘으로써 독자에게 유용한 정보를 전달하였다. 그러나 전반적으로 정보의 양이나 구체성 수준이 미흡하고 주관적 감상에 치우친 설명이 많아 설명문의 특성에 부합하지 않는 면이 있다. 윗글은 내용상 처음, 중간, 끝이 구별되며 화제 소개, 화제에 대한 설명, 감상 및 독자에 대한 당부 등으로 구조화되어 있다. 그러나 처음과 중간의 구분이 모호하고 중심 내용이 서술된 2문단의

내용이 빈약하다. 윗글은 비교적 평이한 어휘를 통해 적절히 표현하였으나 정보의 속성에 맞는 표현 전략이 부족하고 영화의 의미를 해석하거나 평가하는 표현 전략이 보이지 않는다. 띄어쓰기나 맞춤법이 일부분 틀렸으며(보아야 할점은, 내용중에서, 주목해애서, 바뀌치기), 접속어 사용이 부족하여 문장이 잘 연결되지 않고 단편적인 서술이 나열된 인상을 주었다.

(3) 고등학생 설명문 성취 수준 '하'

성취 수준	쓰기 능력 요인			총점 평균	표준 편차	모평균
	내용	조직	표현			
하	8.40	6.87	5.47	20.73	6.02	16.41≤m≤20.47

제목: 소개해주고 싶은 책, '반지 원정대'

나는 반지원정대라는 소설을 설명히려고 한다.

반지 원정대는 사람들이 많이 알고있는 영화, 반지의 제왕의 원작소설이며 이 책은 하나의 세계관을 바탕으로 일어난 중간계의 사건을 소설로 쓴 것이다.

이 책은 소설가가 만들어낸 하나의 신화의 신들의 다툼으로 일어난 사건이 오랜 세월을 거쳐 이 책의 종족들에게 영향을 끼치는 것을 주제로 하였다. 우리가 영화로 접한것은 왜 그 사건이 일어났는지 즉 원인을 모르고 영화를 관람하였다. 하지만 책을 읽으면 왜 이 사건이 일어나게 되었는지를 알수있다.

내가 이책을 소개시켜주고 싶은 이유는 이 책을 읽으면 참 많은 상상력을 키울수 있다는 점이다. 또한 탄탄한 스토리 전개로 인하여 지루한 감이 없다.

내가 좋아하는 소설은 위의 소설처럼 탄탄한 스토리와 짜임세있는 소설을 좋아한다.

이와 비슷한 소설인 삼국지, 나니아연대기, 초한지 등 탄탄한 스토리의 책을 무척이나 좋아하게 되어서 이런 책인 반지의 제왕을 추천한다.

요즈음 새롭게 개방하는 반지의제왕의 후속작인 반지원정대는 우리가 전에 보았던 반지의제왕의 앞부분 이야기이다. 또한 그 훨씬전의 이야기도 책이 있다.

이렇게 재미있는 소설인 반지의제왕을 한번 읽어 보는것을 추천한다

> H1:설명대상에 대한 핵심적인 정보(책의 중심 내용)가 제공되지 않음으로써 책을 모르는 독자의 읽기를 배려하지 못했다.

> H2,H5,H6: 통일성에 위배되는 내용일 뿐만 아니라 개인의 취향이나 감상을 나열하는 표현이 다수 나타난다. 또한 주어와 서술어의 호응이 안 되는 문장이 다수 나타난다.

> H3: 1문장이 1문단을 구성하는 등 문단 구분이 불명확하다.

• 윗글은 고등학생 성취 수준 '하'에 해당하는 글이다. 설명이라는 글의 목적과 달리 단편적인 정보들 사이의 연관성을 찾기 어렵고 정보의 구체성과 풍부성 모두 부족하다. 중간중간 핵심 내용과 무관한 내용이 포함되어 통일성 역시 깨진 글이다. 처음, 중간, 끝의 구분이 없으며 문단의 구분도 불명확하다. 설명대상을 드러내는 적절한 설명 방식이 사용되지 않았으며 국어규범에 맞지 않는 표현들이 전반적으로 드러난다.

6. 논설문

가. 중학생 논설문

(1) 중학생 논설문 성취 수준 '상'

성취 수준	쓰기 능력 요인			총점 평균	표준 편차	모평균
	내용	조직	표현			
상	15.64	16.00	10.28	41.92	6.44	40.45≤m≤44.61

제목: 데이 문화의 문제점

　최근 빼빼로데이뿐만 아니라 매월 14일마다 단어 뒤에 데이를 붙여 장미꽃을 선물하는 로즈데이, 자장면을 먹는 블랙데이, 다이어리를 주고받는 다이어리데이 등 상업적으로 만든 기념일들이 유행하고 있다. 이러한 데이들을 다 챙겨야 할까? 나는 그렇지 않다고 본다. 학생들 스스로가 이런 데이를 무시해야 더 많은 데이가 생겨나는 것을 막을 수 있다.

> M8, M3: 주장이 명확하며, 주장과 이에 대한 근거 세 가지가 뚜렷하게 구분되어 있다.

　우선 이러한 '데이'는 기업들의 상술에 대중이 놀아나는 것이다. 알려져 있는것처럼 한 제과기업은 연간 막대과자의 절반이상을 11월에 팔아치우고 있다. 또는 한탕심리에 빠진 비양심적인 업자들이 비위생적인 환경에서 제조한 막대과자가 사회문제가 되기도 한다. 이런 선물만이 자신의 마음을 표현하는 방법이 아님을 명심할 필요가 있다.

> M2: 예상 독자인 학생들이 공감할만한 내용을 선정함으로써 설득력을 높이고 있다.

　둘째, 데이는 쓸데없는 소비를 부추긴다. 데이를 즐기는 주 계층은 10대 청소년들이나 20대 대학생처럼 경제적 능력이 없는 사람들이다. 이들에게 선물을 구입하는 것은 꽤 부담이 되는 일이다. 더구나 이런 데이에는 선물용이라는 이유로 과대포장되어 쓸데없는 지출이 더 커지는 것이 문제이다.

　셋째, 대부분의 데이는 젊은 세대에게만 한정된 문화이며 다른 세대에게는 큰 공감을 일으키지 못한다. 또한 같은 젊은 층 속에서도 선물을 받지 못하는 사람들은 소외감을 느낀다는 단점이 있다. 모두가 즐길 수 있는 기념일로 만들기 위한 방안이 필요하다.

> M1, M8: 설득력을 높이기 위해 참신하고 적절한 근거를 찾아 제시하였다.

　데이문화를 좀 더 가치있게 만들려면 상업성을 줄이고 분위기에 휩쓸려 고가의 선물을 사는 소비행태를 바꿔야 한다. 상대방이 부담스럽지 않을 정도의 간단한 선물로도 충분히 마음을 전할 수 있다. 기업과 대중매체 역시 과도한 홍보나 과대포장을 줄여야 한다. 또한 모든 사람들이 즐길 수 있는 의미있는 데이들이 더 많아져야 한다. 최근 만들어진 1004데이처럼 가난하고 소외된 사람들을 생각할 수 있는 데이들이 더 많아진다면 데이문화도 더 가치있고 아름답게 발전할 수 있을 것이다. (MPL-23)

> M2, M4: 주장과 근거 이후에 문제에 대한 대안을 제시함으로써 글 전체의 완결성을 높이고 있다.

• 윗글은 총점 41.92로 중학생 논설문 중 최고점을 받았다. 윗글은 '데이문화'라는 논제에 대한 필자의 주장을 밝히고 이에 대한 타당한 근거를 세 가지로 나누어 제시함으로써 독자를 설득하고 있다. 특히 경제적 부담의 문제, 특정 세대에 한정된 문화라는 점과 같이 적절한 근거들을 통해 글의 설득력을 높이고 있다. 전체적으로 서론, 본론, 결론의 구성이 분명하며 중심 문장과 뒷받침 문장이 응집성 있게 연결되어 문단을 구성하고 있다. '우선', '둘째', '셋째'와 같은 연결어를 적절히 사용하였으며 주장을 반복하여 강조함으로써 설득의 목적을 충실히 따르고 있다. 윗글은 논설문에 적절한 어조로 서술되었으며 주장을 강화하는 당위적 표현(~해야 한다)을 사용하였다. 일부 띄어쓰기 오류가 있으나 전체적으로 글의 목적에 적합하고 문법에 맞는 문장을 사용하였다.

(2) 중학생 논설문 성취 수준 '중'

성취 수준	쓰기 능력 요인			총점 평균	표준 편차	모평균
	내용	조직	표현			
중	11.16	10.88	7.64	29.68	7.50	28.19≤m≤33.68

제목: 데이에 구속당한 우리의 주관

커플 데이, 발렌타인데이, 빼빼로데이 등 요즘 수많은 '데이'들이 우리의 달력과 머릿속을 채워가고 있다. 당연하다는듯이 우리의 일상이 되어버린 데이들. 과연 이런 날들이 정말 당연한 것일까? 나는 이러한 데이들에 대해 긍정적인 행동이라고 생각하지 않는다. 그렇다면 도대체 무엇이 우리를 숫자의 함정에 빠지게 했으며 우리는 왜 이렇게 무력할 정도로 데이에 빠져 헤어나오지 못하는 것일까?

물론 '데이'의 존재 자체가 크게 해로운 것은 아니다. 이는 친구 사이의 우정 확인은 물론, 자신의 존재를 확인할 수 있도록 하는 매개체가 되어주기도 하고 또한 기념을 하여 사람들 사이의 친밀감을 더욱 형성할 수 있도록 도와준다. 누군가에게는 각박한 현실에서의 낙일 수도 있고 상품 시장은 많은 이익을 창출할 수 있다. 하지만 우리는 뒤돌아 생각해 볼 필요가 있다. 경각심을 갖고 생각해보자. 우리가 '데이'라는 문화에 구속되어 있지는 않은가? 데이는 사치에 불과하지는 않은가?

'데이' 문화는 많은 장점을 가지고 있지만 그만큼 많은 단점도 가지고 있다. 본래 '데이' 자체는 친목도모라는 거짓명분을 가지고 있는 즉흥적인 상술에 불과하다. 이는 사람들을 매혹하여 의무가 되도록 만든다. 좋아하는 사람에게 꼭 무언가를 주어야 하는 것처럼. 또한 이는 경제적 부담을 초래하기도 하고, 사람들을 소외시키고 잘못된 언어사용으로 한글의 파괴를 유발하기도 한다. 늘어나는 '데이' 때문에 어깨가 무거워지는 사람들이 점점 늘어나고 있는 반면 기업들은 이런 상황을 보며 웃고 있다. 물론 우리들만의 거부로 데이가 없어지지는 않는다. 우리가 할 수 있는 것은 이것이 과연 옳은 것인가 생각해보는 것뿐이다.

> M8: 필자의 주장이 드러나며 여러 가지 근거를 통해 주장을 타당화하고 있다.

> M1,M2: 반론의 가능성을 언급함으로써 주장의 타당성을 높이고 있다.

> M4: 반론을 소개한 후이에 반박하는 내용을 제시함으로써 설득력을 높이고 논리적으로 주장을 전개하였다.

> M2: 글의 핵심 주장을 모호하게 만드는 문장으로 논거의 타당성을 저해하고 있다.

• 윗글은 중학생 논설문 성취 수준 '중'에 해당하는 글이다. 윗글은 주장과 근거의 구성을 통해 글을 전개하고는 있으나 근거의 다양성이나 구체성이 부족하여 설득력이 떨어진다. 접속어를 적절히 사용하여 문장의 논리적 연결이 이루어졌으나 문단마다 비슷한 내용(데이 문화에 대한 반대)이 반복되고 있으며 주장의 초점이 분명하지 않아 독자를 설득하는데 어려움이 따른다. 논증적 표현보다는 주관적 감정에 치우친 어휘나 표현이 다수 사용되었고 의문형 문장을 자주 사용했으나 독자를 효과적으로 설득하고 있지는 못하다. 문맥상 부적절한 어휘('매개체', '사치에 불과하지 않은가?' 등)가 다수 나타나고 문장 간의 연결이 부자연스러워 효과적인 의미 전달이 이루어지지 않았다. 띄어쓰기

가 부절한 부분이 많고 한 문장 안에서도 논리적 연관 없이 많은 내용을 나열하다 보니 어색해진 문장들이 있다(또한 이는 경제적 부담을 초래하고, 사람들을 소외시키고 잘못된 언어사용으로 한글의 파괴를 유발하기도 한다.).

(3) 중학생 논설문 성취 수준 '하'

성취 수준	쓰기 능력 요인			총점 평균	표준 편차	모평균
	내용	조직	표현			
하	6.52	6.24	4.92	17.68	5.45	16.71≤m≤20.85

제목: 데이의 함정

　어느 정도의 데이는 괜찮지만 최근에는 너무 많은 데이들이 생기고 있는 것 같다. 사람들이 제일 많이 아는 '화이트 데이'나 '발렌타인 데이', '빼빼로 데이' 등 한 대여섯개만 있었으면 좋겠다. 쓸데없이 너무 많은 데이들이 생기고 있는것 같다. 그리고 '발렌타인 데이', '화이트 데이', '빼빼로 데이' 등에도 적당히 사야지 너무 많이 사는 것은 아닌 것같다. 와인데이, 로즈데이, 블랙데이 등은 요즘에 생긴것 같은데 꼭 필요할까 싶다. 꼭 필요한 것은 아니지만 받지 못하면 서운하니까 적당히 꼭 해야할 사람에게만 선물하는 것이 맞다고 본다. 사실 그냥 처음부터 데이라는 것을 만들지 말았어야 한다. 차라리 이런 데이들보다 생일이나 결혼기념일처럼 꼭 기념해야 하는 날들만 남기고 모든 데이를 없애는 것이 나을것같다. 그리고 이런 데이만 되면 물건들이 꼭 더 비싸진다. 인형 하나 껴 놓고 2~3만원을 더 받는다. 포장을 이쁘게 했다고 5천원 만원씩 더 받는 것은 좀 아닌것 같다. 차라리 선물을 작게 주고 편지를 써서 마음을 전하는 것이 좋을것 같다. 데이에 관한 내 생각은 아예 없애든가 그게 아니면 적당히만 챙겼으면 좋겠다.

> M1, M5: 근거 없는 주관적 판단이 설득력을 떨어뜨리고 있으며 쓰기 상황과 어울리지 않는 구어체 표현이 나타난다.

> M2, M4: 비현실적 대안을 제시함으로써 설득력을 떨어뜨리고 있으며 주장과 근거가 구분되지 않아 논증의 과정을 파악하기 어렵다.

> M2, M5: 주장이 불명확하며 추측형 표현이나 심리적 표현을 사용하여 주장을 약화시키고 있다.

● 윗글은 주장과 근거가 뒤섞여 있어 논설문의 핵심이라 할 수 있는 논증의 과정을 파악하기 어렵다. 주장 자체도 명확하지 않으며 주관적 취향이나 추측에 불과한 표현을 반복적으로 사용함으로써 논점이 흐려지고 있다. 같은 글 안에서도 논리적으로 모순이 발생했고('데이가 대여섯개만 있었으면', '데이를 만들지 말았어야'), 예상되는 반론에 대한 언급이 전혀 없어 논리적 타당성이 부족하다. 또한 개인적 바람, 소망 등 주관적 의견을 피력하는 표현이 다수 나타나고 있으며 띄어쓰기의 오류가 많고('아닌것같다'), 주어와 서술어의 호응이 어색한 문장도 다수 나타난다('데이에 대한 내 생각은 ~ 좋겠다.').

나. 고등학생 논설문

(1) 고등학생 논설문 성취 수준 '상'

성취 수준	쓰기 능력 요인			총점 평균	표준 편차	모평균
	내용	조직	표현			
상	16.80	17.35	10.65	44.80	2.68	43.61≤m≤45.70

제목: 동물실험은 금지되어야 한다.

　동물실험에 대한 찬반 논란이 끊이지 않고 있습니다. 인간을 위해 동물실험은 불가피하다는 사람들은 찬성하는 입장이지만 <u>과연 생명가치에 있어서 인간과 동물의 우열을 가릴 수 있는지는 의문입니다. 그래서 저는 동물실험에 반대하며 이에 대해 세가지 논거를 들도록 하겠습니다.</u>

> H1,H4: 윤리적 가치판단의 문제를 소개하여 독자의 흥미를 유발하였으며 글의 내용 전개를 효과적으로 드러내는 표지를 사용하였다.

　첫째, 가장 문제시 되는 동물에 대한 존엄성, 동물의 권리입니다. 동물권은 동물의 권익을 지칭하는 말로써 단순히 고통을 피할 권리까지 포함하고 있습니다. 이에 대해 찬성 측은 동물 실험의 과정에서 동물의 고통과 개체수를 최소화한다는 <u>법 규정이 있다고 하지만 이것 또한 동물의 고통을 전제로 한 것입니다. 그리고 최소화한다는 말의 의미자체가 모호하기 때문에 법적인 제재가 있음에도 잘 지켜지지 않고 있습니다. 그렇기 때문에 동물실험을 금지시켜 동물의 생명을 보호해야 한다고 생각합니다.</u>

> H1,H5,H8: 근원적 질문을 제기하여 설득력을 높였다. 근거를 제시하는 방식이 세련되고 효과적이며 참신한 근거를 통해 주장을 강화하였다.

　둘째, 동물실험은 이외의 다른 실험으로 대체될 수 있습니다. <u>그 예로는 인체와 동물의 배양세포를 이용하는 방법, 컴퓨터 시뮬레이션을 통해 결과를 예측하는 방법 등이 있습니다.</u> 아직은 초기 단계여서 동물실험에 비해 정확도가 떨어진다는 평을 받고 있지만 앞으로 꾸준한 투자와 개발을 통해 실험을 대체할 수 있다면 효과적인 결과를 보일 것입니다.

> H1: 설득력을 높이기 위해 구체적인 증거들을 수집하여 제시하였다.

　마지막으로, 동물실험은 실효성이 떨어집니다. 동물실험의 기본 전제는 '동물이 사람을 대신할 수 있다.'입니다. 하지만 <u>동물과 인간이 공유하는 질병은 1.16%일 뿐이며 동물실험의 예측성이 5~25%에 불과하다고 합니다. 인간과 유사한 DNA를 가지고 있다는 이유로 약물에 대한 동물의 반응이 인간과 유사할 것이라는 생각 탓에 매년 입원환자의 15%가 약물거부 반응으로 죽고 있습니다.</u> 이것은 동물실험이 실효성과 정확도가 떨어진다는 것을 보여주기 때문에 저는 동물실험에 반대하고자 합니다.

> H4: 문제점 → 대안 → 근거로 문단을 구성함으로써 논리성을 강화하고 효과적으로 독자를 설득하고 있다.

　동물을 고통 속에서 실험하는 것은 인간의 생명을 우위에 두는 비윤리적 행동이며 과거에 과학의 발전을 크게 도모했지만 동물과 인간이 다른 신체구조에서 발생되는 부작용으로 동물실험의 실효성이 높지 않으므로 동물실험을 반대합니다.

● 윗글은 총점 44.80점으로 고등학생 논설문 중 최고점을 받았다. 윗글은 참신하고 타당한 근거를 통해 동물 실험에 금지한다는 주장을 효과적으로 전개하고 있다. 특히 과학적 논거와 윤리적 논거를 적절히 섞어 사용하였으며 각각의 논거가 독립적이어서 다양한 논거를 사용하였다는 느낌을 주었다. 이는 수준이 낮은 글들이 비슷한 논거를 반복적으로 사용하는 것과 대조된다. 또한 상대 주장에 대한 논리적 반박을 통해 설득력을 높이고 있다. 서론, 본론, 결론의 구분이 명확하며 접속어를 적절히 사용하여 문장 및 문단의 응집성을 높였다. 주장에 대한 세 가지 논거와 각 논거에 대한 부연 설명이 충분히 제시되었으며 주장과 근거가 자연스럽게 연결되어 논리적으로 표현되어 있다. 특히 주제에 적합한 개념어나 전문적 어휘를 자연스럽게 사용함으로써(실효성, 정확도, 동물 권익) 글의 신뢰성을 높였고 맞춤법 및 띄어쓰기, 문장 구성도 거의 완벽하다. 객관적인 인상을 주는 종결표현('논거를 들도록 하겠습니다', '전제로 한 것입니다.' 등)을 사용함으로써 설득력을 높이고 있는 점도 특징이다.

(2) 고등학생 논설문 성취 수준 '중'

성취 수준	쓰기 능력 요인			총점 평균	표준 편차	모평균
	내용	조직	표현			
중	12.15	11.90	8.80	32.85	7.64	31.34≤m≤36.35

제목: 동물 실험을 금지해야 한다.

　최근에 동물 실험을 이용하여 의학, 화장품 등의 분야에서 제품이나 백신의 안정성을 확인하고 있다. 과거에 이런 실험 덕분에 치료가 어려웠던 질병의 치료법을 개발하거나 일상 생활에 흔히 쓰이고 인체에 직접 영향을 끼치는 화장품 등의 안정성이 올라간 것은 사실이다.

　하지만 동물 실험을 거친 몇몇의 제품들에서 인류에게 악영향을 끼치는 물질이 발견되어 전세계적으로 10만명의 환자가 발생하였고, 이 제품을 사용한 사람들의 15%는 건강상에 매우 심각한 부작용을 앓았다고 한다.

> H1,H2: 구체적 증거를 제시함으로써 논거의 타당성을 높이고 있다. 다만 수치의 출처를 밝히지 않아 신뢰성의 문제를 야기했다.

　위의 예에서 처럼 동물 실험을 거치고도 문제가 발생한다면 동물 실험은 신뢰도가 있다고 할 수 없다. 최근에는 이 실험을 대체하여 효과는 비슷하지만 살아있는 생물을 사용할 필요없는 진보적인 실험을 이용하고 있다. 예를 들자면 '인공피부'를 이용하는 실험이 있는데 이것은 사람 피부에 배아를 추출하여 그와 유사한 피부를 만들어 실험하는 것이다. 이 실험은 최근에 사용 빈도가 증가하고 있으며, 어떠한 부작용 사례도 보고되지 않은 안정성과 신뢰성을 갖춘 실험이다.

> H3,H8: 주장과 관련한 두 가지 근거를 제시하고 있으나 주장과 근거가 분명히 구분되지 않아 설득력이 약화되고 있다.

　그리고 동물 실험에는 많은 윤리적인 문제가 존재한다. 물론 동물이 인간보다 열등한 존재이기는 하나, 인간이 마음대로 다룰 수 있는 장난감같은 물건도 아니다. 그렇기 때문에 동물에게도 고통 받지 않을 권리가 있다.

> H5,H6: 문장 간의 논리적 연결 관계가 불명확하며 주관적 감정에 호소하는 표현들이 자주 나타난다.

　그럼에도 불구하고 동물 실험에서는 인간이 보기에도 매우 잔인한 행위를 자행하는 것을 심심치않게 볼 수 있다. 동물의 양쪽 귀에다가 쇠붙이를 꽂아 전류를 흘려보내거나 산채로 배를 가르는 등 잔악한 실험을 통해 동물의 기본적인 권리마저 묵살하였다. 만약 실험 대상이 인간이었다면 매우 큰 파장을 불러 일으켜 엄청난 사회적 문제가 되었겠지만 단지 동물이라는 이유로 이런 비윤리적인 실험을 너무 가볍게 치부하는 것이 아닐까 생각해본다. 우리는 이 문제에 대해 좀더 깊이 생각을 하여 좀더 바람직한 방향으로 나아가야 할 것이다.

> H4,H5: 주장이 마무리되거나 강조되어야 하는 결론에서 서론과 같은 내용을 서술함으로써 주장의 초점이 불명확해지고 있다.

● 윗글은 고등학생 논설문 성취 수준 '중'에 해당하는 글이다. 윗글은 성취 수준 '상' 글에 비해 주장의 명확성이 다소 떨어진다. 또한 과학적 실효성과 윤리적 정당성이라는 두 가지 근거가 동일하게

제시되었으나 주장과 근거의 구분이 명확치 않아 설득력이 다소 약화되었다. 윗글은 구체적인 통계 자료를 사용하고 반론에 대한 부분적 인정을 드러내는 등 내용적 풍부성을 보여주지만 자료의 출처를 확인하기 어렵다는 점에서 신뢰성에 문제가 제기될 수 있다. 윗글은 서론과 본론의 구분이 불명확하며 결론에서의 요약, 정리도 제대로 제시되지 않았다. 문맥상 어울리지 않는 표현들('자행하는 것', '잔악한 실험')이 보이며 근거가 논리적으로 연결되지 않았다. 맞춤법이나 띄어쓰기 등은 대체로 양호하지만 연결어가 부적절한 부분이 있다('그렇기 때문에', '그럼에도 불구하고').

(3) 고등학생 논설문 성취 수준 '하'

성취 수준	쓰기 능력 요인			총점 평균	표준 편차	모평균
	내용	조직	표현			
하	8.35	6.40	5.45	20.20	5.27	$17.52 \leq m \leq 21.36$

제목: 나는 동물실험에 대해 찬성한다.

　나는 동물실험에 대해 찬성한다. 왜냐하면 동물실험을 하지않으면 약을 개발하기 힘들고 테스트를 해볼수 없기 때문에 약이 안전한지 아닌지를 잘 알수가 없게된다. 그리고 지금은 동물에게 실험하는것보다 안전하고 정확하게 약을개발하는 방법도 없다. 다른방법이 생기면 당연히 그것으로 대체되어야하지만 지금은 다른방법이 없다. 동물보다는 인간의 생명이 더중요하기 때문에 동물실험을 통해 계속해서 의학을 발달시켜야 한다. 물론 동물의 생명도 중요하다. 인간이 의학을 발달시킨다고 많은동물에게 실험을 해서 죽은동물이 엄청많을것이다. 그렇기 때문에 동물실험말고 다른방식의 실험을 개발하도록 노력해야 한다. 그리고 동물들에게 너무 위험한 실험을 자제하야 한다고 생각한다. 그래도 과학과 의학이 발달하려면 꾸준한 동물실험이 있어야 한다고 생각한다. 인간은 살면서 다양한 병에 걸린다. 옛날에는 병에 걸리면 못치료하고 죽은일이 많았다. 하지만 지금은 거의 모든병을 치료할수 있게되었다. 심지어 암이나 백혈병등 걸리면 치료하기 힘든병도 요즘에는 금방 치료받아서 완치될수 있게되었다. 이 모든것들이 동물실험 덕분인 것이다. 그렇기 때문에 우리모두 동물에게 늘고마운 마음을 가져야 한다. 앞으로도 동물실험을 통해 의학이 점점빠르게 발전할 것이다.

> H1,H8: 논제와 관련하여 다양한 정보가 수집되지 않았으며 막연한 추측을 논거로 사용함으로써 주장의 타당성을 약화시키고 있다.

> H2,H3: 주장의 일관성이 결여되어 있으며 문장 간의 연결 관계도 논리적이지 못하다.

> H2,H5: 내용의 통일성을 저해하는 문장이 포함되어 있으며 논리적인 비약이 나타난다.

● 윗글은 주장이 명확하지 않으며 이에 대한 근거도 타당하지 않다. 특히 윤리적 문제에 대한 언급이 전혀 없어 논점에 대한 파악이 제대로 이루어지지 않은 것으로 보인다. 막연한 추측에 불과한 근거들이 많아 설득력이 떨어지며 부분적으로 논리적 비약이 나타난다. 문단의 구분이 이루어지지 않았으며 주장과 근거의 구성을 찾기 어렵다. 통일성과 일관성 없는 표현들이 다수 나타나며 주관적 생각을 나열하는 표현들로 인해 설득력이 떨어지고 있다. 논설문에 적합하지 않은 구어체 문장이 보이고 띄어쓰기나 맞춤법 오류가 심각하며 여러 곳에서 비문을 발견할 수 있다.

7. 서사문

가. 중학생 서사문

(1) 중학생 서사문 성취 수준 '상'

성취 수준	쓰기 능력 요인			총점 평균	표준 편차	모평균
	내용	조직	표현			
상	16.35	16.15	11.00	43.50	4.19	41.70≤m≤44.80

제목: 나의 자서전

초록빛이 선명한 초원, 누군가와 함께 앉아 있는 엄마. 드넓은 잔디밭 옆으로는 깨끗한 시냇물이 조르르 흐른다. 나른한 분위기 속에 잠깐 잠들었다가 눈을 떠보니 엄마의 앞에는 하얀 날개의 천사 두 명이 날고 있다. 그 중 한 명이 엄마를 보고는 방긋 웃으며 땅으로 내려온다. 그리고는 엄마의 품에 살짝 안기는 천사. 이것이 바로 나, 박민해의 태몽이다. 해몽을 하자면, '대기만성'이라고, 자기 주관이 뚜렷하고 인품이 좋은 아이가 태어날 것이라는 것이다.

그로부터 약 반 년이 흐르고 1998년 5월 13일 오후 2시, 나는 드디어 세상 밖으로 나왔다. 하지만 안타깝게도, 나는 출생 3일째부터 황달기를 보여 이틀 밖에 모유를 먹지 못하고 중환자실로 옮겨져 열흘을 치료받으며 지냈다. 다행인 것은, 금방 건강을 회복하고 퇴원을 했다.

영어 유치원을 다니면서는 별 일이 없었지만, 목동초등학교에 입학하면서부터 많은 경험을 했다. 우선, 나는 1학년 동안 단 한 번도 받아쓰기 100점을 놓치지 않았다. 그 때부터 책 읽는 것을 좋아했고, 혼자 계획을 세우고 공부하는 것에 익숙해졌다. 부모님께서 맞벌이를 하시고, 오빠는 오빠대로 바빴기 때문이 아닌가 싶다.

또, 내 생애에서 잊을 수 없는 사건도 초등학생 때 발생했다. 3학년 때, 혼자 학원을 갔다가 유리문에 머리를 크게 다친 일이었다. 흰 티셔츠가 피로 물들어 붉어질 정도로 출혈이 심했다. 나는 어린 마음에 놀라서 울고 말았다. 옆에 계시던 아주머니께서 나에게 부모님 전화번호를 물어보시더니 전화를 해주셨다. 부모님은 일을 하시다가 소식을 듣고 한 달음에 내가 있던 소아과로 오셨다. 나는 그 때 링거 주사를 맞고 누워있었는데, 부모님의 얼굴을 보자마자 만감이 교차하면서 눈물이 왈칵 쏟아졌다. 살면서 그 때만큼 가족의 소중함을 절실히 느껴본 적이 없다. '가족은 아프고 힘들 때 서로 의지하는 버팀목'이라는 것을 새삼 느꼈다.

내 삶에 있어서 가장 큰 영향을 준 인물을 꼽자면 한 치의 망설임도

M1,M2: 도입부에 태몽을 제시하여 독자의 호기심을 유발하고 자서전이라는 글 유형에 적합한 내용을 선정하였다.

M1, M2, M4, M5: 자서전이라는 글의 목적에 맞게 삶의 중요한 경험들을 시간 순서로 구성하였다. 특히 주요 사건들이 자연스럽게 연결되었으며 실감나는 묘사를 통해 독자의 관심을 유발하였다.

M2, M9: 자신의 경험을 통해 삶의 성찰을 이끌어내고 있으며 독자의 공감을 불어일으키고 있다.

없이 단연 엄마라고 할 것이다. 내 진로를 정하게 된 계기로, 초등학교 4학년 때 방송작가이신 엄마의 방송국 사무실을 간 적이 있다. 그 전까지만 해도 엄마는 나에게 그저 '작가'일 뿐이었고, 나 또한 구체화된 장래희망이 없어 고민하고 있었다. 그러나 그 날, 나는 큰 충격을 받았다. '하나의 TV 프로그램을 만들기 위해서 이렇게나 많은 사람들이 열심히 일한다니...' 그 중에서도, 유독 'PD'라는 직업이 얼마나 멋져보였는지 모른다. 집에 와서 엄마에게 'PD가 되고 싶다'고 말하고 '나중에 커서 PD가 되면 작가로 엄마를 고용해서 부려먹겠다'고 농담도 했던 기억이 난다. 그렇게 나는 'PD'라는 꿈을 키워나갔다. <u>요즘은 과학에 흥미를 느껴 더 세부적으로, '과학 다큐멘터리 PD'가 되겠다는 일념으로 하루하루 최선을 다하며 살고 있다고 자부한다.</u>

　'천리길도 한 걸음부터'라고 했다. 지금까지 나는 나의 꿈을 이루기 위해 여러 노력들을 해왔고, 앞으로도 그 꿈을 위한 걸음은 멈추지 않을 것이다!

> M3,M4: 기억할 만한 사건들과 자신의 장래희망으로 글을 마무리함으로써 학생의 자서전이라는 글의 목적을 충실히 수행하고 있다.

• 윗글은 총점 43.50으로 중학생 서사문 중 최고점을 받았다. 윗글은 삶의 중요한 경험들을 시간 순서 혹은 화제 중심으로 구성하였다. 글의 세부 내용에는 인물, 사건, 배경과 같은 서사적 요소가 적절히 제시되어 자서전이라는 글의 목적에 부합한다. 특히 자신의 경험을 구체적으로 제시하여 독자의 흥미와 공감을 유발하였다. '우선', '또' 등의 접속어를 적절히 사용하여 내용을 조직하였으며 처음, 중간, 끝의 구성이 분명히 드러난다. 윗글은 인물이나 상황에 대한 세부 묘사가 실감나며 생동감 넘치는 표현과 비유를 사용하여 표현의 효과를 높였다. 서사문 특성에 맞는 성장과정의 핵심 사건들을 장면화하여 구체적으로 제시함으로써 독자의 호기심을 자극하였다. 또한 문장의 연결 관계가 자연스러워 쉽게 읽히고 맞춤법, 띄어쓰기 등이 적절하다.

(2) 중학생 서사문 성취 수준 '중'

성취 수준	쓰기 능력 요인			총점 평균	표준 편차	모평균
	내용	조직	표현			
중	13.10	11.05	9.65	33.80	3.93	32.08≤m≤35.52

제목: 나를 성장시킨 환경

나는 4대가 함께 사는 유교적이고 보수적인 가정에서 태어났다. 나의 출생은 그렇게 축복받지 못한 것 같다. 증조할머니와 조부모님께서는 첫째가 딸이었던 터라, 둘째는 아들을 바라셨는데 여자인 내가 태어나니 많이 실망하셨다고 한다. 때문에 어렸을 적 사랑을 많이 받지 못하고 있다는 생각을 자주 했다. 그래서 눈치도 더 보고, 더 싹싹하게 굴 수밖에 없었다. 심부름도 나서서하고, 어른들이 무슨 일을 하고 계시면 옆에 가서 도울 거리를 찾기도 했다. 그것은 아마 내 나름의 생존방식이었던 것 같다. 한때는 '난 왜 이런 집에서 태어났을까' 하고 원망도 했었다. 노력해봤자 사랑은 다음에 태어날 남동생이 다 받을 거라고 생각했기 때문이다. 그래서 가끔씩은 좀 우울하게 지내기도 하였다. 하지만 부모님은 나에게 많은 관심과 사랑을 주셨고, 내가 싹싹하게 행동하면 할수록 가족들 모두가 나를 더 좋아하게 되었다. 시간이 많이 흐른 지금은 내 상황으로부터 얻은 게 많다는 생각이 든다. 많은 어른들 사이에서 자라 예의와 예절도 많이 배웠고, 싹싹하고 친절한 행동들도 몸에 배어서 이제는 누군가에게 잘 보이기 위해 하는 것이 아닌, 진심으로 누군가를 위하는 마음에서 하게 되었다. 그런 행동들이 습관이 되어서 그런지 친구들도 나를 잘 따르고 고민이나 어려운 일이 있을때마다 나를 잘 찾게 되었다. 눈치를 본다는 것도 부정적으로만 생각할 것이 아니다. 좋게 생각하면 남에게 피해주지 않고 남의 기분을 잘 파악하여 행동할 수 있게 된다는 것을 의미한다. 어렸을 적엔 괜한 피해의식으로 부정적으로 생각하는 경향이 있었는데, 이젠 그런 것을 버리고 긍정적인 마인드를 가지게 되었다.

M2,M3: 삶의 경험을 시간 순서로 조직하였으며 가정환경에 초점을 맞추어 내용을 전개하였다.

M5: 일화 등 구체적 사건을 소개하지 않고 대강의 상황만을 전달함으로써 독자의 공감을 얻지 못하고 있다.

M3: 문단의 구분이 이루어지지 않아 화제를 구분하여 읽기 어렵다.

M9: 자신의 환경을 자기 성장의 계기로 삼았다는 점에서 삶을 성찰하고 계획하는 서사문으로서의 특성이 잘 드러난다.

• 윗글은 중학생 서사문 성취 수준 '중'에 해당하는 글이다. 윗글은 자신의 환경을 이야기의 초점으로 삼아 자신의 삶에 대한 성찰과 계획을 이끌어냈다는 점에서 서사문으로서의 목적을 충실히 수행한 글이라고 할 수 있다. 그러나 이야기의 구체성이 떨어져 독자의 흥미를 유발하지 못하고 결과적으로 필자의 이야기에 대한 공감을 불러일으키지 못했다. 즉, 서사문으로서 가장 중요한 체험보다는 필자의 생각이 강해 재미가 없는 글이 되고 말았다. 가족의 구성, 부모님과의 관계 등 화제별로 내용이 전개되었으나 문단 구분이 되어 있지 않아 논리적 연결 관계가 약하다. 어휘의 사용이 다양하지 못한 편이며 서사문에 적합한 참신하고 적절한 표현 전략이 잘 사용되지 못했다. 부분적으로 연결어가 적절하지 못한 문장이 사용되었으나 맞춤법이나 띄어쓰기 등은 대체로 양호한 편이다.

(3) 중학생 서사문 성취 수준 '하'

성취 수준	쓰기 능력 요인			총점 평균	표준 편차	모평균
	내용	조직	표현			
하	8.15	6.50	6.40	21.05	5.54	20.31≤m≤24.75

제목: 나에 대하여

나는 1998년, 시울 ○○병원에서 태어났다. 아버지와 어머니는 한의 사로 일하셨다. 난 5살무렵부터 영어에 흥미를 가지기 시작했다. 이 때부터 내 장래희망은 영어교사, 통역사로 자리잡았다. 그러다가 8살 쯤 되어 컴퓨터를 처음 만지기 시작했다. 늦었다면 늦었다고 볼수도 있지만 그 당시에는 컴퓨터의 구조나 게임 등에 많이 빠진 것 같다. 같은 시기 어머니의 권유로 태권도 도장을 다니기 시작했다. 그리고 11살 때쯤 태권도 사범님이 바뀌셨는데 이 사범님 덕분에 난 최고의 청소년기를 보낼수 있었다. 이 때 나는 태권도 대회에서 매달을 11개 나 따게 되었다. 그러나 중1때 학업에 전념하기 위해 도장을 그만두 게 되었다. 중2때는 역사에 관심을 갖게 되었다. 역사라고 하면 급우 들은 대부분 한국사를 떠올리는데 나는 세계사 중에서도 1,2차 세계 대전이 있었던 근현대사에 관심이 많다. 그리고 이 시기부터 인터넷 을 많이하게 되면서 컴퓨터의 구조, 프로그래밍 등에 호기심이 생겼 다. 그래서 프로그래밍 책도 사서 공부하고 간단한 프로그램을 만들 어보기도 하고 직접 부품을 사다가 컴퓨터를 조립해보기도 했다. 특 히 내가 만든 응용 프로그램을 다른 사람이 사용해보고 훌륭하다고 칭찬해주면 희열을 느꼈다. 이때 나의 적성은 영어가 아닌 컴퓨터 프 로그램이 되었다. 현재 나는 컴퓨터 프로그래머라는 꿈을 이루기 위 해 노력중이다.

M2,M4: 여러 사선이나 경 험들이 단편적으로 나열되 어 있을 뿐 글의 초점이 나 타나지 않는다.

M4, M5: 장래희망이나 관 심 분야 등이 제시되어 있 으나 부연 설명이 거의 없 으며 각 화제들 간의 연결 관계가 불명확하다. 또한 글쓴이의 생각이나 감정을 드러내는 표현들을 찾기 어 렵다.

M9: 자신의 경험을 통해서 삶의 성찰을 이끌어내지 못 하고 있다. 매우 단순하고 평면적인 사건의 나열로 인 해 글쓴이의 개성이 드러나 지 않는다.

- 윗글은 서사문이 갖추어야 할 서사적 요소(인물, 사건, 배경 등)가 거의 잘 나타나지 않으며 삶의 여러 경험이나 사건들이 단편적으로 나열되었을 뿐 이야기를 통해 전달하고자 하는 목적이 소거되 어 있다. 즉, 이야기의 주제를 찾을 수 없어 독자의 흥미를 자극하지 못한다. 또한 예상 독자를 위해 화제를 안내하거나 자신의 경험이 주는 성찰이나 의미를 제시하지 못하였다. 표현이 단순하고 평면적이며 글쓴이의 개성이 나타나지 않는다. 특별히 문법에 맞지 않는 어휘나 문장은 발견되지 않았으나 일부 띄어쓰기가 부적절하다.

나. 고등학생 서사문

(1) 고등학생 서사문 성취 수준 '상'

성취 수준	쓰기 능력 요인			총점 평균	표준 편차	모평균
	내용	조직	표현			
상	16.88	16.94	11.06	44.88	3.32	43.82≤m≤45.99

제목: 소중한 유전자

단체사진의 맨 뒷줄, 학예발표회에서의 맨 뒷줄, 교실의 맨 뒷자리, 체육시간 앉아번호 마지막, 초등학교 6년 내내 한결같았던 내 자리다.

4.4kg, 시작부터 '우량'하게 출발한 나는 4학년 145cm, 5학년 153cm, 6학년 168cm, 중학교 1학년 170cm, 중학교 2학년 172cm로 무럭무럭 자라게 되었다. 그러는 동안 나는 내가 담임선생님처럼 나오는 단체사진, 팔·다리가 댕깡 올라간 체육복, 무릎선보다 위에 있지만 너무나 긴 교복 치마, 복도에 지나갈 때 창문 위로 보이는 내 머리가 너무 싫었다. 다른 애들처럼 똑같은 높이에서 숨쉬고 싶었고, 이런 유전자의 근원이라 생각되는 돌아가신 할머니가 미웠다.

2011년 뜨거운 여름. 우리 가족은 더위를 피해 서해바다로 놀러 갔다. 아빠는 텐트를 치고 엄마는 짐을 정리하고, 동생과 나는 헐레벌떡 스프레이형 자외선 차단제를 뿌리고 바다로 뛰어들어갔다. 튜브 하나씩 허리에 끼고 이리 철썩 저리 철썩대는 파도를 쫓아 정신없이 헤엄쳐 다니다보니 동생과 나는 금방 지쳐버렸다. 마침 바람이 해변쪽으로 불길래 튜브를 바다쪽 저 멀리 끌어놓고 바람에 밀려서 해안에 닿을 때까지 누워서 쉬기로 했다. 동생튜브와 내 튜브를 끈으로 묶어 고정시켜 놓고 물 위에 누워있는 기분은 굉장히 좋았다. 그러다 햇볕이 너무 뜨거워 잠깐 고개를 들어보니 아까 머나먼 곳에 있다고 생각했던 바위섬이 바로 옆에 있었다. 너무 신기하면서도 지리 시간에 배웠던 '서해의 특징-큰 조차'를 생각해내며 동생에게 한 수 가르쳐 주면서 튜브에서 폴짝 내렸다. 내렸는데, 아뿔싸, 물속으로 그대로 빠져버렸다. 간신히 다시 튜브를 잡고 동생한테 절대로 튜브에서 내려오지 말라고 신신당부한 뒤 숨을 참고 물속으로 들어가 봤다. 내 키보다 10cm정도 깊은 것 같았다. 이대로 있으면 그대로 떠내려가 버릴 것 같아서 숨을 참고 물속에 들어가서 튜브를 끌어보기로 했고, 정말 힘들게 힘들게 앞으로 나아갔다. 그때쯤 엄마가 우리를 발견했고 아빠가 뛰어들어와서 우리를 구해줄 때야 나는 엉엉 울었다.

어느정도 시간이 지난 뒤 생각해 보니 만약 내 소원대로 내 키가 작았

H4,H5: 사진을 한 컷씩 제시하는 것과 같은 참신한 표현을 통해 독자의 호기심을 유도하고 있다.

H1,H9: 서사적 요소들을 유기적으로 구성하였으며 심리 변화를 세밀하게 묘사함으로써 독자에게 읽는 즐거움을 주고 있다.

H4,H5: 핵심적인 경험을 일화 형식으로 구성하였으며 구체적인 묘사를 통해 독자의 흥미와 공감을 유도하고 있다.

H9: 경험에 대한 성찰을 통해 독자에게도 성찰의 기회를 제공하고 결과적으로 감동과 즐거움을 주고 있다.

다면 아까의 상황에서는 계속 떠내려갔거나, 최악의 상황이라면 물에 빠져서 나오지도 못했을 거라는 생각이 들었다. 쓸데 없는 짐짝처럼 쓸모없게 여겨졌던 내 키가 문득 너무나 고맙고 소중하게 여겨졌다. 이 세상에 소중하지 않은 것은 없다. 더구나 나의 일부라면, 그동안 왜그렇게 부끄럽게만 여겨왔는지 후회가 되었고, 지금부터라도 소중히 아껴야 겠다는 생각을 했다.

• 윗글은 총점 44.88점으로 고등학생 서사문 중 최고점을 받았다. 윗글은 쓰기 과제에 적합한 경험을 구체적으로 전달하여 녹자에게 흥미와 감동을 주는데 성공하였다. 특히 상투적이지 않은 경험과 그를 통한 성찰을 서술하여 주제를 효과적으로 드러내었으며 독자에게 글을 읽는 즐거움을 주었다. 윗글은 화제 중심으로 내용을 조직하였으며 문단의 구분이 적절하다. 특히 서사문답게 표현이 뛰어난 글이다. 관심과 흥미를 끄는 감각적 표현이 다수 사용되었고 적절한 비유를 효과적으로 사용하였다.('유전자의 근원이라 생각되는 돌아가신 할머니') 개성적인 표현("우량하게 출발', '댕깡 올라간 체육복'), 생동감 있고 감각적 표현('헐레벌떡', '아뿔싸')을 통해 핵심적 사건을 구체적으로 묘사하였으며 문장의 연결이 자연스럽고 맞춤법과 띄어쓰기가 적절하다.

(2) 고등학생 서사문 성취 수준 '중'

성취 수준	쓰기 능력 요인			총점 평균	표준 편차	모평균
	내용	조직	표현			
중	12.25	10.19	7.88	30.31	7.41	28.16≤m≤32.40

제목: 구름 뒤의 태양

　18살이라는 나이는 인생 전체에서 보면 어린 나이이지만, 다르게보면 사회생활이 얼마남지 않은 꽤 오랜시간을 보내온 것을 의미한다. 나는 살면서 크고작은 일들을 겪어왔고 또 더 큰일들이 내 인생에서 닥쳐올것이라고 생각해왔다. <u>한번은 남자 친구와 헤어져 알 수 없는 감정들을 느끼던 때도 있었다. 그때만해도 삶을 평탄하게 살아왔던 나였기에 세상에서 그렇게 슬픈 일은 없을거라고 느꼈다. 하지만 얼마간의 시간이 흐르고 그 아이와 다시 좋은 친구가 되었다.</u> 그때 나는 잃는게 있으면 얻는게 있고 어두운 시간이 지나면 밝은 빛을 볼 수 있다는 것을 처음으로 느꼈다. 하지만 내가 감당할 수 없는 큰 일이 다가오기도 했다.
　아버지께서 많이 아프셨다. 갑자기 다가온 우리 가정의 위기였다. 아버지의 건강을 더 좋게하기 위해서는 당연히 큰 돈이 필요했고, 아버지의 건강만 걱정하던 나는 어린나이에 경제적인 부분까지 너무 많은 것을 알아버렸다. 어린 나이의 나로써는 갑자기 병을 앓으시게된 아버지가 밉기도 했고 돈에 관한 걱정만 하는 어머니가 원망스럽기도 했다. 하나뿐인 오빠는 오히려 나에게 기대려는듯했다. <u>그때 나는 정말 많이 혼란스러웠고 시간을 되돌리고 싶지만 그럴 수 없는 현실이 너무나 싫었다. 하지만 몇달정도 시간이 지나고 아버지가 병을 어느정도 이겨내시더니 다시 누구보다도 건강한 한 가정의 가장이 되어주셨다.</u> '그때의 행복감을 다시 느낄 수 있을까'라는 생각이 들 정도로 너무나 좋았다. 나중에서야 어머니께서 말씀해주신 그때의 상황을 비로소 이해할 수 있었고 웃으며 흘려보낼 수 있었다. 사실 나보다 더 힘겨운 시간을 보내왔고 보내고 있을 사람들이 정말 많을 것이다. 하지만 <u>내가 살아온 인생의 안좋은 시간들을 겪으며 느낀것은 항상 그 시간은 언젠가 다 지나갈 시간들이라는 것이다. 책에서 이런 구절을 읽은적이 있다. '인생의 폭풍이 닥칠 때 우리가 명심해야할 것은 그 폭풍이 아무리 맹렬할지라도 그것은 일시적이며 구름뒤에는 태양이 항상 빛나고 있다는 사실이다' 나는 아직도 작고도 큰 일을 겪을때 이 구절을 되새기며 잘 헤쳐나가고 있고 앞으로도 그럴것이다.</u> 더 나아가 그 힘겨운 시간들 속에서 남을 돕는 일이 정말 힘들다는 것을 느꼈다. 아마 그때 도와주신분들은 평생 잊지 못할것이다. 앞으로는 남을 돕고 남에

H2,H9: 위기 극복의 경험 중 하나로 제시된 것이지만 글의 핵심적 사건과 무관한 내용으로 군더더기처럼 읽힌다.

H4,H5: 화제 중심으로 사건을 전개하였으며 솔직하고 진실한 심리 표현을 통해 독자의 공감을 불러일으켰다.

H5: 사건 서술의 구체성이 떨어지며 다소 진부하고 상투적인 표현이 나타난다.

H9: 삶의 경험으로부터 얻은 교훈과 깨달음을 제시함으로써 위기 극복의 경험이라는 쓰기 과제에 부합하는 내용을 전달하고 있다.

게 베풀수있는 사람이 되기 위해서 노력하며 살아갈 예정이다.

• 윗글은 고등학생 서사문 성취 수준 '중'에 해당하는 글이다. 윗글은 경험을 통한 성장과 자신의 생각을 잘 표현하였으나 성취 수준 '상' 글에 비해 사건의 구체성이 떨어지고 감각적인 묘사나 개성이 부족하다. 결과적으로 윗글은 다소 진부하고 흥미가 떨어지는 글이 되고 말았다. 문단 구분이 부분적으로 안 되었고('사실 나보다 더 힘겨운~'에서 문단 구분 필요), 일부 문장이 통일성을 저해하며 도입부와 마무리의 연계 역시 부족하다. 사용된 표현들이 전반적으로 평범하고 관습적인 느낌을 주며('어두운 시간이 지나면 밝은 빛을 볼 수 있다.') 구체적이고 세부적인 묘사는 찾기 어렵다. 그러나 자신의 생각을 드러내기 위해 인용을 효과적으로 사용하였다. 자신의 감정과 생각 위주로 서술되어 사건이 구체적으로 그려지지 않고 일부 접속어가 생략되어 내용 연결이 어색하다. 부분적으로 문법에 맞지 않는 표현('나로써는')과 띄어쓰기의 오류('기대려는듯했다.')가 나타난다.

(3) 고등학생 서사문 성취 수준 '하'

성취 수준	쓰기 능력 요인			총점 평균	표준 편차	모평균
	내용	조직	표현			
하	10.50	8.38	6.38	25.25	9.18	21.81≤m≤27.19

제목: 내 마음의 안식처

 커가면서 나는 항상 지쳐가는 일상뿐이었다. 학생의 신분으로 또는 나를 성공하게하는 길인 이른바 좋은 대학으로 진학하기위해 해야하는것인 공부의 연속에서 삶의 방향에 대한 갈피를 못잡고 헤매여야만 했고, 그 중요하다는 '성적'은 점점 내려가게되었고 그로인해 학생의 기본인 공부에 손을 놓아버리게 되는 사태에까지 이르게 되었다. 지친 심신에 똑같은 말만 계속하시는 엄마의 잔소리까지 더해서 정신은 나름대로 피폐해졌고 더이상 빠져나올 수 없을 정도의 '슬럼프'라는 것에 깊숙히 빠져버렸을 땐, 그냥 세상돌아가는대로 그러려니했다. 아무것도 하지 않으려는 쓸모없는 인간인채로 더구나 안식처라는 심신을 보듬어주고 위안을 주는것도 찾을 수 없으니 얼마나 더할까. 그러던 때에 엄마께서 '포메라니안'이라는 여우의 후손이라는 종의 강아지 한 마리를 데려왔고 어두침침했던 가족의 분위기에 활력을 불어넣어주듯 나름 활기차게 만들어주었고, 그 조그만 아이의 재롱, 앙탈에 조금씩 심신을 위로받는듯했다. 나와 내 동생은 살롱사롱 활기찬 분위기를 불어넣어준다는 뜻으로 아이의 이름을 '살롱'이라 지었고, 현재까지 사랑스러운 살롱이와 함께 동거중이다. 이런 살롱이 덕분에 이과로 결정하게되었고, 현재의 꿈도 동물, 생명 쪽으로 확고해졌으며, 피폐해져가던 정신이 서서히 돌아오기 시작했다. 또한 아무것도 하지 않겠다는 생각이 상당히 밝게 변하고 있는 것 같아서 내 삶의 안식처이자 가족의 귀염둥이 살롱이에게 고마워하고 있다.

> H5,H6: 문장이 너무 길고 자연스럽게 연결되지 않아 내용 파악이 어렵다. 맞춤법이나 띄어쓰기 등의 오류도 다수 나타난다.

> H2,H4: 단편적인 상황을 나열함으로써 사건의 구체성이 떨어져 독자의 공감을 불러일으키지 못하고 있다.

> H1: 친밀감을 나타내는 구체적 일화가 부족하고 결과적으로 과제에 부적합한 글이 되었다.

> H9: 경험에 대한 성찰이 부족하고 글의 주제가 명확하지 않다.

● 윗글은 구체적 사건이 부족하고 단편적인 사건과 상황의 나열로 이루어져 독자의 공감이나 흥미를 일으키지 못했다. 문단 구분이 이루어지지 않았으며 '강아지'와 '진로 선택'의 연결 역시 자연스럽지 않아 공감을 일으키지 못했다. 특히 쓰기 과제의 핵심적 요구라고 할 수 있는 '경험과 교훈'이 제대로 드러나지 않는다. 전반적으로 다양한 표현 방식이 사용되지 못했고 문장이 길고 산만하며 비문이 많다. 글쓴이의 변화 과정을 구체적으로 이야기하기보다는 자신의 정서나 잡념 위주로 서술하여 서사문으로서의 기능을 제대로 수행하지 못했다.

8. 학생 예시문의 활용 방법

가. 쓰기 교수·학습 과정

〈학생 예시문을 활용한 쓰기 교수·학습 모형〉

수업 목표 설정 및 안내	⇨	• 쓰기 성취기준의 분석 • 구체적 쓰기 성취기준의 선정 및 수업 목표 진술
학생 예시문 분석	⇨	• 학생 예시문의 성취 요소 추출 • 학생 예시문을 통한 쓰기 성취기준의 구체화
성취기준의 이해	⇨	• 학생 예시문을 활용한 쓰기 성취기준의 이해 • 성취 요소 확인 및 쓰기 기능 이해
쓰기 과제 부여 및 쓰기 수행	⇨	• 쓰기 성취기준을 활용한 쓰기 과제 부여 • 쓰기 수행
쓰기 결과물과 학생 예시문의 비교·대조	⇨	• 평가 기준에 의거한 학생 예시문 평가 • 평가 결과에 대한 토의·토론 • 학생 예시문과 자신의 쓰기 결과 비교·대조
쓰기 결과물의 수정 및 보완	⇨	• 쓰기 결과물에 대한 자기 평가 • 학생 예시문 평가 결과를 활용한 자기 글의 수정 및 보완

위 그림은 쓰기 교수·학습 과정에서 학생 예시문을 효과적으로 활용할 수 있는 방안을 교수·학습 모형으로 구체화한 것이다. 학습 예시문을 활용하여 쓰기 성취기준과 쓰기 특성을 이해하는 구체적 교수·학습의 과정은 다양할 수 있다. 그러나 보다 효과적인 학습 예시문 활용을 위해서는 학습 예시문에 대한 평가와 그를 통한 자기 글의 수정, 보완 과정이 필요하다고 할 수 있다. 예를 들자면 학생들은 학습 예시문에 대한 자신의 평가와 교사의 평가

를 비교하고 학습 예시문의 장단점을 파악함으로써 관련 성취기준에 대한 이해를 심화하고, 자신에게 부족한 평가 능력(쓰기 특성에 대한 이해 능력)을 보완할 수 있다. 또한 학습 예시문의 뛰어난 쓰기 특성을 파악하게 하고 이를 모방함으로써 특정한 쓰기 특성에 대한 전략적 이해를 신장시킬 수도 있다.

학습 예시문을 활용하여 쓰기 교수·학습을 진행하기 위해서는 우선 쓰기 성취기준과 관련한 학습 목표를 설정해야 한다. 학습 목표는 실제 성취기준과 관련한 학습 요소를 수업 단위로 세분화한 것이다. 즉, 쓰기 성취기준에 도달하기 위해 요구되는 세부 성취요소가 하나의 수업 목표가 될 수 있다. 수업 목표가 설정되면 이를 구체적으로 보여줄 수 있는 학생 예시문을 선정하여 제시하고 학생들과 함께 해당 글에서 성취기준과 관련한 쓰기 특질을 찾는 활동을 한다. 이 단계에서 학생 예시문은 수업 목표와 관련된 쓰기 성취기준을 구체적으로 이해하는 학습 자료로서의 기능을 하게 된다.

다음으로 교사는 학생 예시문을 실례로 들어 쓰기 성취기준을 설명하고 학생들에게 이해시킨다. 학생들은 예시문에 구현된 쓰기 특질을 통해 성취기준에 접근하기 때문에 개념을 통한 추상적 이해나 쓰기의 구체적 실상과 유리된 자투리 글을 통한 이해에 비해 보다 실질적인 이해에 도달할 수 있다.

쓰기 성취기준에 대한 학생들의 이해가 이루어졌다면 이를 바탕으로 쓰기 수행의 과정에 다가갈 수 있다. 교사는 성취기준에 부합하는 쓰기 과제를 구성하여 이를 학생들에게 부여한다. 학생들은 쓰기 성취기준에 대한 이해와 학생 예시문의 쓰기 특질을 떠올리며 자신의 글을 써나갈 수 있다.

쓰기 수행을 마친 후에는 자신의 쓰기 결과에 대한 자기 평가 및 상호 평가를 실시한다. 이 단계에서 학습 예시문은 비교 및 대조의 기준으로 다시 활용될 수 있다. 학생들은 홀로 또는 동료 학생이나 교사와 함께 학습 예시문을 분석하고 글에 구현된 쓰기의 특성들을 평가한다. 다음으로 학습 예시문에 대한 평가 결과를 검증해야 한다. 학생들의 평가 결과를 신뢰할 만한 예시문 평가 결과(모평균) 및 논평(전문가 질적 분석)과 비교함으로써 학생들의 쓰기 평가 능력을 향상시키고 쓰기 특성에 대한 이해를 심화시킬 수 있다. 이 과정에서는 학생들의 평가와 객관적인 평가 결과 사이의 차이를 줄여나가는 협의의 과정을 활용할 수도 있다. 결국 이 단계에서 학습 예시문 활용의 초점은 예시문에 대한 객관적인 평가와 학생들의 주관적 평가 사이의 간극을 줄임으로써 쓰기 특성에 대한 이해를 심화시키는 것이라고 할 수 있다.

이와 같은 과정을 통해 학생들의 평가 능력이 어느 정도 신장되면, 즉, 쓰기 특성 및 성취기준에 대한 이해가 깊어지면 자신의 글을 쓰거나 수정하는 활동을 전개해 나갈 수 있다. 이러한 과정을 통해 예시문의 쓰기 특성은 점차적으로 학생들의 쓰기 과정에 반영될 수 있으며 성취기준에 도달하는 글을 쓸 수 있는 능력에 접근할 수 있다.

나. 쓰기 평가 과정

〈학생 예시문을 활용한 쓰기 평가 모형〉

쓰기 평가 계획 수립	⇨	• 쓰기 평가의 목표 및 목적 설정 • 쓰기 평가의 내용과 방법 결정
쓰기 과제 부여 및 쓰기 수행	⇨	• 쓰기 과제 구성 　(새로운 쓰기 과제 혹은 학생 예시문의 쓰기 과제) • 쓰기 과제에 따른 학생들의 쓰기 수행
학생 예시문 분석	⇨	• 성취 수준별 학생 예시문의 평가 결과 및 논평 분석 • 학생 예시문과 쓰기 성취기준, 평가 기준 간의 관련성 파악
학생 글 평가	⇨	• 평가 기준에 따른 학생 글 평가 • 평가 결과와 학생 예시문의 지속적 비교, 대조
평가 결과의 검증	⇨	• 학생 글과 학생 예시문의 관련성 검증 • 모평균을 통한 평가 결과의 검증

위 그림은 실제 평가 과정에서 평가자가 학생 예시문을 활용하는 과정을 도식화한 것이다. 평가 대상인 학생 글과 학생 예시문은 쓰기 성취기준이라는 공통분모를 가진다. 평가자는 학생 예시문을 통해 쓰기 성취기준 및 성취 수준을 이해하고 이것이 학생 글에서 어떤 식으로 구현되어 있는지를 확인할 수 있다. 이러한 이해는 곧 학생 글에 대한 평가에 적용할 수 있다. 쓰기 과제가 다르다 하더라도 성취 수준의 실현이라는 점에서 학생 예시문과 평가 대상은 비교·대조가 가능하다. 특히 일반적인 국어교사들이 학생 예시문에 몇 점 정도를 부여하는지를 알게 되면 평가 점수를 부여하는 것이 훨씬 더 수월해진다. 일반적인 평가 점수에 대한 정보는 평가자의 평가적 판단에 대한 근거를 제공해주기 때문이다. 표준 평가 예시문과 더불어 일반적인 국어교사들의 평가 점수를 제공하면 매우 객관적이고 표준적인 쓰기 평가가 가능해진다. 이는 낮은 평가자 간 일치도로 인해 활용이 어려웠던 쓰기 평가를 개선할 수 있는 방법이 될 수 있다.

우선 평가자는 쓰기 평가의 계획을 수립하여야 한다. 쓰기 수업을 하기 위해 쓰기 수업 계획을 세우는 것처럼 쓰기 평가 역시 평가 계획을 수립하여 쓰기 평가의 목적과 목표, 쓰기 평가의 내용과 방법을 결정해야 한다. 이 과정에서 한 가지 유의할 점은 새로운 쓰기 과제를 부여할 것인지 아니면 평가 예시문과 동일한 과제를 활용할 것인지를 결정해야 한다는 점이다. 쓰기를 수행한 학생들의 글 중 예시문을 선정하면 타당도를 높일 수 있다는 장점이 있고 표준적인 쓰기 평가 예시문의 과제를 사용하면 평가의 신뢰도를 높일 수 있다는 장점이 있다.

쓰기 평가의 계획이 수립되었으면 실제로 학생들에게 쓰기 과제를 부여하고 쓰기 수행을 실시한다. 그리고 평가 예시문으로 활용할 학생 예시문을 분석하고 이를 활용하여 학생 글을 평가하게 된다. 그런데 이러한 평가 과정은 쓰기 과제의 종류에 따라 그 내용이 달라지게 된다. 쓰기 평가 계획에 따라 새로운 쓰기 과제를 개발하여 부여한 상황이라면 본 연구에서 선정한 학생 예시문과 과제가 달라지게 되어 평가 결과를 그대로 대응시키기 어렵다. 이 경우 학생 예시문의 모평균 및 해설은 쓰기 성취기준 및 평가 기준의 이해와 구체적 적용의 사례로서 참고할 수 있는 자료이다. 평가자는 동일한 글 유형의 학생 예시문을 성취 수준별로 분석함으로써 쓰기 성취기준, 예시문, 평가 기준 간의 연관성에 대해 탐색할 수 있을 것이다. 이러한 탐색의 결과는 쓰기 평가에서 평가 기준을 구체적으로 해석, 적용하는 하나의 잣대가 될 수 있다.

반면 학생 예시문의 쓰기 과제를 그대로 활용할 경우 학생 예시문은 표준 평가 예시문으로서 기능할 수 있다. 쓰기 과제가 동일하므로 평가자는 학생 글의 평가 과정에서 학생 예시문의 모평균 및 논평을 참조함으로써 평가 일관성 및 신뢰도를 유지할 수 있다.

끝으로 평가자는 학생 예시문의 모평균과 논평을 활용하여 자신의 쓰기 평가 결과를 검증할 수 있다. 즉, 자신의 평가 결과를 글 유형, 쓰기 기능 영역별로 학생 예시문의 모평균과 비교함으로써 신뢰도의 측면에서 문제가 되는 지점이 어디인지를 파악할 수 있다. 이 과정에서 자신의 쓰기 평가 결과가 검증된 모평균과 큰 차이를 보일 경우 평가 기준을 분석하여 재평가를 실시할 수 있다. 이러한 과정을 통해서도 평가 결과가 조정되지 않을 경우(평가 결과의 총점이 모평균을 벗어나거나 쓰기 영역별 점수가 큰 차이를 보일 경우), 자신의 평가 결과와 학생 예시문의 평가 결과의 차이에 대해 다른 평가자들과 상의함으로써 평가 전문성을 신장시킬 수 있다.

저자 권태현

한국교원대학교 박사
現 한국교육과정평가원 부연구위원

고등학교 국어 교과서 집필
「작문 교육을 위한 텍스트 유형의 체계화 방안」
「장르인식 기반 쓰기 교육의 대안적 방법 탐색」
「수능 화법과 작문 문항의 양호도 조사 연구」 외

작문 교육을 위한 예시문 선정과 활용

2021년 2월 14일 초판 1쇄 펴냄

지은이 권태현
펴낸이 김흥국
펴낸곳 보고사

책임편집 이소희
표지디자인 손정자

등록 1990년 12월 13일 제6-0429호
주소 경기도 파주시 회동길 337-15 보고사
전화 031-955-9797(대표), 02-922-5120~1(편집), 02-922-2246(영업)
팩스 02-922-6990
메일 kanapub3@naver.com / bogosabooks@naver.com
http://www.bogosabooks.co.kr

ISBN 979-11-6587-148-2   93810
ⓒ 권태현, 2021

정가 17,000원